HEYNE <

DAS BUCH

Ein grausamer Mord an einem Lokalpolitiker überschattet die Eröffnung des Mathaisemarktes. Kommissarin Elke Lukassow und ihre Kollege Frank Furtwängler ermitteln. Aber ausgerechnet die Spezialisten für knifflige Fragen haben gerade ihre eigenen Probleme. Bei Bertha Solomon und Lothar Zahn, im Ermittler-Job und in der Liebe ein Team, geht es mächtig rund: Das als »Solo und Tarzan« bekannte Duo hätte sich nicht träumen lassen, was ein Casino-Besuch an Tarzans Geburtstag ins Rollen bringt – und auf einmal wirbeln die Ereignisse durcheinander wie die Spielkarten in den Händen eines geübten Croupiers …

DER AUTOR

Manfred H. Krämer wurde 1956 im südhessischen Lampertheim geboren und ist seitdem dort wohnhaft. Er ist verheiratet und hat zwei Kinder. *Der Tod im Saukopftunnel, Der Kardinal von Auerbach* und *Die Raben vom Mathaisemarkt* bilden eine Trilogie, die im Großraum Rhein-Neckar-Odenwald angesiedelt ist.

LIEFERBARE TITEL

Tod im Saukopftunnel
Der Kardinal von Auerbach

Manfred H. Krämer

Die Raben vom Mathaisemarkt

Roman

WILHELM HEYNE VERLAG
MÜNCHEN

MIX
Papier aus verantwortungsvollen Quellen
FSC® C014496

Verlagsgruppe Random House FSC-DEU-0100
Das für dieses Buch verwendete FSC®-zertifizierte
Papier *Holmen Book Cream* liefert
Holmen Paper, Hallstavik, Schweden.

Vollständige Taschenbuchausgabe 03/2011

Printed in Germany 2011
Umschlaggestaltung: Init, Büro für Gestaltung, Bielefeld
Umschlagfotos: © plainpicture/Design Pics
© plainpicture/Onimage und © plainpicture/Glasshouse
Satz: KompetenzCenter, Mönchengladbach
Druck und Bindung: GGP Media GmbH, Pößneck
ISBN: 978-3-453-43391-5

www.heyne.de

Für Monika
Ich bin kein Spieler mehr …
Was könnte ich schon gewinnen,
das wertvoller wäre als Deine Liebe?

Vorbemerkung des Autors

Dies ist ein Roman. Die Handlung sowie die darin vorkommenden Personen sind frei erfunden.

Die Handlungsorte entsprechen weitgehend den tatsächlichen Örtlichkeiten, wurden jedoch der Dramaturgie des Romans angepasst. Insbesondere im Buch genannte Adressen sind fiktiv. Geänderte oder fiktive Orts-, Straßen- und Landschaftsbezeichnungen werden aus Rücksicht auf die Rechte und die Privatsphäre Dritter verwendet. Für unbeabsichtigte Namensgleichheiten bitte ich hiermit um Entschuldigung.

Seeheim-
Jugenheim
B44
A67
Zwingenberg
Bensheim
B3
Biblis
Heppenheim
Bürstadt
Lorsch
B47
A5
Hemsbach
LADY JANE
Lampertheim
Viernheim
A6
Weinheim
A659
Rhein
Ludwigshafen
Mannheim
Neckar
Ladenburg
Schriesheim
Dossenheim
A650
B3
Schwetzingen
A6
Heidelberg
Hockenheim
A5
Rhein
Leimen

Prolog

Ludwig Helland atmete tief ein. Der untersetzte Mann mit dem gepflegten weißen Vollbart genoss die klare Luft des Vorfrühlings. Es war kalt an diesem Märzmorgen im Schriesheimer Tal. Die Wiesen trugen in den Schatten noch weiße Frostschleier von der vergangenen Nacht. Helland hatte trotzdem den Mantel geöffnet. Er spürte gerne die Natur. Liebte sie und hatte ein Auge für die Schönheiten, die den meisten Menschen in diesen modernen, schnellen Zeiten entgingen. Er ertastete das kleine silberne Kruzifix unter seinem Hemd und dankte Gott für diesen Tag.

Er wandte den Blick von den bewaldeten Hügeln des Odenwaldes und drehte sich um. Trockene Blätter raschelten unter seinen eleganten Lederschuhen, als er über den rissigen Beton der ehemaligen Werkseinfahrt das Gelände der Papierfabrik Bachmann & Cie. betrat. Es gab schon lange keinen Bachmann mehr. Auch keinen Cie. Stattdessen halb verfallene Gebäude aus rotem Backstein, zerborstene Stahlträger, aufgeplatzte Beton- und Asphaltflächen, die sich die Vegetation langsam zurückeroberte, Gestrüpp, Autowracks und Berge von Unrat.

Helland lächelte. Es war ein zufriedenes, glückliches Lächeln. Heute war sein Tag. Hart hatte er für diesen Augenblick gearbeitet. War durch die halbe Republik gereist, hatte Stunden in allen möglichen Vorzimmern verbracht. Tage- und nächtelang angepriesen, beworben und verhandelt. Auch gebettelt. Auch das. Der Herr hatte ihn geprüft. Aber der Herr hatte ihn schließlich zu den richtigen Leuten geführt. Ludwig Helland dankte ihm dafür. Motorengeräusch.

Breite Reifen knirschten über die holprige Zufahrt. Ein schwarzer Mercedes und ein dunkelblauer BMW. Das Singen und Summen großvolumiger Triebwerke erstarb. Türen schlugen satt. Vier Männer kamen auf ihn zu. Lange dunkle Mäntel, einer trug einen Schlapphut, zwei eine Sonnenbrille. Ihre Schuhe spiegelten das Sonnenlicht. Ihre Zähne blitzten, einer breitete die Arme aus und drehte sich verzückt im Kreis wie ein kleiner Junge, der zum ersten Mal die Tore von Disneyland durchschreitet. Sie waren so jung ... Helland schüttelte den Gedanken ab. Heutzutage musste man nicht ein halbes Jahrhundert auf dem Buckel haben, um erfolgreich zu sein. Die schicken jungen Herren repräsentierten den herrschenden Zeitgeist: agil, furcht- und respektlos, hervorragend ausgebildet, die Köpfe vollgestopft mit allem, was heutzutage wichtig war. Kunstwesen, auf Erfolg programmiert. Gefühle im Kühlschrank, das Herz durch eine computergesteuerte Hochleistungspumpe ersetzt, die Seele ...? Sie waren so jung ... Aber ihr Chef war nicht mehr jung. Er war über 50. Ein biblisches Alter für heutige Verhältnisse. Und – das hatte letztendlich den Ausschlag gegeben – ein Christ. Nicht nur sonntags. Nicht nur an Weihnachten.

»Hi, Herr Helland!« Der erste der Jungmanager erreichte ihn und streckte ihm eine fast weiblich wirkende, schmale Hand mit makellos gepflegten Nägeln und mehreren Ringen entgegen. Helland lächelte wieder, nahm die dargebotene Hand, welche einen überraschend kräftigen, ja fast brutalen Druck ausübte.

»Guten Morgen, Herr Kohnen, guten Morgen.« Er lächelte den anderen zu, die zurückgrinsten. Leger eine Hand in der Hosentasche. Einer winkte, was seltsam einstudiert wirkte, einer hob die Hand in einer Geste, die je nach Auslegung respektvoll oder abschätzig sein konnte, und der

Dritte nickte gemessen, als habe er ihm, Helland, gerade eine Audienz gewährt.

»Hübsch«, Gerald Kohnen zog anerkennend die Mundwinkel nach unten. »Das Gelände geht bis zum Bachlauf da hinten?«

Helland nickte, machte eine einladende Handbewegung und führte die Ankömmlinge bis zu den Resten einer ehemals großen Produktionshalle. Das sägezahnartige Dach war teilweise eingestürzt, aber die Fassaden standen noch nahezu unversehrt. Backsteingotik in ihrer schönsten Form. Podeste, Absätze, Erker, Türmchen und Sprossenfenster erinnerten eher an ein Herrenhaus in der Uckermark als an eine Papierfabrik.

»Der Keller ist noch unversehrt, meine Herren«, Helland deutete auf eine mit einem modernen Vorhängeschloss gesicherte, massive Stahltür, »alles andere …«, er zuckte die Schultern, »aber das sehen Sie ja selbst.«

Sie staksten über eine Stunde lang über das Gelände, lachten über bizarre Funde wie ein efeuüberwuchertes Plumpsklo, einen prähistorischen Gabelstapler oder ein Schild mit der verblassenden Aufschrift »Fahrradständer nur für Frauen der Spätschicht«.

Gegen 11.30 Uhr fuhren die schweren Limousinen wieder weg. Ein optimistischer Zaunkönig trällerte unverdrossen ein Frühlingslied, der Wind sang in den kahlen Ästen der kleinen Birkenallee entlang der Hauptzufahrt und ein rostiges Schild mit der Aufschrift »Privat – Betreten verboten« klapperte an seinem Pfosten.

Ludwig Helland war glücklich. Kohnen hatte zugesagt. Er hatte die Befugnis dazu. Auf dem Kofferraumdeckel des Mercedes hatten sie ihre Unterschriften geleistet. Die Central-City-Consulting hatte soeben das Gelände der Papierfabrik Bachmann & Cie. für einen Euro erworben. Kohnen hatte ihm die Münze überreicht. In einer mit Samt ausgeschlagenen Schatulle. Stilvoll. »Möge Gott Sie segnen«, hatte Helland zu ihm gesagt. Kohnen hatte ihm ernst in die Augen geschaut. »Sie auch«, hatte er erwidert, »und diesen Ort.«

»Amen«, sagte einer seiner Begleiter. Der Blick, den Kohnen ihm zuwarf, war nicht gerade voller christlicher Nächstenliebe.

Helland verstaute die Verträge in seiner abgewetzten Aktentasche mit den altmodischen Schnappschlössern. Die Schatulle mit dem Euro legte er ins Handschuhfach seines alten Opel Ascona neben die abgegriffene, speckige Bibel. Er holte das kleine Kruzifix aus seinem Hemdkragen, küsste es und faltete die Hände zu einem stillen Gebet.

1

Die Raben vom Mathaisemarkt

Samstag, 6.23 Uhr.

Es war ein kalter Morgen. Draußen auf dem Schriesheimer Festplatz waren es höchstens zwei Grad über null. Aber es sollte ein schöner Tag werden. Das hatte Rudolf Degner jedenfalls in den Abendnachrichten gehört. Kühl, nicht mehr als sieben bis zehn Grad, schwacher Wind aus westlicher Richtung. Kaum Wolken. Schwacher Wind war gut, dachte Degner zufrieden. Er mochte den Wind nicht. Auch sein Vater und sein Großvater schauten besorgt in den Himmel, wenn dunkle Wolken aufzogen und die Blätter der Bäume anfingen zu rascheln.

Die Degners waren eine Schaustellerfamilie mit über hundertjähriger Tradition. Adolph Degner hatte Ende des 19. Jahrhunderts das größte dampfbetriebene Kettenkarussell der Welt betrieben. Seit den frühen Sechzigern hatte man sich auf Riesenräder spezialisiert. Erwin Degner war der Erste, der ein Riesenrad mit über 20 Metern Höhe bauen ließ. Der Konkurrenzdruck in der Branche war immens. »Höher, schneller, bunter, lauter« hieß es unter den Schaustellern. Das Publikum wollte immer mehr Nervenkitzel, Kicks, wie es neudeutsch hieß. Als Rudolf dann 1980 bei Nauta-Bussink in Holland ein 50-Meter-Riesenrad in Auftrag gab, schüttelte dort niemand mit dem Kopf. Zehn Jahre später entstand in derselben Schmiede das größte transportable Riesenrad der Welt: Das »Andromeda Wheel« ragte 60 Meter hoch in den Himmel und war der vorläufige Endpunkt, den die Statiker noch verantworten konnten.

Größere Planungen scheiterten an der gigantischen Windlast, welche solche Konstruktionen bereits bei lauen Frühlingslüftchen kompensieren mussten.

Rudolf Degner räkelte sich zufrieden im Bett seines nagelneuen Wohnwagens. Seine Frau schlief noch. Ein wirres Knäuel blonder Locken lugte aus den Kissen neben ihm. Er schaute auf den Wecker und fragte sich, warum er jetzt schon aufgewacht war. Normalerweise wachte er nie vor seinem Wecker auf. Schon gar nicht nach solch einer Nacht … Zärtlich strich er seiner Frau über das Haar. Sie reagierte mit einem unwilligen Grunzen und vergrub sich noch tiefer in die Kissen.

Degner erhob sich leise und schlurfte in das luxuriöse Bad. Voller Stolz ließ er den Blick über die Marmoreinrichtung schweifen. Überhaupt war der Begriff Wohnwagen für den fast zwölf Meter langen Koloss die Untertreibung des Jahres. Degners Domizil war als Sattelauflieger gebaut und wurde von einem monströsen, 400 PS starken amerikanischen Pick-up gezogen. Er besaß nicht nur das größte Fahrgeschäft von allen, sondern auch noch den teuersten Wohnwagen. Man kann ja schlecht in einem Campingbus leben, wenn man mit seinem Riesenrad im Guinness Buch der Rekorde steht. Er öffnete das Fenster einen Spalt und registrierte das laute Gekrächze einer Schar Raben. Er hatte es schon die ganze Zeit gehört, ohne es richtig wahrzunehmen. Aber jetzt wurde ihm klar, dass es dieses Geräusch war, das ihn aufgeweckt hatte. Er schob das Fenster ganz auf und spähte hinaus in die graue Morgendämmerung. Unmittelbar vor ihm wuchteten zwei der insgesamt vier gewaltigen Stahlstützen des Andromeda Wheels in den Schriesheimer Himmel. Degner drehte den Kopf, aber sein Blickwinkel ließ ihn nur einen kleinen Ausschnitt des Riesenrades erkennen. Das Geschrei der Raben war enorm.

»Blöde Viecher«, murmelte er und schloss das Fenster wieder. Er nahm sich Zeit für eine ausgiebige Morgentoilette, schlurfte zwischen Rasur und Zähneputzen in die Küche und warf die Kaffeemaschine an. Als er nach fast zwanzig Minuten das Badezimmer verließ, hatte sich der Lärm der Raben sogar noch gesteigert. Als er einen Aufprall und ein kratziges Trippeln auf dem Dach seines Heimes hörte, platzte ihm der Kragen. Er riss die Tür auf, schlappte in seinen Filzpantoffeln um den Wohnauflieger herum und klatschte laut in die Hände. Der riesige schwarze Vogel mit dem gefährlich aussehenden Schnabel schaute ihm abschätzig ins Gesicht, bevor er würdevoll und ohne Hast die schwarzblauen Flügel ausbreitete und sich in die Luft schwang. Degner blickte ihm nach.

»Sauzeug, elendes«, zerbiss er zwischen den Zähnen, als er sah, dass ein Schwarm von schätzungsweise einem guten Dutzend der Aasfresser um das Riesenrad kreiste und einige sogar, kaum erkennbar im herrschenden Zwielicht, frech auf den Dächern der Gondeln und auf den Streben hockten.

»Scheißen mir alles voll. Abknallen müsste man die.« Normalerweise war Rudolf Degner ein sanftmütiger und umgänglicher Mensch, aber wenn es um sein Andromeda Wheel ging, verstand er keinen Spaß. Eine weggeworfene Bierdose auf der Rampe hatte ihn einmal dazu verleitet, eine Bande Jugendlicher über den ganzen Hamburger Dom zu verfolgen. Seine Frau meinte damals, er hätte Glück gehabt, dass er die Burschen nicht erwischt hatte.

Degner schaute sich um. Im Osten schob sich eine zarte Rötung über den Kamm des vorderen Odenwaldes. Dünne Schleierwolken trieben in großer Höhe. Er nickte zufrieden. Wenigstens das Wetter versprach gut zu werden. Die Schriesheimer hatten wohl ordentlich ihre Teller leergegessen.

Er ging zur Rampe, inspizierte die Absperrkette, warf einen Blick auf die Abdeckplane des Fahrstandes und zur Plattform, von der aus heute Nachmittag hoffentlich die Fahrgäste in Scharen in die Gondeln steigen würden.

Ein Papierfetzen fiel ihm ins Auge. Sofort erwachte wieder der penible Schausteller in ihm. Müll auf seinem Fahrgeschäft war für ihn schlimmer als ein fetter Pickel auf der Nase. Es tat ihm auch fast genauso weh. Er tappte vorsichtig über die taufeuchten Riffelbleche der Rampe. Erstaunt schaute er den Fetzen an. Es handelte sich um einen Zehn-Euro-Schein. Nagelneu wie fast alle, schließlich hatte einem die Kohl-Regierung ja erst vor wenigen Monaten die geliebte D-Mark geraubt. Als Degner sich bückte, um die Banknote aufzuheben, fiel sein Blick auf zwei weitere Scheine, die hinter der inneren Absperrung auf dem Boden lagen. Etwas, das wie ein zerdrückter Golfball aussah, lag in unmittelbarer Nähe.

Degner ging darauf zu, bückte sich und sammelte das Geld auf. Die Morgensonne kroch gerade über die Berge hinter der Stadt. Einer ihrer Strahlen fand den Weg durch die verwirrenden, an die Takelage alter Segelschiffe erinnernden Verstrebungen und beleuchtete den »Golfball« wie ein Spot ein besonders wertvolles Exponat in einer Ausstellungsvitrine.

Der Golfball war dreckig. Er lag in einer undefinierbaren braun-roten Masse, die aussah wie die grässliche Currywurstsauce der benachbarten Würstchenbude. Plötzlich erkannte Degner, was da, nur Zentimeter vor seinem Gesicht, auf den Platten seines Riesenrades lag. Er zuckte zurück, als hätte ihn etwas angesprungen. Das Geld flatterte zu Boden, als der Schausteller rückwärts taumelte, am Geländer hängen blieb und beinahe gestürzt wäre.

Schwer atmend klammerte sich Rudolf Degner an das

kühle Aluminium. Wie gebannt schaute er immer noch auf die Stelle, wo er Sekunden zuvor noch gekauert hatte. Er schloss die Augen und rang nach Luft. Wie mit einem Laser eingebrannt stand das grausige Bild immer noch vor seinem inneren Auge: Ein Scherz, dachte er, ein übler Streich alkoholumnebelter, debiler Jugendlicher. Aber Degner wusste es besser. Das war kein geschmackloser Gag. Das war das pure Grauen. Er hatte es genau gesehen. Den weißlichen Sehnerv, das zerfetzte Fleisch, das starrende, kalte, tote Auge dort auf dem Metall. Das Geschrei der Raben klang wie Hohn. Etwas geriet in sein Blickfeld: Es flatterte von oben herab wie ein letztes, vergessenes Herbstblatt. Es war wieder ein Geldschein. Er sank zu Boden, ganz in der Nähe des menschlichen Auges, das zum Himmel gerichtet in seiner fürchterlichen Einsamkeit niemals mehr Licht, Schatten oder Dunkelheit sehen würde.

Degner hob den Blick, ließ seine Augen ängstlich an der gigantischen Konstruktion des Andromeda Wheels emporwandern. Die schwarzen Vögel kreisten immer noch über dem Riesenrad. Einige flatterten um einen dunklen Umriss herum, hackten, pickten, stießen sich gegenseitig weg. Wieder löste sich ein winziger Fetzen und trieb schaukelnd im Wind davon.

Etwas umklammerte das Herz des Schaustellers. Etwas Metallisches, Kaltes … Degner weigerte sich zu glauben, was er da oben sah. Es war etwas sehr Vertrautes. Etwas, das er jeden Tag sah. In seinem Wohnwagen, im Fahrstand, in der Kirche. Der Anblick des Gekreuzigten hatte ihm so viele Male schon Trost und Zuversicht gespendet. Degner war, wie viele seiner Kollegen, ein gläubiger Christ. Jesus Christus war für ihn Sinnbild der Hoffnung, Beweis, dass Gott seine Schöpfung nicht vergessen hatte.

Jemand hatte einen Menschen an der höchsten Stelle

des größten transportablen Riesenrades der Welt gekreuzigt. Hier. Mitten in Deutschland. In Schriesheim, dieser hübschen, unschuldigen Stadt voller Lebensfreude, voll guten Weines …

Degner ging wie ein Schlafwandler zum Fahrstand. Als er die Abdeckplane löste, stutzte er. Die blaue Plane schützte die verglaste Kanzel vor Beschädigungen und neugierigen Blicken. Sie war an Ösen befestigt, durch die ein kunststoffummanteltes Stahlseil gezogen war. Dieses Seil hatte an den Enden Karabinerhaken, mit denen es befestigt wurde. Die Haken waren nicht eingehängt. Lose baumelten die Enden des Seiles herab. Auch war es nur oberflächlich durch jede zweite Öse gezogen worden. Degner schloss jede Nacht selbst die Kanzel ab und verzurrte die Plane gewissenhaft.

Als er die Plane öffnete, bestätigten sich seine Befürchtungen. Die Tür war brutal aufgehebelt worden. Der Hauptschalter, durch ein Steckschloss gesichert, war herausgerissen und kurzgeschlossen.

Degner griff zum Steuerhebel. Seine Hand zuckte zurück. Was tat er da? Sein erster Reflex war nur natürlich. Er wollte das Andromeda Wheel drehen, um den Leichnam, der offensichtlich dort oben hing, zu bergen.

»Tatort!«, hallte es in seinem Kopf. Das ist ein Tatort! Degner wandte sich um und rannte, so rasch das mit Pantoffeln ging, in den Wohnwagen zurück, weckte seine Frau mit stammelnden, verwirrten Worten, nahm das Telefon und schaffte es beim dritten Versuch, die Notrufnummer zu wählen …

Kriminalhauptkommissarin Elke Lukassow tat etwas, das seit Bestehen ihres Dienstverhältnisses noch niemals jemand an ihr beobachtet hatte. Jedenfalls nicht hier im Heidelberger Polizeipräsidium: Sie lächelte. Nicht das Haifischgrinsen, das sie gerne gegenüber ihren »Kunden« aufsetzte. Auch nicht das zynische, mit dem sie so gerne Kollegen und Vorgesetzte bedachte. Nein, Elke Lukassow lächelte mit strahlenden Augen wie ein kleines Mädchen unter dem Christbaum. In einem zur Blumenvase umfunktionierten Maßkrug auf ihrem Schreibtisch stand ein Blumenstrauß, groß wie ein tausendjähriger Ginkgo-Baum. Sie sank in den unter ihrem Gewicht protestierend knarrenden Drehsessel, ohne ihren Lodenmantel abzulegen, schloss die Augen und atmete den verführerischen Duft der Orchideen ein.

Ihr Gesicht, das uncharmante Kollegen gerne mit dem eines schlecht gelaunten Rottweilers verglichen, glättete sich. Fast sah sie aus wie eine – zugegebenermaßen etwas übergewichtige – barocke Putte aus dem Schwetzinger Schlossgarten.

Der Duft der Blumen, das einlullende Rauschen des Verkehrs unten auf dem Adenauerplatz und die stickige Wärme der defekten Zentralheizung wirkten einschläfernd. Die Gedanken der Kommissarin glitten zurück zum gestrigen Abend. Das Konzert war wundervoll. Felix Mendelssohn Bartholdys Hebriden-Ouvertüre war eines ihrer Lieblingsstücke. Sie seufzte leise, während in ihrem Kopf die Geigen weinten, die Bratschen sangen und Oboe und Fagott den Wind und das Meer miteinander ringen ließen. Das Essen danach war eine Fortsetzung dieser herrlichen Komposition und sie hatte nicht Nein gesagt, als Hubert sie auf einen Kaffee in seine winzige Einzimmerwohnung gebeten hatte …

Hubert … eine zarte Röte überzog ihr Gesicht. Nicht nur wegen der Heizung. Vor zwei Wochen waren sie sich »begegnet«. Der schlanke Mann in dem schon vor zwanzig

Jahren aus der Mode gekommenen Glencheck-Anzug hatte ihren Dienstwagen mit seinem prähistorischen Kadett so zugeparkt, dass nicht einmal die Fahrkünste einer gut ausgebildeten Kripobeamtin ausreichten, sich aus dieser blechernen Umklammerung zu befreien.

Freundlich lächelnd hatte der Kerl tatsächlich geglaubt, sich durch bloßes Wegfahren aus der Affäre stehlen zu können. Sie hatte mit der ganzen Autorität ihres Dienstranges in Tateinheit mit ihrem Körpergewicht den Bedauernswerten förmlich angefallen und sich derartig rüde aufgeführt, dass sogar eine zufällig vorbeikommende Fußstreife sich genötigt fühlte, schlichtend einzugreifen. Am Nachmittag stand der frühpensionierte Musiklehrer dann doch tatsächlich in der Halle des Präsidiums und überbrachte den ersten einer ganzen Reihe von Blumensträußen.

Gestern war es dann passiert. Das Konzert, das Essen, der Kaffee, der Portwein … Sie saß in dem gewaltigen Ohrensessel mit Blick auf die Dächer der Altstadt. Er war hinter sie getreten. Seine feingliedrigen Finger massierten ihre verspannten Schultern, streiften ihren Hals, berührten ihre erstaunlich kleinen Ohren. Mehr war nicht passiert. Ehrenwort!

An diesem Abend hatte sie vor sich selbst ein umfassendes Geständnis abgelegt: Der Schrecken der Unterwelt, die im ganzen Regierungsbezirk gefürchtete Walküre mit dem glühenden Schwert, war verliebt. Bis über beide Ohren.

»Ähem …« Kriminalhauptkommissar Frank Furtwängler stand seit mehreren Minuten in der Tür des Dienstzimmers, in der einen Hand den Wasserbehälter der Kaffeemaschine, in der anderen den Entkalker. Fassungslos schaute er abwechselnd von den Blumen zu seiner Kollegin, die mit dem verklärten Ausdruck eines pappsatten Babys im Sessel hing.

Die Kommissarin schrak auf, funkelte den baumlangen Furtwängler wütend an und schnarrte: »Frankfurt! Was stehst du da rum wie ein Maultier auf Urlaub? Arbeit, Arbeit, Arbeit!«

Erleichtert ging Frank Furtwängler zum Schrank, montierte den Behälter wieder an die Maschine und griente seine Kollegin fröhlich an. Er hatte schon befürchtet, der Rottweiler wäre eingeschläfert worden. Frank Furtwängler war seit fast zehn Jahren Lukassows Partner. Er war der Einzige, der mit der launischen Kommissarin zurechtkam. Mehr oder weniger. Seine Kolleginnen und Kollegen bedauerten ihn, waren aber froh, dass der Platz an der Seite des Rottweilers nicht ihnen angeboten wurde.

Das Telefon läutete den Arbeitstag ein. Frankfurt war wie immer schneller als seine Kollegin.

Er nahm den Hörer, sagte dreimal »Ja« und einmal den Polizeistandardsatz »Wir sind schon unterwegs«, dann legte er auf und schaute Elke Lukassow ernst an.

»Das war Brenner von der Weinheimer Dienststelle. Wir fahren nach Schriesheim, Herodes verhaften.«

»Hä?«, grunzte die Lukassow unwirsch.

»Sagt man zum Kollegen ›Hä‹? Hä?«, erwiderte Frankfurt und griff sich seine Jacke. »Am Riesenrad haben sie einen gekreuzigt. Sieht schlimm aus, sagt Brenner.«

»Sie haben einen was?« Ächzend wuchtete sich die Lukassow aus dem Sessel und fixierte ihren Kollegen mit einem Blick, als hätte er ihr eröffnet, dass sie die Königin von England wegen Ladendiebstahls vernehmen sollte.

Der schwarze Passat bremste unmittelbar vor der rot-weißen Absperrung. Ein uniformierter Beamter hob das Band an, damit Luke und Frankfurt passieren konnten. Ihre Ausweise brauchten sie nicht zu zeigen. Die beiden ungleichen Ermittler waren bekannt wie Pat und Patachon. »Meine Fresse«, Elke Lukassow schaute nach oben, wo immer noch die Raben kreisten, »was machen die Buben da?« Sie deutete auf einen Trupp Feuerwehrmänner, die eine Drehleiter aufgebaut hatten, die jedoch neben dem gewaltigen Riesenrad wie ein Spielzeug wirkte. Neben einem Rettungswagen standen zwei junge Rettungsassistenten und ein älterer Mann, auf dessen Sicherheitsjacke »Notarzt« stand, und rauchten.

»Wir müssen irgendwie da rauf«, KOK[1] Jochen Brenner zuckte die Schultern. »Der Besitzer hat glücklicherweise richtig reagiert und das Rad nicht heruntergefahren. Wir sollten erst nachsehen, ob wir da oben Spuren finden.«

Die Lukassow schaute sich in der Runde um, stemmte die Arme in die Hüften und holte tief Luft. Jedem der Anwesenden war klar, wer hier Chef im Ring war. »Herr Kollege Brenner …« Elke Lukassow kniff ihre Augen zu schmalen Schlitzen zusammen. Die Pause dehnte sich. Brenner kam sich vor wie ein Schuljunge, der beim Playboylesen erwischt worden war.

»Waren Sie da oben?«

Der Kommissar machte ein verwirrtes Gesicht, »Äh, nein. Natürlich nicht. Wie sollte ich denn da rauf …«

»War einer Ihrer Leute oben?«

»Nein, aber ich verstehe nicht …«

»Woher wollen Sie denn dann wissen, Herr Kollege …«, wieder eine Pause, »woher wollen Sie wissen, dass da oben eine Leiche hängt?« Brenner lief dunkelrot an. Schwer zu sagen, ob vor Zorn oder vor Scham.

»Aber Sie sehen doch selbst, dass da…«

---

1 Kriminaloberkommissar

»Dass da etwas angebunden ist. Das sehe ich!« Die Lukassow war laut geworden. »Etwas, das aussieht wie ein Mensch. Ich kann von hier aus nicht einmal zweifelsfrei erkennen, ob es ein Mann oder eine Frau, ein Toter, ein Bewusstloser, ein Verletzter oder eine gottverdammte ausgestopfte Strohpuppe ist, Herr Brenner!«

Die Röte in Brenners Gesicht wechselte in ungesunder Geschwindigkeit in eine fahle Blässe. Er klappte den Mund auf, machte ihn wieder zu und schien eine Kröte von der Größe eines Truthahns zu schlucken.

»Was schlagen Sie vor, Frau Kollegin?« Seine Zähne mussten ganz schön was aushalten.

»Das Ding muss gedreht werden. Hundertachtzig Grad. Die Feuersalamander da drüben sollen eine Sichtblende aufbauen. Wenn der oder die da oben noch am Leben ist, dürfen wir keine Zeit verlieren. Die Sanis sollen ihre Kiste direkt vor das Riesenrad stellen. Die Spurensicherung hat Pause, bis ich weiß, ob das hier der Scherz des Jahrtausends ist oder nicht. Wo ist der Besitzer?«

Brenner deutete auf einen groß gewachsenen, blassen Mann, der auf den Stufen zu einem riesigen Wohnmobil saß und eine blonde Frau im Arm hielt. »Das ist Rudolf Degner und seine Frau Karin Steiger-Degner. Ihnen gehört das Riesenrad.«

Wortlos stapfte die Kommissarin zu den beiden, zeigte ihren Ausweis und stellte sich vor. »Lukassow, Kripo Heidelberg. Drehen Sie das Rad eine halbe Umdrehung.«

Degner erhob sich mit den Bewegungen eines müden alten Mannes und begab sich zur Steuerkabine.

Quälend langsam drehte sich das Riesenrad. Als der Körper – an eine ausgestopfte Puppe glaubte mittlerweile niemand mehr – in Schräglage geriet, quollen noch mehr Geldscheine aus den Taschen. Die Raben flatterten aufgeregt krächzend um das Andromeda Wheel herum. Die Atmosphäre war absolut surreal. Auf der einen Seite modernste Technik, einzig dem Vergnügen dienend, daneben eine Hinrichtungsszenerie wie auf finsteren Bildern mittelalterlicher Chronisten. Elke Lukassow hatte schon alles gesehen, was es in ihrem Beruf zu sehen gab. Dachte sie bis heute.

Die leeren Gondeln schwebten an ihr vorüber. Rot, blau, gelb. Fröhliche Farben. Jede hatte eine chromglänzende Nummer: 21, 22, 23, 24 ... Vierzig davon trug das Andromeda Wheel.

»Stopp!« Der Befehl der Kommissarin war überflüssig. Rudolf Degner bremste den Antrieb sanft ab, als der daran angebundene Körper den untersten Punkt erreichte.

Die Feuerwehrmannschaft hatte große Sichtblenden aus Bauzäunen und Planen aufgestellt, so dass die zahlreichen Schaulustigen, die sich hinter der Absperrung drängten, nichts mehr zu sehen hatten. Es konnte allerdings nicht verhindert werden, dass sowohl Amateurfotografen als auch Profis von der Presse etliche Meter Film belichteten. Auch Videokameras verfolgten das Geschehen schon seit über dreißig Minuten. Der Übertragungswagen einer großen Radio- und Fernsehstation kam allerdings zu spät. Elke Lukassow dankte dem alltäglichen Stau auf der A5 dafür.

Erschüttert standen Polizisten, Sanitäter und Feuerwehrleute auf der Plattform. Es war kein Scherz. Keine Puppe. Was da kopfüber und grotesk verrenkt an der wuchtigen Strebe hing, war einmal ein Mensch gewesen. Die Raben hatten schauerlich gehaust. Das Gesicht war kaum mehr als solches zu erkennen. Ein einzelnes Auge baumelte an einem Hautfetzen vor dem entsetzlichen blutigen Loch im Schädel. Die Nase war nur noch eine fleischige Masse, die Zähne grinsten aus einem lippenlosen, zerfransten Mund.

Die weißen, zum Teil blutgetränkten Barthaare zitterten im leichten Morgenwind.

Ein junger Feuerwehrmann wandte sich ab, seine Stiefel klapperten hastig über den Asphalt. Die Raben hatten sich beruhigt. Elke Lukassow hob den Kopf. Wie eine Versammlung von Richtern in ihren schwarzen Roben hockten die großen Vögel auf dem oberen Teil des Riesenrades und beobachteten, was sich fast 60 Meter unter ihnen tat. Die Lukassow überlief ein Schauder.

»Sehen Sie das?« Frankfurt, der auch schon eine gesündere Gesichtsfarbe gehabt hatte, deutete mit seinem langen Kinn auf die Leiche.

»Scheiße«, leise gezischt, aber voller Inbrunst kleidete die Kommissarin ihren gesamten Unmut in Deutschlands liebsten Kraftausdruck. Natürlich hatte sie es gesehen. Das kleine, kreisrunde Loch auf der ansonsten recht unversehrt gebliebenen Stirn. Wenig Blut. Schwarze Ränder. Sofortiger Tod durch Nahschuss. Wahrscheinlich sogar aufgesetzt. Der Eintrittswunde nach zu urteilen, etwa Kaliber 9 mm. Gebräuchlich bei Bundeswehr, Bullen und Mördern.

Doktor Bergler, der Vertragsarzt der Polizei, stellte seine Bereitschaftstasche neben der Leiche ab, streifte sich dünne Gummihandschuhe über und nahm die vorgeschriebenen Überprüfungen vor. Als er mit einem Spatel die Zunge des Toten herunterdrückte, was bei der Kopfüberposition des Körpers natürlich in der Gegenrichtung erfolgte, stutzte er. Mit der linken Hand kramte er ohne hinzusehen in seiner Tasche, bis er eine lange Pinzette in der Hand hielt. Elke Lukassow und Frankfurt sahen sich fragend an.

Als der Arzt sich wieder aus der Hocke erhob, hielt er den Beamten zwei zerknautschte Geldscheine hin.

»Es befinden sich noch mehr davon im hinteren Rachenraum. Dem Mann wurde offenbar mit großer Brutalität Geld in den Hals gepresst. Nach Lage der Dinge postmortal, also nach Eintritt des Todes.« Dr. Bergler sprach mit leiser, wohlmodulierter Stimme wie ein Kunstlehrer, der einer Schar von 12-jährigen Dalis Frühwerk näherzubringen versucht.

Frankfurt nahm dem Arzt mit spitzen Fingern die Pinzette ab und verstaute das Geld in einem verschließbaren Plastiktütchen.

Bergler fuhr fort: »Die Schussverletzung am Kopf ist mit Sicherheit tödlich. Zustand der Leiche, Temperatur und Blutgerinnung deuten auf einen Todeszeitpunkt zwischen 22.00 und 1.00 Uhr vergangene Nacht hin. Die Austrittswunde der Kugel befindet sich in der Nähe des Hinterhauptloches, was auf einen Schuss von vorne oben hinweist. Der Täter muss eine erhöhte Position gegenüber dem Opfer gehabt haben beziehungsweise das Opfer kniete oder saß vor ihm. Die Blutspuren an der Verstrebung sind relativ gering, was darauf schließen lässt, dass der Mann vor seiner Anbringung am Riesenrad getötet wurde.« Der Mediziner holte ein Klemmbrett aus seiner Tasche. Routiniert füllte er den Totenschein aus und reichte den Durchschlag der Kommissarin.

Günther Kesse, der Polizeifotograf, tat seine Arbeit. Aus allen möglichen Winkeln nahm er die Leiche auf. Als er endlich fertig war, streiften sich die Lukassow und Frankfurt ebenfalls Handschuhe über. Die Kommissarin hob einen der Geldscheine auf, die mittlerweile überall herumlagen. Ein Zwanziger. Sogar aus dem Hosenbund der Leiche quoll Geld.

»Den haben sie förmlich ausgestopft«, murmelte Frankfurt.

Auf Anweisung der Lukassow begannen die Leute der

Spurensicherung mit ihrer Arbeit. Zunächst sammelten sie das Geld auf und tüteten es sorgfältig ein. Es würde im Labor zunächst auf Echtheit, anschließend auf eventuelle Registrierung untersucht. Einer der Kriminaltechniker kam auf die beiden Kommissare zu, die sich einige Schritte entfernt hatten, um die Arbeiten nicht zu behindern. Er hielt eine dünne schwarze Geldbörse in der Hand. Die Kommissarin klappte sie auf. Das Geldscheinfach schien prall gefüllt.

Aus den Steckfächern lugte eine EC-Karte und mehrere andere Plastikkärtchen, die auf den ersten Blick nicht zu identifizieren waren. Ein ausklappbares, mit durchsichtiger Folie versehenes Fach enthielt einen Personalausweis …

2
Happy Birthday, Tarzan

Achtundzwanzig. Schwarz, Pair, Passe.« Der Croupier im dunkelblauen Smoking sang die Gewinnzahl mit geschult monotoner Stimme wie ein Bootsmann beim Loten der Wassertiefe. Der Saladier[2] zog mit dem Rechen alle Jetons, die nicht gewonnen hatten, vom Spielfeld und begann sie zu sortieren.

Routiniert wurden die Gewinne abgefragt: »Fünfzig auf Passe?«, »Das Stück[3] auf der Achtundzwanzig?« Jetons wurden den jeweiligen Gewinnern zugeschoben. Der »Plein«-Gewinner, also der Glückliche, der direkt auf der gefallenen Zahl sein »Stück« drapiert hatte, erhielt das 35-fache seines Einsatzes.

»Bitte, das Spiel zu machen!« Der Wurfcroupier schickte die Elfenbeinkugel auf ihre kurze Rundreise. Das Gemurmel am gut besuchten Tisch 8 der Spielbank Bad Dürkheim wurde intensiver. Jetons wurden scheinbar wild und planlos platziert, kryptische Anweisungen den Croupiers zugeraunt: »Vierzehn, drei, drei«, »Transversale Simple«, »Schein spielt Rot«, »Orphelins«, »Cheval 35, 36«.

Das Klickern der Kugeln im Kessel, das allgegenwärtige Rascheln der Plastik-Jetons, das gedämpfte Raunen klang in Tarzans Ohren wie Musik. Filmmusik zu einem neuen, spannenden und interessanten Abenteuerfilm. Mit roten

---

2 Croupier, der die Jetons sortiert

3 Bezeichnung für einen Jeton

Ohren setzte er einen Zwei-Euro-Jeton auf das schwarze Feld. Lothar Zahn, seit seiner Schulzeit von allen nur »Tarzan« genannt, hatte Geburtstag. Der Casinobesuch samt Spielkapital war das Geschenk seiner Lebensgefährtin Solo.

Sie musterte ihren Lebensgefährten mit dem amüsierten Lächeln einer stolzen Mutti, deren Sohn zum ersten Mal alleine loszieht, um sich am Kiosk ein Comic-Heft zu kaufen. Die hochgewachsene, schlanke Frau mit dem ernsten Gesicht und der dunkelroten Kurzhaarfrisur hieß in Wirklichkeit Bertha Solomon und mochte ihren Vornamen nicht. Sie passte zu dem bulligen Tarzan wie Kleopatra zu einem gallischen Fischhändler. Vielleicht gerade wegen ihrer Gegensätze lebten und liebten, stritten, weinten und lachten die beiden schon seit vielen Jahren miteinander auf ihrem alten Hausboot »Lady Jane« im Lampertheimer Altrhein. Sie betrieben eine kleine Firma, die sich auf Industriesicherheit und Ermittlungen im Transportgewerbe spezialisiert hatte. Auch eine Nacht im feinen Kurhotel inklusive sauteurem Candle-Light-Dinner im angeschlossenen Restaurant gehörte zu Solos Arrangement. Das Dinner war Vergangenheit, Tarzan hatte sich beim Essen mit Messer und Gabel weder das Gesicht zerkratzt, noch lautstark Pommes-Rot-Weiß geordert und lediglich zwei kleine Pils getrunken. Freunde waren für den kommenden Samstag zum Captain's Barbecue auf die »Lady Jane« eingeladen, Verwandtschaft fand nicht statt.

Solo genoss den prickelnden Abend, spielte aber nicht selbst. Lediglich an den einarmigen Banditen des im Nachbargebäude untergebrachten Automatenspiels hatte sie ihr Glück versucht. Sie verließ die lockende Stätte bereits nach vier Minuten und tröstete sich mit dem Gedanken, dass sie ja wohl Glück in der Liebe hatte, über den Verlust von immerhin zwanzig Euro hinweg.

»Elf. Schwarz, Impair, Manque«, verkündete der Croupier an Tisch 8.

»Lass liegen, Alter!« Tarzan, der schon nach seinen Stücken grapschen wollte, wandte sich erstaunt um.

Der Kerl hinter ihm legte ihm eine Hand auf die Schulter, an deren Gelenk eine klotzige Armbanduhr baumelte, für die man wahrscheinlich schon ein anständiges Auto bekommen hätte. Ein verschlagenes Fuchsgesicht mit gepflegtem Dreitagebart grinste ihm verschwörerisch zu.

»Lass die liegen und Babys machen, Tarzan.«

»Woher kennen Sie meinen … sag mal, du bist doch …« Tarzans graue Zellen schufteten im Akkord. »Magic!« Das war eindeutig zu laut und mahnendes Gezischel stoppte weitere begeisterte Reaktionen.

»Mensch Magic, das ist doch schon eine Million Jahre her, oder?« Tarzan zog sich mit dem Mann etwas aus dem direkten Umfeld des Tisches zurück.

»Zwei, Alter. Zwei Millionen. Die Rote da drüben, ist das deine?« Die anerkennend geschürzten Lippen verhinderten, dass Tarzan sich über die ungewohnte Bezeichnung seiner Göttin empörte.

Tarzan nickte »Das ist Solo. Meine Lebensgefährtin.«

Magic lachte und knuffte Tarzan kameradschaftlich in die Seite. »Du bist vielleicht ein Heinz, Mensch. ›Lebensgefährtin‹, ich schmeiß mich weg. Klasseweib. Hätt ich dir gar nicht zugetraut. Ach übrigens …«, Magic schnippte lässig mit den Fingern, und eine platinblonde Männerfantasie von höchstens zwanzig Jahren, deren Busen mit Sicherheit unter das Kriegswaffenkontrollgesetz fiel, kam in absolut jugendgefährdendem Gang auf sie zu. »Das ist Nicky. Nicky, das ist Tarzan. Der mit der Liane …« Magic erregte Aufsehen, als er prustend lachte. Es klang wie der vergebliche Versuch, ein Luftschiff mit dem Mund aufzublasen.

Tarzan lächelte Nicky freundlich zu und versuchte angestrengt, das gewaltige Dekolleté zu ignorieren.

Solo stand plötzlich wie aus dem Boden gewachsen neben ihm. »Hallo, ich bin Solo ...« Lächeln: Grönlandeis; Stimme: flüssiger Stickstoff; Körperhaltung: Zieh Leine, Schlampe.

Tarzan spielte »Der kleine Gentleman« und stellte Solo vor. Magic, der eigentlich Klaus Mazic hieß, war ein Schulkamerad aus der Zeit, als es noch eine Volksschule gab, ein Mopedkumpel, als Tarzan noch mit seiner frisierten 50er Sachs durch Lampertheim röhrte und einer, der immer wusste, wo es die schärfsten Teile für den Zwei-Liter-Capri gab.

Nicky kicherte debil und zeigte pausenlos ihr makelloses Gebiss, welches garantiert ein halbes Dutzend Zähne zu viel aufwies.

Solo, die absolut kein Interesse an Smalltalk mit Superproll und Titty-Nicky zeigte, zupfte Tarzan unauffällig am Ärmel und deutete in Richtung des Achter-Tisches: »Kann es sein, dass die was von dir wollen?« Tarzan drehte den Kopf und sah, wie der Chefcroupier in seine Richtung zeigte und gerade einen der Saalpagen schickte.

Der junge Mann deutete eine knappe Verbeugung an und murmelte diskret: »Entschuldigen Sie bitte, man möchte Ihren Satz wechseln. Wenn Sie erlauben?« Tarzan sah für einen Augenblick fast so klug aus wie Nicky, dann warf er einen Blick auf die Anzeige der Tischpermanenz. Auf diesen Leuchttafeln wurden die letzten geworfenen Zahlen angezeigt. Seit ihn Magic abgelenkt hatte, war siebenmal eine schwarze Zahl gefallen. Vierundsechzig Zwei-Euro-Jetons türmten sich auf dem schwarzen Feld.

Magic holte Tarzan ein, als dieser zurück an den Tisch ging, und flüsterte ihm zu: »Abziehen und ein Stück für die

Angestellten …« Solo und Nicky blieben zurück. Die beiden standen nebeneinander, doch selbst ein Blinder hätte die Barriere aus Natodraht und Sprengminen gesehen, die zwischen ihnen lag.

Ein strahlender Tarzan kam gleich darauf zurück, deutete auf seine ausgebeulten Jackentaschen und legte seine Arme um Solos und Nickys Hüften. Widerstrebend gab Solo nach und ließ sich an die Theke bugsieren.

»Sekt. Eine Flasche und vier Gläser!«, orderte Tarzan großspurig.

»Drei«, sagte Solo lapidar.

»Bitte?«

»Drei Gläser, ich mag jetzt nicht.«

»Ach komm, Liebes, ich hab doch Geburtstag …« Tarzan quengelte wie ein kleiner Junge.

»Ich bin müde und mir ist nicht gut. Ich gehe schon mal aufs Zimmer.« Abrupt erhob sie sich und ging in Richtung Ausgang.

Magic stieß einen leisen Pfiff aus »Doller Rahmen, deine Maus. Was habe ich gehört? Du hast Geburtstag? Wie alt wirst du denn?« Er unterbrach sich, schlug sich mit der flachen Hand an die Stirn und rief so laut, dass der Barmann erschrocken zusammenfuhr: »Ich Arschloch, genauso ein alter Sack wie ich natürlich. Mensch Tarzan. Glückwunsch, Alter …« Ehe er wusste, wie ihm geschah, hatte ihm Titty-Nicky schon einen tropenfeuchten Kuss auf die Lippen gematscht. Ihre Brüste drückte sie einen Tick zu lange gegen seinen Oberkörper.

Magic lachte dreckig. »Pass auf, dass er noch Luft bekommt, Nicky-Maus.«

Es war kurz nach drei Uhr morgens, als Tarzan mit schweren Schritten den Flur entlangstapfte. Mühsam entzifferte er die Nummern an den Zimmertüren. Endlich hatte er die richtige gefunden. Er tastete nach dem Schüssel in seiner Hosentasche. Dann fiel ihm ein, dass den ja Solo mitgenommen hatte. Solo, die auf der anderen Seite dieser Tür sicher schon seit Stunden mehr oder weniger selig schlummerte.

Tarzan lehnte sich gegen die Wand und versuchte nachzudenken. Klopfen würde nichts nützen, denn Solo hatte für gewöhnlich einen Schlaf wie ein Baby. Nach langen Minuten kam ihm endlich die Erleuchtung: Er fixierte das Fenster am Ende des Ganges, versuchte sich in der Mitte zu halten und schlingerte wie ein Schiff mit Ruderschaden in Richtung Lift.

»Simmanumma siebsehn, siebsehn bidde«, lallte er den trotz der frühen Stunde freundlich lächelnden Rezeptionisten an. Nachdem Tarzan umständlich seinen Ausweis hervorgekramt und die Geldscheine, die ihm dabei aus der Tasche gefallen waren, wieder aufgehoben hatte, überprüfte der Angestellte Tarzans Angaben anhand der Gästeliste und händigte ihm einen zweiten Schlüssel aus. Mit großspuriger Geste, die ihn beinahe stürzen ließ, legte Tarzan noch einen Zwanziger auf den Tresen.

»Dangschön, Gunachd …« Im Bad zerdepperte er dann noch eines der Zahnputzgläser, beschloss daraufhin, das Zähneputzen durch Einsatz von Mundspray zu ersetzen und jagte sich eine satte Ladung Deo in den Rachen. Anscheinend vertrug sich die Marke nicht mit dem schottischen Malz-Whiskey, der in einer gewaltigen Eruption aus Tarzans Magen floh.

Es mag Menschen geben, die richtig kultiviert niesen können, die, wenn sie sich mal verschlucken, dezent hüsteln und die sich sogar bei Übelkeit fast unhörbar erleichtern. Tarzan gehörte nicht zu dieser beneidenswerten Gattung. Wenn Tarzan nieste, gingen gewöhnlich im ganzen

Viertel die Alarmanlagen der Autos los. Sein Husten beschämte brünstige Elchbullen und wenn er sich einmal erbrach … Als er schließlich mit blutunterlaufenen Augen und brennender Kehle in der Minibar nach Wasser suchte, kollerten auch noch zwei kleine Bierflaschen auf den Parkettboden des Zimmers. Tarzan gab die Suche nach Wasser auf, setzte sich auf den Fußboden und soff das Bier.

Irgendwann, es war gegen sechs, weckte ihn die Kälte und sein schmerzender Rücken. Mühsam kroch er ins Bett, bettete seinen 50 Kilogramm schweren Schädel vorsichtig in die Kissen und begann augenblicklich zu schnarchen wie der Vesuv unmittelbar vor einem Ausbruch.

Als er erwachte, schien die Sonne durch einen Spalt der dicken Vorhänge. Äußerst langsam wandte er den Kopf. Solos Bett war leer, die Decke ordentlich zurückgeschlagen. Stöhnend richtete er sich auf. Die Tür zum Bad stand offen, kein Licht.

»Solo?« Autsch! Benommen erhob er sich, stützte sich am Schrank ab und tastete sich ins Badezimmer. Erleichtert registrierte er, dass seine nächtlichen Eskapaden keine sichtbaren Spuren hinterlassen hatten. Er trat in die Duschwanne, regulierte mühsam die Temperatur und begab sich auf den langen Weg zur Menschwerdung.

Als er eine halbe Stunde später den Frühstücksraum betrat, erinnerten nur noch die etwas müde blickenden Augen und der vorsichtige Gang an eine feuchtfröhliche Nacht. Suchend blickte er sich um, entdeckte Solo erleichtert an einem Tisch am Fenster und steuerte lächelnd auf seine Lebensgefährtin zu.

»Hallo Liebes.« Er nahm ihr gegenüber Platz, griff nach der Kaffeekanne und schenkte sich eine Tasse ein.

»Hallo«, knapp, aber nicht unfreundlich.

»Entschuldige wegen gestern Nacht, ich …« Tarzan fühlte sich nicht besonders wohl in seiner Haut.

»Kein Problem, es macht mir nichts aus, mitten auf einem Rugby-Spielfeld zu schlafen, mich in einem Männerpissoir zu waschen, das vorher eine Hundertschaft von Stadtstreichern benutzt hat, und den Ausdünstungen eines mongolischen Yaks zu trotzen.« Direkt hinter ihrem Lächeln hörte Tarzan, wie große Messer gewetzt wurden. Er wusste nicht, was ein Yak war, ahnte aber, dass es sich dabei um etwas nicht ganz Stubenreines handeln musste.

»Es hat sich aber gelohnt …« Wenn Solo derart schweres Geschütz auffuhr, musste er seinen Trumpf wohl vorzeitig aus dem Ärmel plumpsen lassen.

»Gelohnt?«, Solos grüne Augen wurden zu schmalen Schlitzen. »Es hat sich gelohnt, dass ich eine halbe Stunde das Bad geschrubbt habe, damit ich mich nicht vor dem Personal in Grund und Boden schämen muss? Gelohnt, dass ich die halbe Nacht damit verbracht habe, über unsere Beziehung nachzudenken, bloß weil mein treuer Gefährte an seinem Geburtstag erkannt hat, dass Alkohol, dicke Titten und verkrachte Existenzen viel spannender sind als die doofe alte Solo?« Der Satz war lang. Solo musste eine Pause machen, um Luft zu holen. Das mit den Titten hatte man am Nachbartisch gehört. Man tuschelte, grinste und schaute angestrengt in die Speisekarte.

Tarzan lief rot an, holte ein Bündel Geldscheine aus der Innentasche seines verknitterten Jacketts und legte es zwischen Kaffeekanne und Blumenvase, so dass es nur Solo sehen konnte.

Solo zuckte zurück, als hätte er eine lebende Strandkrabbe auf den Tisch gelegt. »Was ist das?«

»Achthundert«, Tarzan lehnte sich entspannt zurück, »Magic hat ein System …«

Solo unterbrach ihn. Ihre Augen sprühten Blitze. »Scheißgeld!« Sie griff nach den Scheinen, warf sie Tarzan auf den Schoß, erhob sich, schnappte ihre Handtasche und rauschte davon. Unterdrücktes Glucksen am Nebentisch. Man unterhielt sich ausgezeichnet.

Tarzan kroch auf dem Boden herum, um die heruntergefallenen Scheine aufzuklauben, erhob sich ächzend und mit brummendem Schädel und verstaute die Banknoten wieder in seiner Jacke. Er nickte den benachbarten Gästen zu wie ein Künstler, der sich für den Applaus bedankt und schritt so würdevoll wie möglich davon.

»Tut mir leid …« Tarzan schaute angestrengt durch die Windschutzscheibe. Am Horizont war im Dunst die BASF Ludwigshafen zu sehen. Solo schwieg. Tarzan fand ihr selbstgerechtes Getue albern und beschloss, nicht länger das arme Sünderlein zu spielen.

»Immerhin habe ich gestern Nacht achthundert Mäuse gewonnen. Magic hat mir sein System gezeigt. Mal gewinnst du, mal verlierst du. Unterm Strich gewinnst du aber öfter, als du verlierst. Der lebt seit über zwei Jahren nur vom Roulette. Kannst du dir das vorstellen? Der geht zweimal in der Woche ins Casino, fährt S-Klasse und hat ’ne todschicke Bude!«

Solo schnaubte verächtlich, »Der kann dir viel erzählen. Der wird sein Geld mit solchen Schlampen wie Nicky-Maus machen. Oder mit Drogen oder Waffen oder sonst was. Der ist ein Drecksack, das hab ich gleich gemerkt.«

»Nicky ist seine Verlobte«, wandte Tarzan ein. »Außerdem hast du die achthundert ja wohl gesehen, oder?«

»Anfängerglück. Wie viel hast du dafür eingesetzt? Wir hatten doch nur hundert mitgenommen?«

Tarzan biss sich auf die Lippen. Das Thema hätte er lieber ausgeklammert. »Ich hab am Automat …«

»Was?« Solo warf ihm einen kurzen Blick zu, in dem ihre ganze Empörung lag. »Wie viel?« Sibirische Kälte.

»Äh …« Tarzan wusste, dass es keinerlei Sinn machte zu flunkern. Die Bankauszüge würden es ja doch ans Licht bringen. »Vierhundert …«

»Vier-hun-dert!« Solo zog die Zahl in die Länge. »Du hast vierhundert Euro von unserem gemeinsamen Konto abgehoben, um damit im Casino zu zocken? Sag mal, bist du noch ganz bei Trost?«

»Magics System ist todsicher, er hat …«

»Scheißsystem!« Solo schäumte. »Es gibt kein sicheres System, verdammt noch mal. Wenn es auf der ganzen Welt auch nur ein einziges sicheres Roulettesystem gäbe, dann würden die Casinos eines nach dem anderen dichtmachen. Besonders, wenn es so eine Knalltüte wie dein Magic jedem aufs Auge drückt, der sich von Silikonbrüsten hypnotisieren lässt.«

»Die sind echt!« Fehler! Tarzan hatte mit sicherem Gespür die falscheste Erwiderung der Galaxis gewählt.

Dabei war sein Wissen über Nickys Anatomie auf durchaus legalem Wege zustande gekommen. Magic hatte ihm »unter Männern« nach dem dritten Macallan[4] verraten, dass an seiner Gespielin alles Natur sei. Tarzan hatte es ihm geglaubt. Der Macallan war ein guter Stoff. Aber erkläre das einmal einer eifersüchtigen Lebensgefährtin.

Das Schweigen hielt bis nach Hause. Erschüttert stellte Tarzan fest, dass in Solos Augenwinkeln Tränen schimmerten. Was war er bloß für ein Idiot. Als Solo den Grand Cherokee vor der Lady Jane stoppte, stieg er aus, ging um

---

4 Lieblingswhiskey des Autors

den großen Geländewagen herum und nahm Solo in den Arm.

»Mensch Solo, was soll ich denn mit so einer bescheuerten Schickse? Du weißt genau, dass ich nicht auf große Lungenflügel steh. Außerdem habe ich die beste große, böse Frau auf der Welt.«

»Du Arsch …« Solo schniefte, erwiderte aber die Umarmung. Tarzan freute sich. Wenn Solo in diesem Ton »Du Arsch« sagte, dann klang das wie ein »Ich liebe dich«.

Der Tote vom Riesenrad hieß Ludwig Helland, war Vorsitzender der politischen Partei »Aufrechte Demokraten« und in der kleinen Bergstraßenstadt so eine Art Held. Allerdings erst seit er es fertiggebracht hatte, eine wertlose Immobilie an eine finanzkräftige Gesellschaft aus Mannheim zu verscherbeln, die daraus eine sprudelnde Geldquelle für die Stadt gemacht hatte. Der »Lotosgarten«, ein asiatischer Park samt Teehaus, den die Central-City-Consulting quasi als Zugabe um den Neubau ihrer Zentrale angelegt hatte, stellte als Ausflugsziel, was die Besucherzahlen anging, mittlerweile fast das Heidelberger Schloss in den Schatten.

Doch die Einnahmen aus dem Bereich der Touristik erschienen gering gegen die Ströme von Geld, die durch die international agierende und äußerst erfolgreiche Central-City-Consulting in die Gewerbesteuerkasse der kleinen Stadt flossen.

Die Polizeidirektion Heidelberg hatte rasch ein Team zusammengestellt, das gemeinsam mit der leitenden Ermittlerin KHKin Elke Lukassow und ihrem Kollegen KOK Furtwängler sämtliche Kontakte des ermordeten Lokalpolitikers überprüfte. Die Männer und Frauen schwärmten aus wie ein Bienenvolk, summten durch Rathaus, kommunale Dienststellen, Vereine, kirchliche Einrichtungen, sichteten Hellands Korrespondenz, stellten das kleine Fachwerkhaus auf den Kopf und erstellten seitenweise Vernehmungsprotokolle, Personenlisten und Beurteilungen. Der Apparat lief auf Hochtouren. Der Chef wollte Ergebnisse. Jetzt. Gleich. Am liebsten gestern. Wie erwartet blies die gesamte Presse kräftig ins Horn, gab dem Fall die bizarrsten Namen und Fernseh- und Radiosender erklärten der Nation geduldig, wo Schriesheim lag.

Frank Furtwängler hatte ganze Arbeit geleistet. Der lange Oberkommissar steckte noch immer in dem gleichen Anzug, ein dunkler Bartschatten machte sich auf seinem hageren Gesicht breit und auch Elke Lukassow hatte tiefe Ringe unter den Augen.

Das Dienstzimmer in der Römerstraße war bis auf wenige Stunden traumlosen Schlafes ihr Zuhause. Es wurde beherrscht von einer großen Stellwand. Fotos, Landkarten, Listen und Vernehmungsprotokolle waren daran angebracht. Pizzakartons, Mineralwasserflaschen, Kaffeetassen und Fastfood-Verpackungen lagerten auf Schreibtischen und quollen aus dem Papierkorb.

Frankfurt schlug sein zerfleddertes Notizbuch auf und berichtete seiner Kollegin. Luke hatte ihm aufgetragen, alles über das Opfer herauszufinden und der Gute kannte sich nun in Schriesheim besser aus als im heimischen Sandhausen.

Er warf sich erschöpft in seinen Schreibtischsessel, fuhr wieder in die Höhe und schleuderte angewidert eine XXL-Menü-Tüte, glücklicherweise leer, in Richtung des überforderten Papierkorbes.

Mit kleinen Pausen, in denen er mühsam seine eigene Schrift zu entziffern suchte, setzte er den Rapport fort.

»Ludwig Helland galt in Schriesheim als weltfremder Sonderling, dessen Minipartei für althergebrachte Werte wie Ehrlichkeit, Bescheidenheit, Edelmut und Selbstlosigkeit eintrat und sich mit diesem Programm naturgemäß mehr Spott als Anerkennung einhandelte. ›Der Retter von Schriese‹, wie er damals nach Bekanntwerden des CCC-Deals gerne genannt wurde, hatte niemandem etwas zuleide getan. Jedenfalls nicht körperlich … Er erwies sich allerdings als furchtloser Kämpfer für Gerechtigkeit und gegen den Teufel in Gestalt von Korruption, Amtsmissbrauch und Rechtsbeugung.«

Frankfurt machte eine Grimasse, als die Lukassow mahnend den Finger hob und ihn mit den Worten unterbrach: »Sind wir das nicht auch, tapfere Krieger für Recht und Gesetz?«

Kopfschüttelnd sprach Furtwängler weiter. »Jetzt wird es interessant, Jeanne d'Arc: Eines seiner ersten Opfer war der honorige Ortsvorstand des Schriesheimer Ortsteils Hirschweiler, der Sägewerksbesitzer Alfons Gambrecht. Helland überführte ihn 1989 der Korruption im Amt und brandmarkte ihn öffentlich als üblen Machtmenschen und Opportunisten. Gambrecht soll heute in der Nähe der polnischen Grenze als angestellter Betriebsleiter einer kleinen Möbelschreinerei arbeiten.

Nur ein halbes Jahr später überführte der ›Aufrechte Demokrat‹ Helland den Spediteur Willi Dammer, der in großem Stil Müll illegal entsorgte beziehungsweise auf dunklen Wegen ins Ausland exportierte. Dammer verbüßte eine fünfjährige Haftstrafe, zog sich dann auf den Bauernhof seines verstorbenen Vaters zurück und lebt dort seitdem vom Verkauf selbst gebrannter Wässerchen, vom Genuss derselben und von gelegentlichen Aushilfsarbeiten bei den Bauern der Umgebung.« Frankfurt klappte sein Notizbuch zu und schaute die Lukassow erwartungsvoll an.

»Morgen früh besuchen wir diesen Einödbauern.« Elke Lukassow sah auf die Uhr. Es war 23.25 Uhr. Ihre eigenen

Überstunden hatten sie auch etwas gekostet: einen gepflegten Chardonnay und einen gemeinsamen Fernsehabend mit Hubert und Edgar Wallace. Dinge, die selbst eine Kriminalhauptkommissarin einem mysteriösen Ritualmord vorzog.

Frankfurt zog sich gerade sein zerknittertes Jackett an, als es klopfte und Kärcher seinen Mäuseschädel hereinstreckte. »13 450 Euro!« Der Kriminaltechniker, ein blasses, dünnes Männchen mit Woody-Allen-Brille legte einen dünnen Aktenordner auf Lukes Schreibtisch. »Nicht registriert, unmarkiert. Kann sein, dass bei der Leichenschau noch ein wenig Telefongeld dazukommt. Diese Summe«, er legte einen prallen Plastikbeutel dazu, »haben wir jedenfalls an der Leiche und in der unmittelbaren Umgebung des Fundortes sichergestellt. Soweit wir das feststellen können, ist das Geld sauber. Finanztechnisch gesehen.« Woody brachte es tatsächlich fertig, vielsagend über den oberen Rand der gigantischen Brille zu linsen.

»Die Blutspuren stammen alle vom Opfer. Null Rhesus negativ. Alles andere steht da drin. Gute Nacht.« Elke Lukassow verzog das Gesicht, als der Kriminalneurotiker die Tür eine Nuance zu laut schloss. Vermutlich hatten ihn die Überstunden das Date seines Lebens gekostet.

Sonntagmorgen, 10.25 Uhr. Frankfurt steuerte den Passat am Schriesheimer Festplatz vorbei. Städtische Angestellte beseitigten den Müll der vergangenen Nacht. Der Mathaisemarkt war ungeachtet der gestrigen Geschehnisse pünktlich eröffnet worden. Zwar war der spektakuläre Mord unter den Schaustellern und Budenbetreibern wie auch beim Publikum das Thema Nummer eins, aber das erste Frühlingsfest der Region deswegen abzusagen, stand nie zur

Debatte. The Show must go on. Lediglich das Andromeda Wheel war am Vorabend dunkel geblieben, was zu erheblichem Unmut bei den zum Teil extra wegen dem »Todesrad« von weither angereisten sensationslüsternen Gaffern geführt hatte. Zähneknirschend begnügte man sich mit Foto- und Videoaufnahmen. Heute würde Degner das größte transportable Riesenrad der Welt wieder in Betrieb nehmen. Der zu erwartende Umsatz würde ein kleiner Trost für den gestrigen Schrecken sein.

Frankfurt musste um mehrere Ecken kurven, um den gesperrten Festbereich zu umfahren. Aber schließlich waren sie wieder auf der Straße in Richtung Wilhelmsfeld. Überall wiesen Schilder auf den wenige Kilometer außerhalb gelegenen »Lotos-Park« hin. Nicht lange, und die markante Silhouette des japanischen Teehauses erschien auf der rechten Seite. Das fremdartige Gebäude fügte sich dank passend angelegter Umgebung harmonisch in das um diese Zeit noch neblig-trübe Kanzelbachtal ein. Ein riesiger Busparkplatz und ein hölzerner Torbogen in ebenfalls japanischem Stil markierten den Zugang.

»Vielleicht sollten wir unseren Fuhrpark auf Toyota umstellen«, scherzte Frankfurt.

»Zwei Drittel aller Autos hier sind doch eh schon Reisfresser«, murmelte Luke und bedachte den Park mit einem mürrischen Seitenblick. »Du kriegst eine schicke Samuraiuniform und ich geb die Geisha.« Frankfurt unterdrückte mühsam ein Lachen.

Die Chefin war zu Scherzen aufgelegt. Ein Narr, wer das auszunutzen wagte.

Nach dem Schwimmbad bogen sie links ab in Richtung Altenbach. Kurz vor dem Schriesheimer Ortsteil zweigte die Straße nach Ursenbach ab.

»Langsamer jetzt«, befahl die Geisha im Lodenmantel

und Frankfurt gehorchte. Angestrengt suchten sie nach der Zufahrt. Der Bürgermeister hatte ihnen den Weg genau beschrieben. »Außerhalb 15« hieß die Adresse und war weder durch ein Schild noch durch sonstige Hinweise gekennzeichnet. Nach zwei fehlgeschlagenen Versuchen fanden sie endlich den schmalen, laub- und schlammbedeckten Waldweg, der zum sogenannten Rohnhof führte. Frankfurt beugte sich im Fahrersitz weit nach vorne und dirigierte den Wagen mühsam um die zahllosen Pfützen und Schlaglöcher herum. Tiefe Traktorspuren ließen den Unterboden des Autos über Gras und Schlamm schleifen und Frankfurt musste vorsichtig mit dem Gas spielen, damit die Räder nicht durchdrehten. Endlich tauchten die Umrisse mehrerer Gebäude zwischen hohen Fichten auf. Der Passat rumpelte durch die kopfsteingepflasterte Einfahrt und stoppte neben einem mit schwarzer Ölschmiere verdreckten, uralten Traktor.

»Definiere ›Arsch der Welt‹«, brummte Frankfurt, als er den verwahrlosten Bauernhof musterte. Das Dach der Scheune bestand zur Hälfte nur noch aus den nackten Sparren und Latten. Das Tor stand offen, einer der großen Flügel hing windschief an einem Scharnier. Das Innere schien vollgestopft mit rostzerfressenen Erntemaschinen, verfaultem Stroh und Autowracks mit blinden Scheiben und bemoostem Blech. Das Wohngebäude, ein mit zersplitterten Eternitplatten verkleidetes, ehemals schmuckes Fachwerkhaus fügte sich nahtlos in das Gesamtbild ein. Von den Sprossenfenstern blätterte die Farbe ab, einige der Scheiben waren durch aufgeweichte Pappe oder verquollene Spanplatten ersetzt worden. Aus dem brüchigen Schornstein kräuselte sich eine dünne Rauchfahne. Die Haustür über den ausgetretenen Sandsteinstufen stand halb offen. Röhrender Gesang drang heraus.

Frankfurt nickte der Lukassow zu, zog seine graue Anzughose so hoch wie möglich und tappte wie ein Storch im Salat über den verdreckten und mit zahllosen Pfützen bedeckten Hof, in dessen Mitte ein gewaltiger Misthaufen über die gemauerte Einfassung quoll.

»Bleib stehen, Frankfurt«, die Stimme der Hauptkommissarin klang merkwürdig gepresst. Frank Furtwängler tat wie geheißen und wandte sich zu seiner Kollegin um.

»Nicht bewegen!« Mit dem vordersten ihrer zahlreichen Doppelkinne wies Elke Lukassow in Richtung des Stallgebäudes. Frankfurt folgte ihrem Blick und … reagierte völlig falsch: »Scheiße!«, stieß er heiser hervor, tastete nach seiner Dienstwaffe und spurtete in Richtung Dienstwagen zurück.

Das gedrungene, muskelbepackte Monstrum mit den kupierten Ohren und den bösartig funkelnden, winzigen Augen schoss los, als wäre es von einem Katapult gestartet. Ohne Rücksicht auf Schuhe oder Hosen raste der baumlange Oberkommissar quer über den Hof, erkannte, dass er es nicht mehr rechtzeitig in den Wagen schaffen würde und peilte das windschiefe Taubenhaus an, welches neben dem Misthaufen auf einem Pfahl befestigt war. Dank seiner enormen Körpergröße, zusätzlich beflügelt von panischer Angst vor dem mit wildem Geheul heranstürmenden Pitbull, gelang es ihm, eine der unteren Sitzstangen zu fassen zu kriegen. Der Hund sprang in die Höhe, als verfüge er über Sprungfedern in den Hinterläufen. Frankfurt zog seine langen Beine an, das rechte etwas später als das linke. Ein ratschendes Geräusch und geiferndes Knurren begleiteten das Ende staatsgewaltiger Beinkleider aus dem Hause C&A.

»Aus!« Aus dem Mund der Lukassow klang das Kommando wie ein Revolverschuss. 57er Magnum. Mindestens.

Der Hund, immer noch den grauen Fetzen im Maul, fuhr

herum, als hätte ihn etwas gestochen. Elke Lukassow stand jetzt vor dem Passat. Entsetzt erkannte Frankfurt, dass sie sich sogar auf die Bestie zu bewegte. Sie hatte ihre Waffe im Handschuhfach. Sie trug die Pistole nur äußerst selten. Seine eigene Waffe hatte er während der überstürzten Flucht nicht mehr ziehen können und nun brauchte er beide Hände, um sich an dem gefährlich schiefen Mast des Taubenhauses festzuklammern.

»Aus!« Die Kommissarin strahlte eine Autorität und Entschlossenheit aus, die wahrscheinlich sogar einen angreifenden Wasserbüffel gestoppt hätte. Der Pitbull fixierte die lodengrüne Wutkugel, die sich da vor ihm aufzublasen schien. Seine Lefzen zitterten. Unmerklich wich er ein kleines Stück zurück. Elke Lukassow trat einen Schritt vor. Sie war jetzt höchstens noch drei Meter von dem Vieh entfernt. Ein kehliges Knurren, wie ferner Donner, kam aus den Tiefen des lauernden Hundes.

»Brutus!« Der hässliche Schädel des Kampfhundes zuckte herum. Im Türrahmen des Wohnhauses stand ein etwa 50-jähriger Mann in verwaschenen blauen Arbeitshosen, klobigen Stiefeln und heraushängendem Karohemd. In einem Schönheitswettbewerb wäre es zwischen ihm und dem Hund wohl zu Steitigkeiten um den letzten Platz gekommen.

Verfilztes graues Haar umrahmte eine grindige Halbglatze. Zwischen wässrigen, geröteten Augen stach ein enormer Zinken in leuchtendem Rot hervor, unter dem sich ein nikotinverfärbter, zerzauster Schnurrbart sträubte.

»Hierher! Fuß!« Die Kommandos gaben den Blick frei auf einen dominanten gelben Schneidezahn, der einsam aus dem Unterkiefer ragte. Der Mann spuckte aus. Ein Speichelfaden verfing sich in den Stoppeln auf dem langen, spitzen Kinn.

Der Köter trottete sichtlich widerstrebend zu seinem Herrn.

»Sitz!« Brav plumpste das Kraftpaket auf sein Hinterteil. Eine rote Zunge erschien. Die verschlagenen Schweinsäuglein schielten Anerkennung heischend in Richtung seines Gebieters.

»Was suchen Sie auf meinem Hof?« Die Stimme klang nur unwesentlich menschlicher als das Knurren des Pitbulls.

»Lukassow, Kripo Heidelberg. Das da oben ist mein Kollege Furtwängler. Sperren Sie den Hund weg.«

»Luke!« Furtwänglers Stimme klang merkwürdig. Die Lukassow wandte sich um, bereit, einen eventuellen Angriff aufgebrachter Killertauben abzuwehren. Was sie sah, sollte für Gesprächsstoff im gesamten Regierungsbezirk sorgen – auch noch Jahre später: Der Pfahl, welcher das halb verrottete Taubenhaus trug, war schon bevor Frankfurt hinaufgeklettert war, nicht wirklich gerade gewesen. Das Gewicht des Oberkommissars verstärkte die Neigung noch. Ein unheilverkündendes Knacken und Knistern war zu hören. Dann folgte der morsche ehemalige Telegrafenmast den Gesetzen der Erdanziehung und flatschte in ganzer Länge in den Misthaufen. Das Taubenhaus zerbröselte in einer Wolke aus Holzsplittern, Federn und Vogelkot. Das Bellen des Köters, das sich verdammt schadenfroh anhörte, wurde nur noch übertönt vom Gelächter des Bauern, das klang wie das Brunftgeschrei eines andalusischen Esels. Eines sehr alten andalusischen Esels.

»Verschwinden Sie! Augenblicklich! Mit euch Scheißbullen bin ich fertig! Genauso wie mit Helland!«

Luke schielte kurz nach ihrem Kollegen, der sich scheinbar unverletzt fluchend aus dem Misthaufen kämpfte.

»Herr Dammer?« Der Mann nickte unmerklich.

»Wir möchten Ihnen ein paar Fragen stellen.« Die Lukassow erstarrte. Der Mann langte hinter sich und hielt eine archaisch aussehende Flinte in den Händen. Der Köter zog voller Erwartung die Lefzen hoch.

»Waffe fallen lassen!« Frankfurt war hinter dem halbverrotteten Mistgreifer in Deckung gegangen und zielte auf den Mann. Die Lukassow machte vorsichtige Schritte rückwärts.

»Machen Sie keinen Scheiß, Dammer«, sagte sie und funkelte den Mann an wie kurz zuvor den wütenden Pitbull. Der Mann schwankte. Er schien angetrunken zu sein. Besoffen, bewaffnet, Kampfhund. Eine brisante Mischung.

»Wir haben nur ein paar Fragen, Herr Dammer. Bitte sperren Sie den Hund weg und legen Sie die Waffe auf den Boden! Herr Dammer!«

Der Schuss donnerte durch den morgendlichen Wald wie ein Kanonenschlag.

»Nicht schießen, Frankfurt!« Die Stimme der Lukassow klang schrill.

Dammer hatte das Gewehr in die Luft abgefeuert.

Der Hund hatte nicht einmal gezuckt.

»Ich hab ihn zur Hölle geschickt!«, schrie der Mann in der Tür. »Er hat endlich bezahlt! Ich hab ihm sein verdammtes Lebenslicht ausgeblasen. Mit diesem Gewehr, verdammt noch mal!« Mit diesen Worten schleuderte er die Waffe von sich. Glücklicherweise handelte es sich dabei, wie später festgestellt wurde, um einen musealen Vorderlader, so dass sich bei dem Aufprall kein weiterer Schuss lösen konnte.

Die Lukassow war hinter dem Wagen in Deckung gegangen und hielt ihr Handy ans Ohr.

»Weg mit dem Hund, Dammer!«, schrie Frankfurt, der immer noch hinter dem Mistbagger kauerte, die Pistole im

Anschlag. Dammer gab dem Hund einen Tritt, so dass dieser jaulend im Haus verschwand. »Holt mich doch, wenn ihr 'n Arsch in den Hosen habt!«, brüllte er mit sich überschlagender Stimme und verschwand im Haus. Krachend fiel die Tür ins Schloss.

Frankfurt lief geduckt zu Luke hinter den Wagen und kauerte sich neben sie.

»Verstärkung!«, keuchte er.

»Schon geschehen«, knurrte Luke und steckte das Handy wieder ein.

Aus dem Haus hörte man ein Klirren, Hundegebell und grölenden Gesang: »Vierzig Mann auf des toten Hellands Kisteee! Johohoooo und 'ne Buddel voll Rum!« Das Ganze wurde begleitet von rhythmischem Getrampel, als tanze hinter den blinden Scheiben eine ganze Schar ausgelassener Holzfäller.

»Augsburger Puppenkiste«, flüsterte Frankfurt und erntete einen ungläubigen Blick von seiner Kollegin. »Jim Knopf und Lukas, der Lokomotivführer. Das ist das Lied der Piraten.«

Elke Lukassow rollte entnervt mit den Augen, fixierte aber gleich darauf wieder das Gebäude, aus dem immer noch Lärm und Gesang drangen.

»Der hat ganz schön geladen«, zischte sie.

»Was meinst du? Ob der Meineidbauer wirklich den Helland …?«

»Im Leben nicht!«, fauchte Luke. »Der Suffkopp hätte sich dabei mit Sicherheit seine eingewachsenen Zehennägel abgeschossen. Das ist ein hundertprozentiger Alki. Der Köter hat wahrscheinlich mehr Hirn in seiner hässlichen Birne als sein Herrchen.«

»Scheiße …«

»Hmm«, nickte Luke und rümpfte die Nase, als sie einen

Seitenblick auf den völlig verdreckten Oberkommissar warf. »Die Weinheimer rücken aus und unsere Kollegen aus Heidelberg. Müssten gleich da sein.«

Wie zur Bestätigung waren in einiger Entfernung Martinshörner zu hören. Sie kamen näher, entfernten sich wieder und schienen oberhalb des Bauernhofes im Wald herumzuirren.

»Scheiße!« Jetzt war es an Luke, das S-Wort zu gebrauchen. Sie nestelte das Handy aus der Tasche ihres Lodenmantels. »Rechts endet die Leitplanke, da geht es links in den Waldweg, Mensch!«, schrie sie in die Mikrofonöffnung. Nach wenigen Minuten rauschte ein Geländewagen der Weinheimer Polizei auf den Hof, dass die Schlammbrocken nur so flogen. Die Türen auf der gebäudeabgewandten Seite flogen auf und vier Beamte gingen schulmäßig in Stellung. Weitere Fahrzeuge erreichten den Ort des Geschehens. Kommandos wurden gebrüllt, Gestalten mit Helmen und Schutzwesten verteilten sich geduckt über das gesamte Gelände. Präzisionsgewehre richteten sich auf das marode Bauernhaus, aus dem immer noch die mittlerweile heisere Stimme Dammers drang.

»Hallo ihr zwei«, Hauptkommissar Brenner aus Weinheim war gedeckt durch die Fahrzeuge zu Luke und Frankfurt gerannt. Er reichte der Lukassow ein Megafon. »Hier ist ja ganz schön die Kacke am Dampfen, was?«, meinte er mit einem Seitenblick auf Frankfurt.

Luke berichtete ihm in knappen Worten, was vorgefallen war. »Dammer ist sturzbetrunken. Er hat in die Luft gefeuert und die Waffe dann weggeworfen. Wir wissen allerdings nicht, ob im Haus noch mehr Waffen sind. Er hat einen Kampfhund bei sich. Ich werde versuchen, ihn davon zu überzeugen, sich zu stellen.«

Hinter der Scheune erschollen plötzlich laute Kommandos, verschiedene Stimmen schrien durcheinander. Eine keifende Frauenstimme stach hell daraus hervor. Brenner nahm sein Funkgerät in die Hand. »Windeck 1, was ist da los!«

»Windeck 14. Wir haben zwei Zaungäste gestellt. Reporter oder so. Wir bringen sie in Sicherheit.« Das Gezeter der Frau verlor sich im Wald.

Elke Lukassow nahm das Megafon, schaltete es ein und richtete es auf das Bauernhaus, in dem Willi Dammer seine lautstarke Ein-Mann-Party abhielt: »Herr Dammer, hier spricht Elke Lukassow, Kripo Heidelberg. Sie bringen sich unnötig in Schwierigkeiten. Kommen Sie mit erhobenen Händen heraus, dann passiert niemandem etwas. Seien Sie vernünftig, Herr Dammer. Wir möchten Ihnen nur ein paar Fragen stellen. Ich sorge dafür, dass Sie nicht wegen bewaffnetem Widerstand angeklagt werden. Bitte Herr Dammer, kommen Sie heraus.«

Die plötzliche Stille nach der Kakophonie aus Dammers Gegröle und der blechern verzerrten Stimme der Kommissarin war ohrenbetäubend.

Dann erklang wieder die krächzende Stimme Dammers: »Arschlöcher!«

Luke hob wieder das Megafon. »Herr Dammer, wenn Sie vernünftig sind, sind Sie heute Abend wieder ein freier Mann. Überlegen Sie es sich, Herr Dammer. Wir haben einen Mord aufzuklären und brauchen Ihre Zeugenaussage. Weiter nichts!«

»Aaaarschlöcher!«

»Herr Dammer, ich will Ihnen nur …!« Die Tür flog krachend auf, die torkelnde Gestalt Willi Dammers erschien auf der Schwelle. »Windeck 1: Feuerbefehl abwarten«, flüsterte Brenner in sein Funkgerät. Ringsum klickten die Sicherungen der automatischen Waffen. Dammer war erkennbar unbewaffnet. Das, was er aus dem Schlitz seiner fleckigen, zerlumpten Arbeitshose zutage förderte, verdiente die Bezeichnung Waffe nicht einmal annähernd. Unsicher Halt suchend, lehnte er sich weit zurück und schickte einen dünnen, blassgelben Strahl in Richtung der versammelten Ordnungsmacht. Dabei riss er seinen fast zahnlosen Mund weit auf und schrie: »Da habt ihr meine Antwort, ihr verdammten, feigen Aaaaa…!« Dammer machte zwei, drei Schritte nach vorne, fuchtelte wild mit den Armen in der Luft und fiel schließlich rücklings in eine mächtige Pfütze. Reglos blieb er liegen. Aus dem Haus klang das Klirren von Ketten und ein gotterbärmliches Gewinsel. Anscheinend hatte Dammer seine vierpfotige Kampfmaschine an die Kette gelegt.

Mit großer Vorsicht näherten sich die Einsatzkräfte dem Gestürzten. Blut aus einer Kopfwunde vermischte sich mit dem brackigen Wasser der Pfütze. Dammer war zum Glück nicht auf dem gepflasterten Teil des Hofes gefallen. Seine Brust hob und senkte sich, röchelnde Laute drangen aus seinem immer noch weit geöffneten Mund. Es stank nach Urin und billigem Fusel.

Brenner winkte Entwarnung. Luke und Frankfurt traten näher heran. »Puuh«, machte die Lukassow an Frankfurt gewandt, »gegen den riechst du ja noch nach Veilchen.«

Ein Rettungswagen, der vorsorglich unten an der Straße gewartet hatte, wurde auf den Hof beordert. Brenner informierte das Tierheim, damit sich jemand um den Hund kümmerte. Er beschloss, diesen Jemand keinesfalls zu beneiden. Er war kurz im Haus gewesen und hatte das zähnefletschende, geifernde Monstrum respektvoll umrundet. Der Hund war mit einer kurzen Kette an einen schweren Eisenherd gebunden. Brenner hätte sich nicht gewundert, wenn das Tier den mindestens 150 Kilogramm schweren

Kohleherd wie eine Blechdose hinter sich her gezerrt hätte. Auf dem Tisch stand ein Sechser-Karton mit der Aufschrift »Gottverdammers Höllenwasser«. Eine Flasche dieses Gesöffs war noch verschlossen, eine weitere stand halbleer auf dem Tisch und die zersplitterten Überreste ihrer Schwestern bedeckten den Boden der vor Schmutz starrenden Wohnküche.

Brenner besprach sich mit Luke und Frankfurt und ordnete an, den immer noch bewusstlosen Dammer nach Heidelberg in die Uniklinik zu bringen, ihn zu versorgen und unter Bewachung zu stellen. Sobald eine erste Vernehmung möglich war, sollte er noch im Krankenhaus zur Sache gehört werden.

Elke Lukassow berichtete auch von dem angeblichen Geständnis, das Dammer über den Hof gebrüllt hatte und das für sie so glaubwürdig war wie die tägliche Wettervorhersage.

»Halt!« Frankfurt hielt erschrocken inne, als er gerade die Beifahrertür ihres Dienstwagens öffnete. Luke funkelte ihn an und wirkte ähnlich einschüchternd wie Dammers Köter.

»Du kommst hier nicht rein. Sieh zu, dass du in einem der Streifenwagen unterkommst. Die haben Kunstleder. Das kann man mit dem Dampfstrahler saubermachen. Bis später.« Die Zentralverriegelung klickte. Der Motor heulte auf und der schwarze Passat spritzte durch die Pfützen davon.

»Der Rächer vom Rohnhof« klotzte es am nächsten Tag von der Titelseite einer großen deutschen Boulevardzeitung. Ein unscharfes Bild von einem Mann mit einem Gewehr war daneben zu sehen. Ein kleinerer, leider qualitativ besserer Schnappschuss zeigte einen groß gewachsenen Mann im zerfetzten Anzug, der gerade die Umfriedung eines Misthaufens überstieg. In reißerischer Sprache wurde das Stellen und die Verhaftung des »Mathaisemörders« ausgiebig beschrieben. Frankfurts Flucht auf den Taubenschlag und anschließende Landung im Dung wurde sehr genüsslich ausgearbeitet – wohl eine Folge der rüden Behandlung des Reporterteams durch die Einsatzkräfte vor Ort.

Der arme Frankfurt hatte viel zu leiden in den nächsten Tagen. Bemerkungen wie »Schicker Anzug!« oder geräuschvolles Schnüffeln waren noch harmlos. Spaßvögel stellten ihm eine Dose Hundefutter auf den Schreibtisch, versprachen ihm Urlaub auf dem Bauernhof oder bellten und knurrten hinter ihm her. Das alles ließ erst nach, als »Sir Henry«, der unbestritten bestangezogenste Beamte der Heidelberger Polizei, bei der verdeckten Observierung eines Drogendealers mitsamt einem DIXI-Klo von aufgebrachten Bauarbeitern, deren Örtchen er über eine Stunde lang blockierte, kurzerhand in eine halb mit Wasser gefüllte Baugrube geworfen wurde. »Marzipan-Henry« trat damit die würdige Nachfolge von »Frankfurz« an.

Als Willi Dammer am Morgen nach seiner Festnahme in ein normales Krankenzimmer verlegt werden konnte, bot der »Rächer vom Rohnhof« ein Bild des Jammers.

Luke und Frankfurt präsentierte sich ein menschliches Wrack, das ständig nach Schnaps und seinem Hund verlangte, schluchzend um Verzeihung bat und beteuerte, nichts, aber auch gar nichts mit dem Tod von Ludwig Helland zu tun zu haben.

Ja, man habe ihn angerufen. Nein, er wolle nicht sagen, wer das war, aber derjenige hätte garantiert nichts mit der Ermordung zu tun. Einer aus dem Rathaus. Ein »Hoher«, mehr sage er nicht. Schließlich habe er eine Lizenz zum

Schnapsbrennen. Die wolle er auch behalten. Im Übrigen geschähe das dem Helland ganz recht. Das musste ja mal so kommen. Er habe all die Jahre darauf gewartet, dass das einer macht. Natürlich freue er sich über das gewalttätige Ableben des Arschlochs … dieses Universalschimpfwort kam während der Befragung noch ungefähr drei Dutzend Mal vor. Luke eröffnete Dammer, dass gegen ihn ein Verfahren wegen Verstoßes gegen das Waffengesetz anhängig sei und sie davon absehe, den Widerstandsparagrafen und die Arschlöcher noch dranzuhängen. Eigentlich tat ihr der alte Säufer fast ein bisschen leid.

4
Casino Royale

Solo erwachte um 10.00 Uhr. Heute lag nichts an. Leider … Der Firma Securitruck ging es zwar nicht schlecht, allerdings auch nicht wirklich gut. Zudem bestanden das Wasser- und Schifffahrtsamt, das Land Hessen und die untere Naturschutzbehörde auf einer Überholung der Lady Jane. Was bedeutete, dass die alte Dame in die Werft geschleppt und der komplette Rumpf ausgebessert werden sollte. Ein Unterfangen, das im fünfstelligen Bereich angesiedelt war. Solo verdrängte diese unschönen Gedanken. Durch die Jalousien sickerte Sonnenlicht. Die Wasservögel bettelten die Spaziergänger an. Ein schwerer Wagen fuhr draußen vor. Solo registrierte das vertraute Schlagen der Autotür, hörte Tarzans Schritte auf der Laufplanke und registrierte zufrieden lächelnd das Rascheln von Bäckertüten in der Küche. Etwas zerschellte auf dem Boden. Männer. Als kurz darauf frischer Kaffeeduft ihre sommersprossige Nase erreichte, hielt sie nichts mehr im Bett. So ein kleiner Krach war manchmal gar nicht so schlecht, dachte sie, als sie gähnend ins Bad schlurfte.

Tarzan hatte an alles gedacht. Brötchen, Marmelade, Wurst, Käse, Butter, Nutella sowie der eklig aussehende Mansch, den er als Müsli bezeichnete, waren auf dem Tisch arrangiert. Kaffee und Orangensaft fehlten auch nicht und in der Mitte der Tafel brannten auf einem Leuchter drei Kerzen. Es waren schöne, handgearbeitete Stücke mit Verzierungen daran, die Solo von ihrer Großtante bekommen hatte und die sie eigentlich nur zu Dekorationszwecken nutzte. Egal. Wenn Tarzan schon den guten Haus- beziehungsweise Bootsgeist spielte, musste frau schon über solche Kinkerlitzchen wie das mit den Kerzen, die verwüstete Küche und die sandigen Fußspuren auf dem Teppich hinwegsehen.

»Hi«, sie beugte sich zu Tarzan hinunter und gab ihm einen flüchtigen Kuss. »Schön gemacht. Wie im Hotel.«

Tarzan strahlte, umfasste ihre Hüften und zog sie an sich. »Dafür kriege ich aber auch mehr als so 'n popligen sozialistischen Bruderkuss, oder?«

Solo kicherte und machte sich von seinen Armen frei. »Erst wird gefrühstückt. Du bist ja jetzt auch nicht mehr der Jüngste.« Tarzan tat beleidigt und machte sich über sein Müsli her. Solo faltete die Zeitung auseinander und vertiefte sich in die Ausflugstipps.

»Wollen wir heute Nachmittag mal wieder in den Schwetzinger Schlossgarten gehen?«, fragte sie Tarzan lächelnd.

»Ein anderes Mal, Schatz. Ich bin heute schon verbucht. Aber wir könnten später beim Griechen zu Abend essen.«

»Klar, wir sind ja auch Millionäre«, erwiderte Solo leicht angesäuert. Tarzan hatte manchmal einfach nicht die richtige Beziehung zu Geld. »Was hast du vor? Gehst du laufen?«

»Ich treff mich mit Magic. Kannst ja mitkommen, wenn du willst …« Tarzan war froh, als er eine Stunde später die Autohupe hörte. Die entspannte Atmosphäre beim Frühstück war mit Nennung von Magics Namen in kühle Frostigkeit umgeschlagen.

»Tschüss!«, rief er in den Niedergang hinunter. Keine Antwort. Im Maschinenraum der Lady Jane befand sich schon lange kein langhubiger Schiffsdiesel mehr. Stattdessen hatten dort Waschmaschine, Trockner, die Heizungsanlage und die Vorratskammer ihren Platz gefunden. Solo wurstelte schon seit über einer halben Stunde da unten herum. Schulterzuckend betrat Tarzan den Steg.

Draußen stand eine riesige, kantige Limousine. Magic lehnte lässig am Kofferraum und rauchte. Als er Tarzan sah, warf er die Zigarette weg und öffnete grinsend die Tür zum Fond.

»Voilà Monsieur, der Casino-Express!« Tarzan ließ sich in einen der gewaltigen Ledersessel fallen und staunte nicht schlecht: Am Steuer saß ein leibhaftiger Chauffeur in Uniform.

»Dolle Karre, was?« Magics Grinsen wurde breiter. »Ehemalige Staatskarosse aus Honnis Fuhrpark. Stasi-Volvo. Gestretcht und mit allem Pipapopo. Haben wir noch Glück gehabt. Der hier war der Letzte. Spottbillig. Fuffi oder so.«

»Fuffi?«

»Fuffzichtausend, Mann. Aber Mark, nicht Euro. Echtes Schnäppchen eben. Bloß saufen tut er wie Breschnjew, aber Gott sei Dank keinen Wodka.«

»Wer ist denn wir?«

Magics Zähne verschwanden. »Erfährst du früh genug. Ist jetzt nicht wirklich wichtig. Wir gehen jetzt erst mal abräumen. Kohle dabei?« Tarzan klopfte auf die Brust seines billigen Sakkos. »Ohne Werkzeug geh ich nicht arbeiten. Lass es uns diesen Weinnasen so richtig zeigen.«

»Die Weinbarone können uns mal«, erwiderte Magic. »Da, wo wir heute hingehen, kommen solche armen Schlucker gar nicht rein.«

»Wir fahren nicht nach Bad Dürkheim?«

»Nö. Das ist Kinderkram. Ich zeig dir, wo Magic den Most holt.« Der Chauffeur steuerte den Wagen auf die B44 in Richtung Mannheim.

»Und jetzt pass mal auf.« Magic drückte auf einen unscheinbaren Knopf in seiner Armlehne und eine undurchsichtige Scheibe trennte den Fond vom vorderen Teil des Innenraumes. Gleichzeitig verdunkelten sich die Seiten- und Heckscheiben. Eine indirekte Beleuchtung tauchte alles in angenehmes, warmes Licht. Zwischen den Vordersitzen befand sich eine Konsole mit einem kleinen TV-Bildschirm und eine Kühlbox mit mehreren kleinen Flaschen.

»Die Bar ist geöffnet!«, trompetete Magic sichtlich stolz und öffnete einen der Piccolos. Tarzan, der über einen ausgeprägten Orientierungssinn verfügte, registrierte, dass der schwere Volvo an der Anschlussstelle Mannheim-Sandhofen auf die A6 fuhr. Wenig später spürte er das »Trapp-Trapp« der Reifen, als das Auto die Dehnungsfugen der Rheinbrücke überrollte. Aha, man fuhr also nach Westen. »Spielbank Saarbrücken?«, fragte er neugierig.

Magic winkte ab: »No comment. Du brauchst nicht zu wissen, wo wir hinfahren. Ich habe ein gutes Wort für dich eingelegt. Deshalb darfst du ausnahmsweise mit, auch wenn du kein Mitglied bist. Stell einfach keine Fragen, wundere dich über nichts. Gewinn einfach.«

Tarzan, der den Sekt abgelehnt hatte, nippte an seiner Cola und spürte dieses lange nicht mehr gefühlte Kribbeln in seinem Bauch. Abenteuer. Fast wie damals, als sie mit der alten 200er DKW ohne Führerschein und mit geklautem Nummernschild durch den nächtlichen Odenwald gedonnert waren. Oder mit den Amis um Zigaretten und Jim Beam gefeilscht hatten und nur mit knapper Not einer MP-Streife entkommen waren.

»Das mit dem Gewinnen, ist das sicher?«

»Sicher wie Schnee auf Grönland. Mach mir einfach alles nach. Mein System ist das beste der Welt.«

»Ich denke, es gibt kein unfehlbares System?«

»Gibt es auch nicht. Jedenfalls nicht in normalen Casinos. Die haben da nämlich das Tischlimit.«

»Ich denke, das Tischlimit soll Hasardeure davon abhalten, sich selbst zu ruinieren?«

Magic lachte laut. »So ein Quatsch! Mensch Alter, den Casinos ist es scheißegal, ob du Haus und Hof verzockst. Die leben von solchen Figuren. Nein, das Limit ist einzig und allein zum Schutz vor finanzkräftigen Progressionsspielern eingerichtet worden. Mit genug Kohle kannst du mit meinem System jede Bank in die Knie zwingen.«

Der Volvo hatte in den letzten zwanzig Minuten mehrmals die Fahrtrichtung geändert und selbst Tarzan hatte mittlerweile keinerlei Ahnung mehr, wo sie sich befanden oder in welche Richtung man gerade fuhr.

»Wir fahren also nicht in ein normales Casino?«

Magic machte ein Gesicht wie ein Fernsehnikolaus, bevor er in den Krabbelsack greift. »Wir fahren in den Club Royal. Du wirst staunen. Das ist ein privater Laden. Da gehen die richtig reichen Säcke ein und aus. Blamier mich bloß nicht und bettel keinen um Autogramme an. Einmal im Monat setzen die dort für eine Stunde das Tischlimit aus. Der Tag wird geheim gehalten. Wenn du Glück hast, läutet die silberne Glocke und du kannst Zocken wie Dagobert Duck. Heute ist es wieder so weit.«

»Ich denke, das wird geheim gehalten?«

»Hey Alter. Ich bin Magic. Hast du vergessen? Ich bin der Zauberer. Ich kann in die Zukunft sehen. Im Ernst, Tarzan: Ich gehöre zu dem Laden. Deshalb kann ich auch die Karre haben, wenn ich sie brauche. Die Girls sind ganz wild auf die Stasi-Schaukel.« Magic lachte dreckig.

Der Wagen wurde langsamer. Tarzan schaute auf seine Uhr. Sie waren jetzt fast eine Stunde unterwegs. Das Motorengeräusch klang hohler. Irgendwo summte ein elektrischer Torantrieb. Am oberen Ende der Trennscheibe leuchtete eine grüne Lampe. Magic betätigte wieder den Schalter und die Trennscheibe verschwand summend. Auch die anderen Fenster wurden wieder durchsichtig. Tarzan war enttäuscht. Sie befanden sich in einem ganz normalen Parkhaus. Betonpfeiler mit Nummern, Notausgangsschilder, Feuerlöscher. Der Fahrer lenkte das Fahrzeug in eine freie Box mit dem Schild »Staff only«. Der Sechszylinder verstummte, der Fahrer stieg aus. Belustigt erkannte Tarzan, dass der Chauffeur wahrhaftig auf Hochglanz polierte Schaftstiefel trug.

Das Parkhaus sah aus wie jedes andere. Nur die geparkten Autos nicht. Erstens waren es lediglich ein oder zwei Dutzend, und zweitens wirkte der schwarze Mercedes S500, der neben ihnen parkte, fast ärmlich zwischen so exotischen Vehikeln wie einem Ferrari F40, einem Silver Shadow und einem monströsen Hummer Geländewagen mit verspiegelten Scheiben, dessen Karosserie in einem irisierenden Blau lackiert war.

»Lapislazuli«, kommentierte Magic die Lackierung, als Tarzan vorsichtig mit den Fingern darüberstrich. »Allein die Farbe kostet soviel wie der Maserati daneben.«

»Wem gehören diese Karren?«

»Kunden, Geschäftsfreunden, und so weiter. Denk dran: keine Autogramme!«

Sie gingen zu einem unauffälligen Aufzug. Magic tippte einen Code auf einer Tastatur an der Wand und die Kabinentür öffnete sich. Leise Musik von Sade erklang, während der Lift nach kurzer Fahrt, zu Tarzans Erstaunen nach unten, anhielt. Die Tür öffnete sich und sie traten in eine andere Welt.

Hätte man ihm gesagt, dies sei die Halle des Waldorf-Astoria oder der Eingangsbereich zum saudischen Königspalast, Tarzan hätte es geglaubt. Augenblicklich kam er sich absolut schäbig vor in seinem Cord-Blazer mit den ausgebeulten Ellenbogen, den schwarzen Jeans und dem zu engen weißen Hemd. Die hundert Euro, die er eingesteckt hatte, würde man hier sicher dem Saalpagen als Trinkgeld zustecken.

»Monsieur Mazic!« Ein weiß uniformierter Türsteher verbeugte sich vor ihnen und machte eine einladende Handbewegung. Tarzan ignorierte er nonchalant.

»Wenigstens erspart mir das die Eintrittskarte«, dachte Tarzan und grinste den Operettenadmiral säuerlich an: »Tach.«

Unter wuchtigen Kronleuchtern wurde an mindestens acht Tischen gespielt. Das typische Raunen, Klickern und Klackern war auch hier die Kulisse. Nur die Menschen sahen etwas anders aus. Es fehlten die erhitzten, roten Gesichter der fanatischen Spieler, die betont coolen jungen Zocker und die verzweifelten Jedermanns, die den Verlust ihres sauer zusammengekratzten Spielkapitals mit einem Pils herunterspülten.

Magic führte Tarzan zum Wechselschalter, nickte grüßend nach links und nach rechts, reichte einem athletisch gebauten Frackträger kurz die Hand und amüsierte sich, als sich Tarzan seinen Hunderter in Fünf-Euro-Jetons wechseln ließ. Er stieß ihn an und drückte ihm ein knisterndes Bündel in die Hand.

»Nimm das und maul nicht rum. Deine Fünfer schmeißt der Croupier sofort in den Tronc, du Kind.«

Tarzan legte das Bündel auf den Desk und hörte wie durch einen Nebel, wie Magic dafür die Jetons verlangte. Hunderter! Was tat er da? Er verstaute die Plastiktaler in den Taschen seines Jacketts und wackelte benommen seinem Kumpel hinterher. Einen würde er setzen. Nur einen. Wenn der gewann, würde er Magic das ganze Geraffel wieder zurückgeben. Wenn nicht, dann hätte er wenigstens nur sein eigenes Geld verspielt. Der Arsch. So ein Angeber!

Obwohl es angenehm kühl war im Spielsaal, standen Tarzan trotzdem die Schweißperlen auf der Stirn.

»'zeihung«, murmelte er, als er einen grau melierten Herrn anrempelte.

»Macht nichts, ich leb ja noch«, gab der wohlbeleibte Mann in breitem Pfälzer Dialekt zurück, bevor er sich wieder seiner Begleiterin widmete.

»Das ist doch der … der …«, stammelte Tarzan und Magic schob ihn sanft in Richtung von Tisch 4.

»Genau der, und jetzt mach mir einfach alles nach, dann kannst du dir mit deiner Roten Zora zu Hause mal 'nen richtig schönen Tag machen. Pass auf!«

Magic platzierte ein Stück, ebenfalls ein Hunderter, auf dem Feld für Schwarz. Tarzan zögerte. In seinen Taschen klapperten 4000 Euro in Form von lilafarbenen Plastikscheiben und seine eigenen hundert in Fünfern. Mit Zwei- oder Fünf-Euro-Stücken hätte er sofort ein lockeres Spielchen gewagt. Einfach so, auf Schwarz, Rot, Gerade oder Ungerade oder auf Kolonnen. Egal. Just for fun. Aber mit richtiger Kohle … Solo würde ausrasten! Er bemerkte, dass die Hunderter noch zu den kleinsten Werten zählten, mit denen die Spielerinnen und Spieler den grünen Filz bepflasterten. Gelbe Fünfhunderter und sogar »Frühstücksbrettchen«, rechteckige Plättchen, die 1000 oder mehr Euro Gegenwert aufwiesen, lagen in bunter Mischung auf den verschiedenen Chancen.

Er wagte es nicht, mit seinen mickrigen Fünfern zu setzen. Man würde ihn verspotten oder sogar rauswerfen!

»Dreißig, Rot, Pair, Passe«, sang der Croupier und bis auf eine Handvoll wurden alle Jetons vom flinken Rechen zum Kopfende gefegt.

»Den bist du schon mal los«, bemerkte Tarzan nicht ohne Schadenfreude. Magic griff in die Tasche, wartete auf die Aufforderung, das Spiel zu machen, und setzte zwei Stück auf Rot.

»Martingale«, brummte er zu Tarzan gewandt. »Auch ›Die mörderische Martingale‹ genannt. Eine Progression, die dir ziemlich rasch gute Gewinne bringt, aber ebenso schnell auch das Genick bricht.«

»Warum spielst du sie dann?«

»Mich kriegt sie nicht. Dafür habe ich dich und die silberne Glocke.« Tarzan schwieg. Er hasste es, wenn jemand in Rätseln sprach und er dastand wie ein Schuljunge.

»Nichts geht mehr!« Die Kugel begann, ihre Kreise enger zu ziehen, prallte gegen die »Cuvettes«, die Hindernisse im Kessel, sprang klackernd in verschiedene Zahlenfächer und wieder heraus und landete schließlich in der schwarzen Acht.

Fassungslos schaute Tarzan zu, wie Magic vier weitere Stücke abzählte und erwartungsvoll in der Hand hielt. Diesmal klappte es. Der Croupier verdoppelte die Einsätze auf den einfachen Chancen. Magic steckte die acht Stücke ein und grinste Tarzan an. »Hundert Euro in knapp sieben Minuten. Guter Stundenlohn, oder?«

»Ich brauch jetzt erst mal was zu trinken«, erwiderte Tarzan und steuerte die Bar an.

Er orderte zwei Pils und stieß mit Magic an. »Wie hast du das vorhin gemeint, du hast mich und die silberne Glocke?«

Magic nahm einen tiefen Schluck und schaute Tarzan ernst in die Augen. »Wie gesagt, das unfehlbare System gibt es nicht. Roulette ist pure Mathematik. Absolut divergierend. Es wurde vor über dreihundert Jahren als Zufallsgenerator entwickelt. Mein System funktioniert nur, weil es in einigen Punkten, nun ja, nicht ganz den Regeln von Anstand und Ehrbarkeit entspricht. Es ist ein wenig, wie soll ich es sagen ...«

»Du mogelst«, Tarzan lachte leise, »das hast du schon immer am besten gekonnt.«

»Sagen wir einfach, ich lege die Regeln etwas großzügiger aus als die meisten.«

»Und lebst ganz gut davon ...«

»Willst du es wissen oder nicht?« Tarzan wollte, und so erklärte ihm Magic, wie er die Spielbanken austrickste: Sein »System« war eigentlich gar keines. Es war eine derart einfache Methode, dass sie von vielen mit Papierstapeln, ellenlangen Listen und Permanenzausdrucken werkelnden Berufsspielern sogar als Bauernroulette und Idiotenspiel verachtet wurde. Zumal die »mörderische Martingale« weltweit einen Ruf als ruinöses Schreckgespenst hatte.

Magic setzte immer auf die Farbe, welche gerade gekommen war. Das Ganze funktionierte natürlich auch auf allen anderen einfachen Chancen, aber die Felder für Schwarz/Rot befanden sich in günstiger Lage am Ende der Tische und waren daher leicht zu erreichen. Verlor er, so verdoppelte er einfach seinen Einsatz beim nächsten Spiel und glich somit seinen Verlust aus und erzielte noch ein Stück Gewinn dazu. Das konnte ein Spieler normalerweise sechs- bis siebenmal durchziehen, um dann an der Mauer des Tischlimits, welches zwischen fünf- und zehntausend Euro angesiedelt war, jämmerlich zu zerschellen. Magic umging diese Hürde elegant, indem er sein Kapital zwischen einem oder mehreren Mitspielern aufteilte, die mit ihm setzten. Das nannte man Bandenspiel und es war in allen Spielbanken verboten. Wie alles Böse und Ungesetzliche bedurfte es aber einer exakten Beweisführung, um es als solches zu entlarven. Magic wechselte seine Leute ständig aus, besuchte ein Casino höchstens zweimal im Jahr und entging bisher erfolgreich einer Sperrung.

Ein privater Spielclub wie der Club Royal konnte es sich leisten, einmal im Monat »Open Game« auszurufen und das Tischlimit auszusetzen. Privat heißt bei einem Spielclub gleichzeitig auch illegal, womit erklärt wäre, warum weder staatliche Aufsichtsbeamte den Spielbetrieb beobachteten noch die Mitglieder sich ausweisen mussten. Privat und illegal hatte dadurch den nicht zu unterschätzenden Vorteil gegenüber den staatlich konzessionierten Betrieben, keinerlei Abgaben an Vater und Mutter Staat zu zahlen. Man schwamm im Geld, da die Klientel, die hier am Zocken war, sorgfältig ausgesucht und äußerst betucht war. Wie in einem noblen englischen Club konnte nur aufgenommen werden, wer von mindestens zwei Mitgliedern empfohlen wurde, mindestens ein sechsstelliges Jahreseinkommen hatte oder über genügend Vitamin B verfügte. Anscheinend war der Umstand, Magics Kumpel zu sein, vitaminhaltig genug.

Zwei Bier später stiefelte ein gut gelaunter Tarzan zurück an den Spieltisch, setzte ohne jeglichen Anflug von schlechtem Gewissen ein Stück auf Rot und verlor strahlend. Auch der zweite und der dritte Coup ging verloren. Tarzan stapelte ungerührt acht Jetons auf Schwarz. Magic hatte ihm eingeschärft, immer »mit der Bank« zu spielen. Niemals dagegen.

»Man spielt immer mit dem Gewinner, Alter, und das ist nun mal unterm Strich die Bank. Zwei oder drei Berufsgewinner verträgt jedes anständige Casino«, hatte er gesagt.

Als nächstes fiel die Null, die Zero, auch »Freund des Hauses« genannt, weil diese Ziffer für das leichte Ungleichgewicht der Chancen zugunsten der Bank sorgte. Tarzan wurde unruhig. Sein Satz von acht Stück wurde zusammen mit den anderen, die auf den einfachen Chancen saßen, »en Prison« gesetzt. Das heißt, der Croupier schob die Einsätze auf eine Linie. Der Satz war nun für die nächste Runde gesperrt. Erschien daraufhin Schwarz, wurde er ohne Gewinnauszahlung wieder freigegeben, bei Rot sowie bei erneutem Erscheinen von Zero war er futsch. Es musste also zweimal hintereinander eine schwarze Zahl fallen, damit Tarzans acht Stück verdoppelt wurden und er per Saldo ein Stück Gewinn einstreichen konnte. Mühselig und enervierend, wenn man mit kleinen Werten spielte und sehr rasch ein großes Kapital einsetzen musste, um nur zwei oder fünf Euro zu gewinnen.

Magic spielte pro Abend nur auf drei Stück Gewinn. Aus diesem Grund setzte er niemals weniger als Hunderter-Jetons.

Tarzans Hemdkragen wurde eng. »Scheißspiel«, dachte er. Es kam die Zehn. Schwarz. Tarzans Nacken kribbelte. Die Jetons waren wieder im Spiel. Einer Eingebung folgend platzierte Tarzan noch zwei Stück dazu. Magic schüttelte den Kopf und verzog zweifelnd das Gesicht.

Wieder rollte die kleine weiße Elfenbeinkugel. Tarzan schaute nicht hin, biss sich auf die Lippen. War er eigentlich noch ganz sauber? »Zweiundzwanzig …«

»Sch…«, siedend heiß flutete es durch seinen Körper. Alles weg! Aber Tarzan hatte das Tableau noch nicht im Kopf. »Zweiundzwanzig« klang für ihn nach Rot.

»Schwarz, Pair, Passe«, entließ ihn die ruhige Stimme aus dem inneren Hades. Gewonnen! Zusammen mit dem Nachsatz hatte er dreihundert Euro gewonnen. Fast sechshundert Mark! Mann!

Magic zog ihn am Ärmel. »Feierabend. Drei Stück sind

okay. Nicht übertreiben. Du hast jetzt Pause. Jetzt kommt Onkel Magic …«

Tarzan gab ihm sein Geld zurück und klimperte zufrieden mit seinem Gewinn in den Taschen. Magic hob den linken Arm und deutete lächelnd auf seine protzige Uhr. Tarzan hob fragend Schultern und Augenbrauen.

Im gleichen Augenblick ertönte ein silberhelles Klingeln und eine weibliche Stimme, die den Hormonhaushalt sämtlicher anwesenden Männer in Wallung brachte, verkündete: »Sehr geehrte Gäste, die Spielleitung lädt Sie herzlich ein, beim Open Game Ihr Glück zu versuchen. Mesdames et Messieurs: Faites votre jeu.«

Plötzlich entstand Bewegung. Gemessen durch den Saal schlendernde, würdige Herren eilten zusammen mit denen, die bisher noch entspannt an der Bar oder den Tischen gesessen hatten, im Eilschritt an einen der Tische. Ein Raunen erklang und auf den Tischen wurde eifrig »gepflastert«. Tarzan, der hinter einer fast undurchdringlichen Mauer aus meist dunklen Anzügen ab und zu einen kurzen Blick auf das Tableau erhaschen konnte, schwindelte, als er sah, mit welchen Summen hier gespielt wurde. Magic hatte sich einen der Sitzplätze geschnappt und konnte Tarzan nur einen schnellen, lausbübischen Blick zuwerfen. In diesem Augenblick erkannte Tarzan in ihm wieder den mit allen Wassern gewaschenen, rotzfrechen Gassenjungen, als den er ihn in Erinnerung hatte.

Nach 40 Minuten kämpfte sich ein etwas angerupfter Magic aus den drei Reihen, die Tisch 5 belagerten, ließ sich neben Tarzan schnaufend in den Rokokosessel fallen und stieß ihm spielerisch die Faust gegen die Brust.

»Fünfzehn, Alter. Meine Nerven! Was habe ich kämpfen müssen. Aber es hat sich gelohnt. Alter, Alter, jetzt brauch ich einen Drink.«

»Fünfzehnhundert?« Tarzan machte große Augen.

Magic warf den Kopf zurück und lachte. »Fünfzehnhundert? Mann, dafür stehe ich doch morgens nicht auf! Fünfzehn Riesen, Kerl! Fünf-Zehn-Tausend! Whiskey, einen doppelten!«, sagte er zu dem Saalpagen, der an ihren Tisch getreten war.

»Zwei …«, krächzte Tarzan. Der Saal begann sich um ihn zu drehen.

Die Fenster des Volvo waren wieder verdunkelt. Tarzan fand langsam zurück in die Realität. Magic hatte ihn mit sanfter Gewalt davon abhalten müssen, weiterzuspielen. Sein Gewinn von 300 Euro war ihm geradezu läppisch erschienen gegen Magics fünfzehntausend. Aber jetzt, auf dem Heimweg zu Solo, knisterten die bunten Scheine verheißungsvoll in seiner Tasche.

»Mensch, das müssen wir öfter machen. Dann bring ich mehr Geld mit und dann räumen wir ordentlich ab!«

»Kriegst du da nicht Ärger mit deiner Solo?«, fragte Magic scheinheilig.

»Ein Mann muss tun, was ein Mann tun muss!«, erklärte Tarzan, war sich aber tief in seinem Inneren nicht so sicher, ob Solo derselben Meinung sein würde.

»Warte aber mit deinem männlichen Tun, bis ich wieder zurück bin. Du rennst sonst womöglich noch in ein offenes Messer.«

»Wo gehst du hin? Monte Carlo? Las Vegas? Lass mich bloß jetzt nicht hängen!«

»Ich muss für eine Weile weg. Geschäftlich. Aber wenn ich wiederkomme, machen wir ein Fass auf. Dann wirst du erst richtig staunen.«

Tarzan war enttäuscht. Er hatte sich schon zusammen

mit Magic, gekleidet in feinsten Zwirn, durch die Spielbanken der Welt schlendern sehen. Die Taschen voller Geld und Jetons …

»Sag mal …«, Tarzan überlegte angestrengt, »dieses System, mit dem Paroli und so, das funktioniert doch auch in normalen Casinos, oder? Man muss ja nicht gleich mit Hundertern um sich werfen. Ich habe mir gedacht, wenn man die Progression etwas zurücknimmt und …«

»Tarzan«, Magic schaute ihm mit einem Ernst in die Augen, den Tarzan noch nie bei ihm gesehen hatte. Weder damals in ihren wilden Zeiten noch in der jüngsten Zeit. »Nimm einen Rat von einem alten Zocker an: Lass die Finger davon! Du bist ein Hasardeur, das habe ich schon in Bad Dürkheim gemerkt. Du findest kein Ende und das wird dir das Genick brechen. Klar funktioniert das Parolispiel überall. Der Witz ist nur, dass man wissen muss, wann man aufhören sollte. Weißt du es?«

»Ich, äh …«

»Siehst du. Du hast heute in wenigen Minuten drei Hunnis gewonnen. Und? Was wolltest du tun?«

Tarzan grinste unsicher. »Lass die Finger weg. Du bist noch nicht so weit. Später vielleicht. Aber bis dahin muss ich dir noch viel beibringen.«

Die Reifen knirschten auf Sandboden. Die Scheiben wurden wieder durchsichtig. Vor ihnen lag die Lady Jane im weichen Licht der Nachmittagssonne.

Magic beugte sich aus dem Fond. »Ich ruf dich an, wenn ich wieder da bin. Mach's gut, Alter, und grüß mir die Rote.« Tarzan winkte seinem Kumpel kurz zu und betrat fröhlich pfeifend den Bootssteg.

Die Haustür war abgeschlossen. Ach ja, das Auto stand auch nicht auf dem Parkplatz. Wahrscheinlich war Solo beim Einkaufen oder bei einer Freundin. Tarzan schloss auf und zog ein dickes Geldbündel aus der Jackentasche. Er hatte sich seinen Gewinn in Fünf-Euro-Scheinen ausbezahlen lassen und legte jetzt mit dem Geld eine Spur bis ins Wohnzimmer. Den Rest drapierte er in Fächerform auf dem Tisch. Ein bisschen enttäuscht war er schon. Es sah nur halb so viel aus, wie es tatsächlich war. Kurzentschlossen sammelte er alles wieder ein und ordnete daraus ein Blumenmuster auf der Tischplatte. Solo liebte Blumen. Kurz dachte er daran, wie das Ganze mit Magics fünfzehntausend aussehen mochte. Aber für den Anfang war es doch ganz ordentlich. Was nicht ist, kann ja schließlich noch werden, oder? Sicher war sie dann nicht mehr so sauer auf Magic. Klar, der hatte gerade Frauen gegenüber manchmal so eine blöde Art an sich. Aber im Grunde war er schon okay. Solo würde das einsehen müssen. Dreihundert Euro waren dreihundert Euro, oder?

Solo kam eine halbe Stunde später. Sie war immer noch sauer, sie machte sich nichts aus Euroblumen und sie sah absolut nichts ein. Ach ja, Magic war für sie immer noch ein Arschloch. Typisch Frau, typisch Solo. »Wie viel hast du eingesetzt?«, grummelte sie. Das Geld auf dem Wohnzimmertisch rührte sie nicht an.

»Ist das so wichtig?«

»Nein Lothar, das ist überhaupt nicht wichtig. Es ist mir gleichgültig, was du mit unserem sauer verdienten Geld anstellst. Wir haben ja genug davon. Ich überlege nur die ganze Zeit, warum da nur dreihundert liegen und keine dreihunderttausend. Du bist doch sonst kein Angsthase. Was sollen diese Peanuts, hä?«

»Deine Überlegungen sind absolut korrekt, Liebes. Magics System ist narrensicher. Wenn ich gewollt hätte …« Falsche Antwort! Solos Augen sprühten Feuer. Sie wischte die Banknoten vom Tisch, als seien es Krümel vom Frühstück, und schnaubte wie eine Dampflokomotive. »Ich will diesen Magic hier nie wieder sehen. Ich will nicht, dass du dich mit diesem Windei noch einmal triffst und ich will nicht, dass der Gesellschafter der Securitruck als spielsüchtiger Zocker die ganze Firma verspielt. Ich will das nicht! Hörst du! **Ich will das nicht!**«

Tarzan war aufgesprungen. Auf seiner Stirn pochte eine Ader, seine Gesichtsfarbe bekam einen äußerst ungesunden Rotstich. »Jetzt mach aber mal einen Punkt, Solo! Ich bin ein erwachsener Mann. Ich habe mich mit einem alten Kumpel getroffen und habe aus Spaß ein bisschen gespielt. Tut mir leid, dass ich auch noch gewonnen habe. Schmeiß das Geld doch in den Altrhein, wenn du es nicht haben willst. Ich gehe zocken, wann ich will und mit wem ich will. Ich meckere ja auch nicht an deinen dämlichen Freundinnen herum!«

»Meine Freundinnen sind nicht dämlich!«

»Magic auch nicht, er ist ein …«

»Arschloch!«

Türenschlagen. Mehrfach. Stille.

Tarzan sammelte das Geld ein und ließ sich erschöpft auf die Couch sinken. Warum sah Solo alles so kompliziert? In manchen Sachen war sie richtig spießig. Machte ein Theater, als hätte er das gesamte Vermögen versilbert. Er hatte einen Hunderter riskiert. Na und?

Andere Männer versoffen mit ihren Kumpels das Mehrfache davon in Kneipen und Fußballstadien. Dass Frauen Männerfreundschaften nicht verstanden, war ja wohl schon so eine Art Naturgesetz. Aber musste man sich so aufführen? Die hatte sich ja regelrecht eschodings, wie nannte man das in besseren Kreisen? Eschoffiert, genau. Eschoffiert hatte die sich. Aber richtig fett.

5

Madame Moreaus Schwartenmagen

Diese rohen Fischdinger, diese Muschis oder wie die heißen …«

»Sushi heißt das, du Bauer«, Elke Lukassow grinste. »Wir gehen da nicht zum Essen hin, sondern aus dienstlichen Gründen.« Frank Furtwängler verzog das Gesicht. »Egal. Ich krieg das Zeug jedenfalls nicht runter.«

»Vielleicht bieten sie dir ja auch 'ne Frikadelle an, oder 'n Frankfurter Würstchen.«

»Haha …« Der Oberkommissar war auch schon schlagfertiger gewesen.

Bereits kurz nach dem Autobahnkreuz Heidelberg dominierte das gewaltige Riesenrad auf dem Schriesheimer Mathaisemarkt die Kulisse der badischen Bergstraße.

Luke schauderte. Sie sah immer noch Hellands Leiche vor ihrem inneren Auge. Der Fall hatte Kreise gezogen. Ein privater Fernsehsender hatte am gestrigen Abend eine reißerisch aufgemachte Sondersendung über die »Mathaise-Kreuzigung« gebracht. Von 200 000 Euro war die Rede, mit der man den Toten »gestopft« habe. Von Verbindungen Hellands zur Satanistenszene. Sogar arabische Terroristen bemühte man. Natürlich brachten sie auch Bilder von der Festnahme Willi Dammers, inklusive Frankfurts Abflug.

»Fränkfort Departure«, kicherte Luke, erleichtert, die schaurige Szene etwas zurückdrängen zu können. Belustigt registrierte sie die verkniffene Miene ihres Kollegen.

Frankfurt musste sich in letzter Zeit immer mehr über den »Rottweiler«, wie die Lukassow hinter vorgehaltener Hand gerne genannt wurde, wundern. Die mürrische Zynikerin mit dem Einfühlungsvermögen einer Schlagbohrmaschine wirkte in den letzten Wochen wie ausgewechselt. Nicht immer, aber immer öfter … Gab es da eventuell jemanden? Der riesige Blumenstrauß neulich. Ihr vereinzelt zu hörendes Lachen oder jetzt dieses alberne Gekicher. Es gab Kolleginnen und Kollegen, die bereits ihr zwanzigjähriges Dienstjubiläum gefeiert hatten und die den Rottweiler noch niemals lächeln gesehen hatten.

»Träum nicht, Dussel! Oder willst du nach Hamburg fahren?« Erschrocken steuerte Frankfurt den Dienst-Passat in die Ausfahrt Ladenburg, die sie beinahe verpasst hätten. Er war erleichtert. Rüdes Anschnauzen war er gewohnt. Damit war er bei der Kripo Heidelberg »groß geworden«. Alles andere machte ihm Angst.

Sie hatten sich bei der CCC angemeldet. Central-City-Consulting hieß der Laden mit vollem Namen und Luke fragte sich zum wiederholten Mal, warum eine deutsche Firma einen englischen Namen führte. Zentral-Stadt-Beratung klang allerdings nicht wirklich besser.

Willi Dammer war unter Auflagen wieder entlassen worden. Er hatte immerhin einen festen Wohnsitz und nach eingehenden Vernehmungen dämmerte auch dem letzten Staatsanwalt, dass das alkoholkranke Wrack gar nicht in der Lage gewesen wäre, Hellands Leiche an das Riesenrad zu binden, geschweige denn, ihn mit Banknoten zu »füttern«.

Die anderen Personen aus Hellands Umgebung waren bereits überprüft worden. Ihre Aussagen aufgenommen, die Alibis gecheckt, die Verbindungen durchleuchtet. Alles schien plausibel, nachvollziehbar, logisch zu sein.

Scheiße. Damit waren sie mit ihren Ermittlungen immer noch nicht weiter. Interessenten am frühen Ableben des »Retters von Schriese« gab es zwar einige, aber keinem von denen traute die Kommissarin auch nur den Mord an einem Regenwurm zu. Der Fall war zum Kotzen. Zweifellos hatte eine derart exponierte Zurschaustellung eines Mordopfers eine Bedeutung. Von den über 13 000 Euro ganz zu schweigen. Was wollte man damit sagen? Dass Ludwig Helland den Hals nicht voll bekam? Dagegen sprach die schlichte Lebensweise und das fast ärmlich wirkende Haus des Mannes. Wem war Helland im Weg? Wem hatte es nicht gereicht, ihm mittels einer Walther P99AS ein drittes Auge in die Stirn zu stanzen? Wer konnte es sich leisten, Tausende von Euro als Dekoration zu verschwenden? Elke Lukassows Gesicht ähnelte wieder einem Rottweiler. Frankfurt registrierte es erleichtert.

Schriesheim befand sich im Ausnahmezustand. Nicht wegen des Mordes. Der war natürlich immer noch ein Thema, aber der Mathaisemarkt mit seinen zahlreichen Straußwirtschaften, offenen Weinkellern, Konzerten und einer kleinen Gewerbeschau war die unbestrittene Nummer eins. Frankfurt zwängte den Passat an gesperrten Straßen vorbei, durch kleine Sträßchen, die als Umleitung dienten, und erreichte endlich kurz vor Mittag die Europa-Zentrale der CCC. Sie ließen den großen Parkplatz rechts liegen und benutzten die Einfahrt für Mitarbeiter, etwa hundert Meter weiter. Eine kameragesicherte Schranke stoppte den Wagen.

Frankfurt drückte auf einen Klingelknopf an einer gelben Säule und eine angenehme weibliche Stimme meldete sich: »Guten Tag. Der Besucherparkplatz befindet sich direkt vor dem Verwaltungsgebäude. Herzlich willkommen bei Central-City-Consulting.« Frankfurt verzog übertrieben anerkennend sein langes Gesicht und steuerte den spärlich besetzten Parkplatz an. Zweifellos war man über ihr Kommen bereits informiert.

Eine Frau in grauem Businesskostüm erwartete sie an der breiten Treppe zu der liebevoll restaurierten ehemaligen Direktorenvilla. Die Dame hatte entfernte Ähnlichkeit mit Hillary Clinton und Frankfurt hoffte für sie, dass ihr Ehemann ein monogamer Typ war.

Mrs. Clinton stellte sich als Irene Schaffner vor, was Frankfurt fast ein wenig enttäuschte.

Sie führte sie durch eine eindrucksvoll kahle Halle im New-Economy-Stil, an deren Wänden riesige bunte Bilder hingen, die wie etwas von Andy Warhol aussahen und garantiert nicht bei eBay ersteigert worden waren.

»Frau Dr. Moreau erwartet Sie bereits.« Irene Clinton öffnete eine zweiflügelige Tür und bat Luke und Frankfurt herein. Frankfurt konnte sich gerade noch ein anerkennendes Pfeifen verkneifen, als er das lichtdurchflutete Büro betrat. Die alte Villa war nach hinten großzügig erweitert und passend zum neoklassizistischen Stil des Backsteinbaus mit Erkern und bis zum Boden reichenden Sprossenfenstern versehen worden. Die Stuckdecken und der gewaltige Kristallleuchter in der Raummitte standen in starkem Kontrast zu der nüchternen, sachlichen, aber nach viel Geld riechenden restlichen Ausstattung. Das Spiel aus Formen, Farben und Materialien ließ die geschulte Hand eines Star-Designers erahnen.

Frankfurt straffte sich und bemühte sich unwillkürlich um so etwas Ähnliches wie einen staatsmännischen Gang. Nicht so Elke Lukassow: Völlig unberührt von Ambiente und Ausstrahlung watschelte sie in ihrem grässlichen grünen Lodenmantel auf die hochgewachsene, dunkelhäutige Mittvierzigerin zu, als sei diese eine Gemüsehändlerin auf dem Münchener Viktualienmarkt und habe ihr gerade einen faulen Radi angedreht.

»Lukassow, Kripo Heidelberg, das ist mein Kollege Furtwängler«, schnarrte sie. Frankfurt hätte ihr am liebsten ein Stachelhalsband umgelegt.

Tausendundeine Nacht lächelte, reichte ihnen die Hand und sagte mit nur leichtem französischem Akzent: »Sehr angenehm, mein Name ist Denise Moreau, ich bin Abteilungsleiterin für Westeuropa der Central-City-Consulting. Herzlich willkommen, auch wenn der Anlass Ihres Besuches wohl doch eher trauriger Natur ist.« Sie geleitete Frankfurt und Luke an einen Konferenztisch, auf dem Gläser, Flaschen und Kaffee bereitstanden. Frankfurt ließ sich langsam auf einen der bequemen Ledersessel sinken, Luke plumpste in den ihren wie ein abgestürztes grünes UFO.

»Kannten Sie Ludwig Helland, Frau Moreau?« Ein Rottweiler knurrte eine Gepardin an.

»Wir alle kannten Herrn Helland. Ich selbst habe ihn mehrmals getroffen. Zuletzt bei der Einweihung des neuen Vereinsheims der Kleintierzüchter vor vier Wochen.«

Frankfurts Kopf ruckte hoch. Uups! Königin von Saba meets Gockelrobber[5]? Wie passte das denn zusammen?

Luke machte sich Notizen. »Was hat die CCC mit den Kleintierzüchtern zu tun?«

»Nun«, Denise Moreau ließ sich entspannt in ihren Sessel zurücksinken, eine Bewegung, die an das Zurückziehen einer Klapperschlange vor dem tödlichen Biss erinnerte, »die CCC engagiert sich in vielfältiger Weise in der Region. Sowohl kulturell, denken Sie an das Mannheimer Projekt, als auch im Kleinen. Vereine, Sport und die Verständigung zwischen den verschiedenen Kulturkreisen in unserem

---

5 In der Region verbreiteter Ausdruck für Hühnerzüchter

Land sind unserer Gruppe ein wichtiges Anliegen. Herr Helland war der Vermittler zwischen den ortsansässigen Institutionen und der CCC. Sein Tod ist für uns ein schwerer Verlust.«

Frankfurt dachte, dass es den Schriesheimer Hühnerzüchtern sicher gefallen würde, wenn sie erführen, dass Madame Supermodel ihren Laden als Institution bezeichnete.

»Hatte Herr Helland Feinde bei der CCC?« Die Moreau lächelte und Frankfurt beschloss, sein Faible für Blondinen neu zu überdenken.

»Herr Helland war Lokalpolitiker und als solcher nicht unumstritten. Er vertrat seine Meinung immer sehr bestimmt und war in allem, was er sagte und was er tat, stets äußerst konsequent. Solch ein Mann hat automatisch Feinde. Aber bei uns? Sie wissen sicher, dass es Herr Helland war, der uns auf das Grundstück hier aufmerksam gemacht hat. Ohne ihn wären wir wohl in irgendein gesichtsloses Gewerbegebiet gezogen. Der Lotosgarten ist ein kleiner Dank an die Bevölkerung für die Unannehmlichkeiten während der Bauphase. Außerdem ist diese Lage sehr nützlich für unsere Geschäfte. Jeder hier verdankt Herrn Helland letzten Endes seinen Arbeitsplatz in einer solchen Umgebung. Ludwig Helland ist der gute Geist für die CCC gewesen. Wir planen ein Projekt, das sein Andenken in Würde erhält. Nein, niemand hier hat diesem Mann Böses gewünscht.«

Es klopfte. Kurz darauf schob ein asiatisch aussehender Mann in der Kleidung eines Kochs einen Wagen mit abgedeckten Tellern und Schüsseln herein.

Jetzt gibt's doch Muschis, äh, Sushis, dachte Frankfurt und schaute gespannt zu, wie der Mann still lächelnd mit dem Servieren begann. »Ich habe mir erlaubt, in Anbetracht der Tageszeit einen kleinen Imbiss vorzubereiten.« Die Moreau klang tatsächlich so, als habe sie selbst in fleckiger Schürze in der Küche gestanden und Essen zusammengemanscht. Die dunkelhäutige Doktorin, der asiatische Koch, das vor Geld stinkende Ambiente … Frank Furtwängler, auf dessen persönlicher Speisekarte das exotischste Gericht »Strammer Max« war, hegte größte Befürchtungen. Die zerstreuten sich allerdings rasch, als Herr Li, wie ihn die Chefin nannte, die Deckel lupfte: Weder Nachbars Katze noch angegorener Seetang erfreuten das Auge des Gourmets. Was sich da in aller Unschuld vor ihnen auftat, sah aus wie original Odenwälder Hausmannskost, roch wie Odenwälder Hausmannskost und ließ Frankfurts Hasenherz einen kleinen Freudensprung machen. Der lange Oberkommissar litt trotz seiner Magerkeit an sogenanntem Le-Mans-Hunger, das heißt, er hatte eigentlich 24 Stunden lang ständig Appetit.

Selbst die mürrische Miene der Lukassow hellte sich um eine Nuance auf, als sie den Blick über Bauernbrot, Schwartenmagen, Leberwurst und Kochkäse mit Musik schweifen ließ.

»Sie können natürlich auch etwas anderes haben, wenn Sie möchten«, der Augenaufschlag von Dr. Moreau wäre Hugh Hefner wohl ziemlich viele Dollars wert gewesen. »Aber ich habe, seit ich hier arbeite, mein Herz für die Odenwälder Küche entdeckt. Außerdem ist Mathaisemarkt und wir haben Bergsträßer Wochen in unserer Küche.«

»Sogar Apfelwein hat die gehabt …« Frankfurt seufzte glücklich, weil er nicht anstandshalber rohen Oktopus oder Nesselquallenpüree hatte herunterwürgen müssen.

»Deshalb fahre ja auch ich, du Schluckspecht«, brummte

Luke und fuhr, klüger geworden, diesmal über Wilhelmsfeld zurück nach Heidelberg. »Die sang ja ein hohes Lied auf Helland. Fehlt nur noch, dass sie den in Rom seligsprechen. Meine Güte, wie sollen wir da einen finden, der ihn umgebracht hat?«

»Was hat die eigentlich gemeint, als sie sagte, wir sollten an das Mannheimer Projekt denken?«

»Kerl, wo lebst du eigentlich? Der Mannheim-Culture-Dome! Den finanziert doch der CCC-Oberboss aus seiner Portokasse.«

»Der, äh, der Dings …?«

»Genau der. Dem gehört die CCC und noch zwei Dutzend Läden. Hast du das etwa nicht gewusst? Du solltest die St.-Pauli-Revue abbestellen und öfter die Tageszeitung lesen. So was …«

»Dem gehört die CCC? Man lernt doch nie aus.« Frankfurt schüttelte den Kopf und rülpste verhalten. Der Schwartenmagen. Verzeihung. Der Mannheim-Culture-Dome, ein viel und kontrovers diskutiertes Großprojekt am Unterlauf des Neckars, wurde tatsächlich von dem Finanzmagnaten Sigmar Zarrach, genannt »Der Zar«, gesponsert. Zu 95 Prozent. Dafür verfügte er über die Vermarktungs- und Nutzungsrechte für die nächsten zehn Jahre. Das futuristische Gebäude, welches den Neckar von der Jungbuschbrücke fast bis zur Kammerschleuse überdachen würde, sollte die Quadratestadt in die Liga der großen Musical- und Event-Städte wie Köln, Hamburg oder Stuttgart befördern. Im August sollte der erste Spatenstich stattfinden. Der Mannheim-Culture-Dome konnte direkt von der Jungbuschbrücke aus angefahren werden, sollte einen eigenen Stadtbahnanschluss erhalten und den Stadtteil Jungbusch »sozial entzerren und kulturell aufwerten«, wie es von den Stadtvätern und -müttern so blumig umschrieben wurde.

Luke steuerte den Passat mit quietschenden Reifen die zahlreichen Kurven nach Ziegelhausen hinunter.

»Mensch, pass auf!« Frankfurt wurde unsanft in den Gurt geschleudert, als Luke eine Vollbremsung machte. Das ABS ratterte, der schwere VW stand.

Der Mountainbiker im magentafarbenen Trikot, der rechts aus dem Wald brach, landete nach einem perfekten Bunny-Hop vor der Haube des Wagens, grinste frech unter dem Helm hervor und verschwand wie ein Spuk auf der gegenüberliegenden Seite wieder im Wald.

»Drecksau!« Lukes enormer Busen wogte unter dem Loden, ihr Gesicht war aschfahl.

»Ruf doch die Polizei«, schlug Frankfurt vor, der selbst gerne im Wald herumradelte und sich rascher von dem Schrecken erholte.

»Sehr witzig. Plattfahren sollte man solche Typen. Plattfahren!«

»Na, na, redet so ein Freund und Helfer? Außerdem fährt man solche Strecken nicht runter wie Schumi«, tadelte Frankfurt, dem der Apfelwein sichtlich gutgetan hatte. Luke startete den abgewürgten Motor, grummelte noch ein paar Bemerkungen über Radfahrer und vorlaute Beifahrer in die Ansammlung von Doppelkinnen und fuhr dann allerdings deutlich langsamer zu Tal.

6
Adieu Tarzan

Tarzan hatte die Lehne des Fahrersitzes zurückgeklappt, griff mit der Regelmäßigkeit eines Industrieroboters in die Chipstüte neben sich und beobachtete das Gelände gegenüber. Er saß in einem weißen, etwas angegammelten Transporter ohne Aufschrift. Die Standheizung summte und im Radio kreischte die debile Gewinnerin eines Zuhörerspiels ihre Freude über irgendein gewonnenes Haushaltsgerät heraus, als hätte sie es gerade als Steißgeburt selbst zur Welt gebracht. Tarzan schaltete entnervt das Radio aus und widmete sich wieder den endlosen Zahlenkolonnen auf seinem Block.

Wenn sich drüben beim Palettenhändler etwas tat, würde er das auch so merken. Die Securitruck hatte den Auftrag, die beiden großen Mannheimer Palettenhändler zu überwachen. Auftraggeber war die Spedition SK-Trans im Handelshafen. Dort hatte man bei einem Subunternehmer schon länger Unregelmäßigkeiten bei der Rückführung der leeren Euro- und Gitterboxpaletten festgestellt. Der Disponent hatte den »Subi« unter Verdacht, einen Teil des Leergutes zu verschachern.

Tarzans Aufgabe war es nun, darauf zu warten, dass der LKW mit der gelben Plane der SK-Trans hier auftauchte und Leergut ablud. War das der Fall, würde er das Ganze mit seiner hochauflösenden Videokamera filmen, anschließend den Palettenhändler aufsuchen, sich als Beauftragter der SK-Trans zu erkennen geben und sich die Quittungen zeigen lassen.

Brotarbeit. Nichts Besonderes. Gezahlt wurde der normale Tagessatz plus der üblichen Fangprämie.

Tarzan gähnte und schaute auf die Uhr. Noch eine Stunde. Nach 16.00 Uhr kam kein SK-Trans-Auto mehr. Da standen die alle brav aufgereiht auf dem Firmengelände auf der Neckarspitze.

»Treffer«, murmelte er befriedigt und machte wieder einen Strich auf der Habenseite. Tarzan spielte Roulette. Er testete sein ganz persönliches System anhand von Permanenzlisten der Spielbank Lindau, die er bei seinem Buchhändler bestellt hatte.

Wenn er hier fertig war, würde er die karierte Holzfällerjacke gegen einen Blazer auswechseln, sich die Krawatte umbinden und nach Bad Dürkheim fahren. Eine halbe Stunde zocken und ab nach Hause.

Das machte er schon die ganze Woche so. Mal verlor er, mal gewann er. Per Saldo hatte er in dieser Woche allerdings mehr gewonnen als verloren. 75 Euro war er im Plus. Sein System war Klasse. Gegenüber Magics Paroli-Spiel musste man auch nicht solch große Summen Spielkapital vorhalten. Er war nur zweimal am Geldautomaten gewesen, um eine kurze Verluststrecke aufzufangen. Am Wochenende würde er Solo ins Feldschlössel einladen. Richtig gut futtern mit Vor- und Nachspeise und allem Drum und Dran. Da würde er ihr auch sagen, wo er das Geld her hatte. Vielleicht würde sie dann endlich kapieren, dass man beim Roulette bloß clever genug sein musste. So clever wie er. Tarzan, der Schrecken der Spielbanken. Das Phantom von Monte Carlo, der König von Baden-Baden!

Endlich 16.00 Uhr! Tarzan startete den Motor, der Transporter stieß eine blaue Rauchwolke aus und Tarzan lenkte ihn über die Hafenbahnstraße in Richtung Luzenberg. Scheißpalettenschieber! Mit solchen Kinkerlitzchen würden sie sich demnächst nicht mehr den Tag versauen. Heute würde er sein System etwas verschärfen. Höherer Einsatz, höherer Gewinn. Was mit Fünfern ging, ging mit auch mit Fünfzigern. Reine Mathematik.

Es war fast 18.00 Uhr, als Tarzan die breite Treppe des Bad Dürkheimer Kurhauses hinunterging. Müde blinzelte er in den einsetzenden Schneeregen. Der Winter gab sich in diesem Jahr nicht so leicht geschlagen. Alles war grau in grau. Tarzans Stimmung auch.

»Scheiß-Ecart[6]«, dachte er verbittert. Die Zehner-Serie auf Schwarz hatte ihm den Boden unter den Füßen weggezogen. Sein »System« war geplatzt wie eine Seifenblase. Er dachte kurz an den Rat des Türstehers, mit dem er sich in den letzten Tagen etwas angefreundet hatte: »Du musst dein Kapital mit dreifacher Reserve halten, um Patzer zu überstehen.« Guter Rat. Bloß hätte er dann mit Zwei-Euro-Jetons spielen müssen. Kinderkram. No risk, no fun. Bloß, wie sollte er das Solo erklären? Vor allen Dingen würde sie irgendwann auf den Bankauszügen die zahlreichen Buchungen sehen: »Automatenverfügung Geldaut. Nr. 165587 B.Drkhm.«

Verbittert musterte er den royalgrünen Jaguar, der neben seinem schäbigen Transporter parkte, erschrak, als die Scheibe auf der Fahrerseite heruntersummte. »Junger Herr!« Ein aristokratisch aussehender, weißhaariger alter Mann nickte ihm freundlich zu. Tarzan blieb stehen. Womöglich war der Alte gehbehindert und benötigte Hilfe.

»La Roulette ist eine launische Madame, nicht wahr?« Der Weißhaarige lächelte ihn freundlich an. Hinter einer

---

6 Serie

randlosen Designerbrille musterten ihn erstaunlich jugendlich wirkende, hellblaue Augen.

Tarzan wollte sich gerade wieder abwenden. Klar, dass man ihm den Loser heute aus drei Meilen Entfernung ansah, aber Gefrotzel von so einem reichen alten Sack war genau das, was er jetzt brauchte.

»Leck mich am Arsch.« Missmutig kramte er den Schlüssel aus der Hosentasche und öffnete die Fahrertür.

»Garantierter Gewinn, junger Freund. Sie gehen noch mal da rein, verdoppeln innerhalb von fünfzehn Minuten Ihr Spielkapital oder Sie kriegen das Geld anschließend von mir. Bar. Cash auf die Hand.« Wie in Zeitlupe drehte sich Tarzan wieder um. »Wie soll das gehen?«

»Spiel des Lebens.« Der Alte hielt eine dünne Mappe in die Höhe. »Fünfhundert für ein Leben ohne Geldsorgen sind ein fast beleidigend niedriger Preis.« Tarzan knallte die Tür zu, dass es nur so schepperte und beugte sich zum Fenster des Jaguars hinunter. Sein Gesicht war nur noch Zentimeter von dem Weißhaarigen entfernt. Er roch eine Mischung aus irgendeinem sauteuren Eau de Toilette und Pfefferminz.

»Hör mir gut zu, Opa: Typen, die mir Supersysteme andrehen wollen, habe ich schon ein paar kennengelernt. Einer von denen ist kürzlich über die Motorhaube meines Autos gepurzelt. Welch ein Missgeschick. Wenn dein System so toll ist, warum gehst du nicht selber da rein und rippst die ab, anstatt hier anständige Leute blöd von der Seite anzuquatschen, hä? Mensch Kerl, lass mich bloß in Ruhe mit deiner gequirlten Kacke!« Zornbebend schwang sich Tarzan auf den Sitz des Transporters. Gerade als er den Motor anlassen wollte, klopfte es an die Scheibe. Tarzan registrierte, dass der Jaguarfahrer trotz seines Alters eine imposante Erscheinung war. Tarzans erste Reaktion war, den Verriegelungsknopf zu drücken und Gas zu geben, aber das Gesicht des Mannes strahlte eine gütige Wärme aus, wie sie nur Pfarrer, Bestattungsunternehmer oder Grundschullehrer draufhaben.

»Ich bin auf Lebenszeit gesperrt, mein Herr. Dreimal dürfen Sie raten, warum. Es stand damals in allen Zeitungen ...« Tarzan öffnete das Fenster einen Spalt und der Alte reichte ihm einen laminierten Zeitungsausschnitt. »Roulettekönig gesperrt! Salzburger Spielbank zum zweiten Mal gesprengt!«, grölte die Balkenüberschrift der österreichischen Kronenzeitung. Darunter prangte ein Bild, das zweifellos den Herrn aus dem Jaguar darstellte, der einen schmalen Aktenkoffer trug und hinter dem zwei sonnenbebrillte Berggorillas standen, die man in Maßanzüge gesteckt hatte. Tierquälerei, dachte Tarzan und reichte das Ding wieder nach draußen. »Ich habe keine fünfhundert«, brummte er und der Mann draußen lächelte verständnisvoll.

»Da drüben ist ein Geldautomat. Sie haben es in der Hand. Fahren Sie als Gewinner nach Hause oder erklären Sie Ihrer Familie, warum das ganze Geld weg ist. In zwei Wochen genügt es, einmal im Monat bei irgendeiner Spielbank in Europa Geld zu holen. Ansonsten genießen Sie das Leben. Ich kann Ihnen einen guten Jaguarhändler empfehlen ...«

»Warum sollten Sie so ein Supersystem verkaufen? Sie können doch auf der ganzen Welt spielen. Zocken Sie doch die Amis ab oder die Japse.«

»Der wahre Grund, warum ich Sie angesprochen habe, ist folgender«, der alte Mann machte eine Handbewegung und Tarzan kurbelte das Fenster herunter. Der Mann flüsterte nun: »Ich will es denen heimzahlen. Den Spielbanken in Deutschland, Österreich und Luxemburg. Die mich des Betrugs bezichtigten. Die erkannten, dass sie gegen mein

System nicht die geringste Chance hatten und mich deswegen sperrten. Deswegen streue ich das System für läppische fünfhundert unters Volk. Es wird diese Tempel nicht mehr lange geben, wenn das System richtig greift. Vielleicht ein Jahr oder zwei. Steigen Sie rechtzeitig ein, sonst lesen Sie nur in der Zeitung vom Glück der anderen. Seien Sie aufgeschlossen. Denken Sie an meine Garantie. Verdoppelung. Entweder von den Geiern da drinnen oder von mir.« Er griff in die Innentasche seines Anzugs und wedelte mit einem Bündel Geldscheine. Es waren keine Fünf-Euro-Scheine.

Tarzan schluckte. Mit rauer Stimme fragte er: »Mal angenommen, ich gebe Ihnen die fünfhundert. Ich gehe da rein, falle auf die Schnauze, komme raus und suche den grünen Jaguar. Vergeblich. Dann bin ich doch der Arsch des Jahrhunderts, oder?«

»Die Problematik ist mir durchaus bewusst, Herr …«

»Steiner«, antwortete Tarzan, »Tarz… äh, Wolfgang Steiner.«

»Mein Name ist Waldemar von Hohenrechberg.«

»Ganz bestimmt«, dachte Tarzan belustigt und kam sich immer mehr vor wie in einem drittklassigen Film.

»Ich gebe Ihnen meine Kreditkarte als Pfand. Sie können sie an der Kasse überprüfen lassen. Darüber hinaus haben Sie mein Wort. Das Wort eines Ehrenmannes. Sie sind in einem Alter, in dem Sie wohl noch wissen dürften, was das wert ist.«

»Schleimer«, dachte Tarzan. Aber das mit der Kreditkarte klang schon plausibel. »Darf ich die mal sehen?«, fragte er und der angebliche Herr von Hohendingsberg zückte ein Kärtchen. Ein goldenes. Von American Express.

»Ich habe noch eine Diners Club, eine Visa und die Kundenkarte der Bahama-Trading-Bank, falls Sie Amex nicht vertrauen.« Ein spöttisches Lächeln umspielte die Mundwinkel des Jaguarfahrers.

»Scheiße«, dachte Tarzan. Wärme breitete sich in seinem Bauch aus. »Der gibt mir wirklich seine Kreditkarte.« Wenn er den Alten jetzt stehenließ, würde er Zeit seines Lebens über die verpasste Chance grübeln. Der Krach mit Solo wäre so sicher wie ein Furz nach Bohnen und das Konto leer wie Trappatonis Flaschen.

»Wie viel Spielkapital benötigt das System? Muss ich da Tausende Euro auf den Tisch klatschen oder was?«

»Sie brauchen zwischen sechs und siebzehn Stücke. Die Wertigkeit liegt bei Ihnen. Sie können mit Ansage setzen, brauchen also nicht selbst auf dem Tisch zu pflastern. Sie nutzen die einzige nicht zufällige Komponente des Roulettes aus.«

»Die da wäre?«

»Der Croupier.«

»Der Croupier?«

»Der Wurfcroupier. Alles andere kostet fünfhundert Euro.«

Tarzan sank in den Sitz zurück. Er spürte die Kälte nicht, die durch das offene Fenster drang.

Der Mann draußen räusperte sich. »Ich bin nicht mehr der Jüngste. Es ist kalt und feucht. Es war nett, mit Ihnen zu plaudern. Habe die Ehre …«

Tarzan sprang aus dem Transporter, hielt den Mann am Ärmel fest und keuchte: »Abgemacht. Fünfhundert. Und wenn Sie mich bescheißen, mach ich Sie fertig. Ich habe die Autonummer. Ich finde Sie und Sie werden froh sein, wenn ich nur mein Geld zurück will.«

»Das Feuer der Jugend entschuldigt Ihre Worte, Herr Steiner. Ich werde hier warten …«

Tarzan zog den Kopf ein, schlug den Kragen seiner Jacke hoch und stiefelte zu der eindrucksvollen Fassade der Sparkasse Rheinpfalz. Er war selbst Sparkassenkunde, deshalb konnte er mehrmals am Tag Geld am Automaten abheben, allerdings nur bis zu einer gewissen Grenze, die er nun mit den achthundert, die er in den Automaten tippte, fast erreicht hatte.

Herr von Was-weiß-ich betrat mit ihm gemeinsam das Foyer des Kurhauses. Sie setzten sich an einen Tisch des angeschlossenen Cafés und der Alte erläuterte ihm sein »Spiel des Lebens«. Tarzan war schockiert über die Grunderkenntnis, auf der das System basierte. Der Mann hatte Recht. Das war die Büchse des Panthers oder so. Das Osterei des Kolumbus. Am liebsten hätte er anstatt lausiger dreihundert Euro gleich mit dreitausend gespielt.

Der Alte schaute ihm offen ins Gesicht. Eigentlich sah er wirklich aus wie ein Herr von und zu.

Er lächelte sein feines Gentleman-Lächeln und sagte: »Sie werden höchstens zwanzig Minuten benötigen, um das Kapital zu verdoppeln. 75 Prozent der Coups sind Treffer. Ich wünsche Ihnen kein Glück. Das brauchen Sie nicht. Sie haben nun das Spiel des Lebens. Das Spiel *Ihres* Lebens. Ich werde hier auf Sie warten.«

Der Mann hatte gelogen. Tarzan rannte fast einen jungen Kerl über den Haufen, als er, weiß vor Zorn, aus dem Casino stürmte. Der Tisch, an dem er vor einer guten Stunde mit dem alten Mann gesessen hatte, war leer.

Tarzan stürzte ins Freie. Der Wind pfiff empfindlich kalt durch sein dünnes Jackett. Seine Daunenjacke hatte er in der Garderobe hängen lassen. Mit wilden Blicken schaute er sich um. Der beleuchtete Eingang zum benachbarten

Automatenspiel. Eine Gruppe Croupiers kam gerade aus einem Seitenbau. Lachend, scherzend. Idioten. Der Parkplatz im Licht der Straßenlaternen. Sein Transporter. Daneben ein Ford Escort mit LU-Kennzeichen und der Aufschrift »ABI 1963«. Witzbold. Arschloch. Alle waren sie Arschlöcher und er das größte! Eng legte sich eine eisige Klammer um Tarzans Herz. Konnte ein einzelner Mann an einem einzigen Abend so viel Scheiß bauen?

Er starrte die goldene Kreditkarte in seinen klammen Fingern an. Der Kassierer hatte höflich gelächelt, als er sie ihm wieder zurückgegeben hatte. »Haben Sie die aus der Kinderpost?«, hatte er gefragt. Die Frau neben ihm ließ sich gerade 2000 Euro ausbezahlen. Die Frau war alt, schmuckbehangen und roch nach Kölnisch Wasser. Wie seine Oma. Damals, als er mit den Großeltern sonntags immer nach Heidelberg gefahren war. Als kleiner Junge. Tarzan schluckte mühsam die heiße Wut hinunter, kämpfte einen Augenblick mit den Tränen und wankte zu seinem Auto. Die gefälschte Kreditkarte wirbelte zusammen mit vermodertem Laub davon.

Er wusste nicht mehr, wie er nach Hause gekommen war. Die Autobahn, die Lichter der BASF, die beleuchtete Landebahn der Coleman Barracks. Automatisch registriert und sofort wieder gelöscht. Die Lady Jane war dunkel. Die Tür verschlossen. Kein Zettel am Kühlschrank. Nichts. Egal, das war ihm gerade recht. Er ging ins Wohnzimmer, öffnete das selten genutzte Barfach. Ganz hinten, zwischen dem Möbelhaus-Sekt, den sie beim Kauf ihrer Couchgarnitur bekommen hatten, und einer Flasche Kinderpunsch, stand noch eine halbvolle Flasche Carlos III. Die hatte ihm sein Vater einmal vor Jahren aus Malle mitgebracht.

Tarzan nahm die davor stehende Stahlkassette heraus

und griff nach der Flasche ... Die Kassette! Der Schlüssel steckte. Es war ein billiges Blechkästchen mit einem Plastikeinsatz für Münzen. Er öffnete den Deckel. Ein paar Pfennige und ein einzelnes Markstück lagen darin. Wehmütig betrachtete Tarzan die Münzen. Deutsche Mark. Die Schwarzen haben uns die Mark gestohlen. Das sagte Solo immer und sie hatte Recht. Seit sie diesen Scheiß-Euro hatten, war alles über Nacht doppelt so teuer geworden. Nur ihre Honorare, die wurden penibel umgerechnet. Die Euro-Umstellung würde in naher Zukunft als der größte Betrug aller Zeiten in die Geschichtsbücher eingehen. Seine Enkelkinder würden sich einmal fragen, wie es möglich war, ein ganzes Volk dermaßen einzuseifen.

Tarzan hob den Plastikeinsatz heraus. Darunter lagen ihre Sparbücher ...

Carlos III. war vergessen. Mit zitternden Fingern blätterte Tarzan in den roten Heftchen. Lothar Zahn, Hesselgasse 9, 6840 Lampertheim. Regelmäßige Eintragungen bis zum 12.01.1971.

Sein 18. Geburtstag. Summe: 2510,18 Mark. Das Sparbuch, das seine Eltern für ihn angelegt hatten. Auszahlung am 13.01.1971: 2500 Mark. Keine neuen Einzahlungen. Er nahm das nächste Büchlein zur Hand: Bertha Solomon, letzter Eintrag: 20.05.2000 Guthaben 1356,58 Mark. Das letzte Sparbuch hatte eine hellere Farbe, ein Magnetfeld und war auf Solo und Tarzan ausgestellt. Einzahlungen per Dauerauftrag. Jeden Monat. 200 Mark beziehungsweise 100 Euro in den letzten Monaten. Guthaben: 3871 Euro.

Tarzan legte zwei der Sparbücher wieder zurück, setzte den Plastikeinsatz wieder auf seinen Platz und stellte die Kassette wieder zurück. Er setzte sich auf die Couch, schaute sich wieder die Guthabensumme an und drückte sich das hellrote Heftchen an die Brust. »Ich mach das wieder gut, Solo. Ich mach das wieder gut. Morgen Mittag. Ich verspreche es …

Solo war erst weit nach Mitternacht zurückgekommen. Er erwachte, als sie ins Bett schlüpfte, sich an ihn kuschelte und den Arm um ihn legte. Ihr Haar roch nach Rauch.

»Wo warst du denn?«, murmelte er.

»Im Kino, mit Claudia, hab ich dir doch vorige Woche schon gesagt. Und du?«

»Hab noch 'ne Besprechung mit dem Boss von der SK gehabt. Dem Kraft. Hat 'nen neuen Großkunden gewonnen. Wir sind dann alle noch zum Andechser. Hat sich nicht lumpen lassen, der Kraft.«

»Na-acht«

»Nacht Schatz« Was war er doch für ein Drecksack. Tarzan lag noch lange wach. Morgen würde er mit dem Geld vom Sparbuch alles wieder ungeschehen machen. Magics System würde ihn auf die Straße der Gewinner führen. Er würde das überzogene Konto wieder sanieren, das Sparbuch wieder reanimieren und einen schönen Batzen als Trostpflaster für Solo aufheben. Dann würde er nie wieder eine Spielbank betreten. Einmal noch. Dann ist Schluss. Gegen Morgen fiel Tarzan in einen unruhigen Schlaf, träumte von alten Männern in dicken Autos, sah sich selber splitternackt unter dem Gejohle der anderen Gäste aus dem Spielsaal laufen und seine schon vor langen Jahren gestorbene Oma, die ihm ein Kuvert zusteckte. »Jetzt bist du reich«, sagte die alte Frau und roch nach Kölnisch Wasser, »ein reicher kleiner Mann.«

Schweißgebadet erwachte er. Solo klapperte in der Küche herum und pfiff leise vor sich hin. Scheiße. Sie hatte das nicht verdient. Wenn Solo etwas hasste, dann waren es Lügen. Was er gemacht hatte, war schlimmer. Er hatte gemeinsames Geld verprasst. Verantwortungslos, selbstsüchtig und dumm. War auf einen Bauernfänger hereingefallen. Er, Mitinhaber einer Sicherheitsfirma!

Hoffentlich kam er da einigermaßen sauber wieder raus.

»Frühstück, alle Mann an Deck!«, schallte es fröhlich aus der Küche. Er wälzte sich aus dem Bett, wackelte ins Bad und glotzte den rotäugigen Strubbelkopf an, der im Spiegel zu sehen war. »Moin du Arsch …«, brummte er.

»Hast du was gesagt, Tarzan?« Die Küche war gleich nebenan.

»Nö«

»Ist was?«

»Nö«

Solo blickte aus dem Fenster. »Der Transporter steht da wie besoffen.« Sie musterte Tarzan aufmerksam.

»Nur Apfelschorle und Kaff', wie üblich!«, beteuerte er. Wenigstens das war nicht gelogen …

»Machst du heute wieder Mannheim oder wollen wir tauschen?«

»Tauschen. Ich glaube ein Tapetenwechsel tut mir ganz gut«, sagte er, die Backentaschen voller Müsli. Ganz gut, wenn er die Vorderpfälzer Palettenhändler observierte. Da war er schneller im Casino. So stand Tarzans Miettransporter eine Stunde später in der Nähe des Mutterstadter Pfalzmarktes, einer Drehscheibe des größten Gemüseanbaugebietes Deutschlands. Er parkte auf dem Parkplatz eines Discounters, der zu Tarzans Freude auch einen Bäckerladen enthielt. Vorher war er noch bei der Sparkasse vorbeigefahren und hatte das Sparbuch geleert. Er kam sich dabei vor wie ein Dieb.

Wieder vertrieb er sich die Zeit mit fiktiven Spielen anhand der Permanenzen in seinem Buch. Dumm, dass Magics System nur ohne Limit hundertprozentig funktionierte. Aber wenn er bei Verlust zunächst nur auf Ausgleich progressierte, könnte er eine längere Durststrecke durchstehen. Könnte, könnte … Er wagte gar nicht daran zu denken, wenn er auch dieses wirklich allerletzte Geld verlieren würde. Solo hatte sich wieder gefangen. War fast wieder die Alte. Er hatte ihr nicht gesagt, dass Magic für zwei Wochen weg war. Beließ sie in dem Glauben, er, Tarzan, hätte den Kontakt abgebrochen.

Er musste da wieder raus. Es musste klappen. Musste einfach!

Als er an diesem Nachmittag den Transporter auf dem Parkplatz vor dem Kurhaus abstellte, hielt er intensiv Ausschau nach einem grünen Jaguar. Fehlanzeige. Aber so blöd konnte einer gar nicht sein. Doch. Einen kannte er …

Das Kurhaus, dessen weiße Fassade mit der breiten Freitreppe immer einen vielversprechenden, einladenden Eindruck auf ihn gemacht hatte, kam ihm trotz des ruhigen Vorfrühlingswetters diesmal kalt und abweisend vor. Bedrohlich fast. Wie früher seine alte Schule am Tag der Zeugnisausgabe.

Er kaufte eine Tageskarte, grüßte den Türsteher, der ihm zuraunte: »Am Fünfer wird heute fett gewonnen, den machen die bestimmt bald zu.«

Tarzan nickte geistesabwesend, ging zum Wechselschalter und holte mit feuchten Händen das Geld aus der Börse.

»Zehner, bitte …«, orderte er mit belegter Stimme.

Solo hatte die Observation in Hüttenfeld, einem Stadtteil von Lampertheim, um kurz nach drei abgebrochen. Ihr Instinkt sagte ihr, dass sie hier ihre Zeit verschwendete. Brav und korrekt trug sie die Arbeitszeit in das Tagebuch ein. Äußerste Korrektheit gegenüber der Kundschaft war eines der Erfolgsgeheimnisse der Mini-Firma. Sie verließ den

Parkplatz eines Autohändlers, auf dem sie ihren Wagen unauffällig zwischen einigen dicken Geländewagen abgestellt hatte und fuhr zurück nach Lampertheim. Sie wollte noch die Wocheneinkäufe erledigen. Aber vorher musste sie noch zur Sparkasse …

Tarzan wählte nicht Tisch 5. Dort schien ein abgehobener Großgewinner das Reglement zu führen. Das war genau das, was Tarzan an diesem Tag nicht brauchte. Er gesellte sich zu der Handvoll angegrauter Systemspieler an Tisch 8, unmittelbar neben der Bar. Da konnte man seinen Kaffee auf dem Tresen stehen lassen und in aller Ruhe zocken. In aller Ruhe. Ha, ha …

Tarzan setzte einen der roten Zehner-Jetons auf Schwarz. Rot kam. Zwei Jetons auf Rot. Schwarz kam. Vier Jetons auf Schwarz. Rot kam … Acht Jetons auf Rot …

Solo betrat den Vorraum der Filiale an der Kreuzung Hagen-, Andreas- und Wormserstraße, wartete, bis eine ältere Frau umständlich ihr Geld in der Handtasche verstaut hatte, lächelte ihr freundlich zu und führte ihre Kundenkarte in den Schlitz des Geldautomaten ein. Sie tippte ihre Geheimzahl, drückte die Taste für 200 Euro und erwartete das vertraute Zählgeräusch und die Aufforderung »Entnehmen Sie bitte Ihre Karte«. Verwundert senkte sie den Blick auf den Bildschirm, als sich nichts dergleichen tat. Eine ungewohnte Schrift erschien auf der flimmernden grauen Fläche: »Ihre Karte wurde einbehalten. Bitte melden Sie sich am Schalter.«

Tarzan schwitzte und klapperte nervös mit den Jetons in der Jackentasche. Sein Vorrat war empfindlich zusammengeschmolzen. Längst hatte er Tisch 8 verlassen, sein Kaffee auf dem Tresen war kalt.

Aber auch Tisch 5, von dem der südländisch aussehende Zuhältertyp endlich verschwunden war, gab nichts her. Es war wie verhext. Dann tat Tarzan etwas, von dem sowohl Berufs- als auch Gelegenheitsspieler stets abraten: Er wechselte Spielweise und Marsch. Der »Marsch«, das war die bei Systemspielern streng vorgegebene Satzweise bei den einzelnen Spielen, den Coups. Tarzan bereitete seinen spielerischen Selbstmord mit dem verbreitetsten aller Fehler vor: Er wollte das Glück erzwingen.

Er setzte gegen die Bank. Er steigerte seinen Einsatz mit jedem verlorenen Coup. Er gewann auch einige Male. Aber per Saldo ging es stets abwärts. Die »mörderische Martingale« wetzte ihre Messer. Es war einfach nicht sein Tag. Magic hatte ihn vor solchen Sitzungen gewarnt. Hatte ihn darüber aufgeklärt, dass es Tage gab, an denen einem »La Roulette« nicht das Schwarze unter den Fingernägeln gönnt. Erfahrene Berufsspieler erkannten die Anzeichen. Strichen rechtzeitig die Segel wie erfahrene Kapitäne. Ritten den Sturm an der Bar ab oder gingen (das waren die klügeren unter ihnen) gleich nach Hause.

Tarzan ging nicht. Mit hochrotem Kopf, die Krawatte längst auf halb acht, das Hemd zerknittert und verschwitzt, setzte er und setzte und setzte. In der Jackentasche wurde es immer leiser …

Um 22.44 Uhr setzt er seinen letzten Zehner auf die 17. Das Lied summt ihm schon den ganzen Abend im Kopf herum: Achim Reichel, »Der Spieler«.

»Er setzt alles auf die Siebzehn…«, Reichel röhrt mit dumpfer Stimme, presst die Worte schnaufend hervor, »… und … Siebzehn fähäällt!«

Die Kugel senkt sich zur Kesselmitte, prallt gegen die Cuvettes, klickert, klackert, springt wie ein übermütiges Fohlen über die Fächer. Die Kugel kennt Achim Reichel nicht. Sie hat weder ein Gedächtnis noch ein Gewissen. Sie ist die Manifestation des Zufalls. »Zerooo!«, immer mit drei O. Die Spieler raunen. Nur einer hat die Null gesetzt. Der flinke Rechen fegt den Tisch fast leer, der Kopfcroupier schiebt die Einsätze auf den einfachen Chancen auf die Prison-Linie. Der Zehner von Tarzan verschwindet im bunten Haufen, wird von den geübten Fingern des Saladiers in Sekundenschnelle einsortiert, gestapelt und dem Vermögen der Bank einverleibt.

»Er setzt alles auf die Siebzehn…« Reichel scheint ihn zu verhöhnen. Tarzan schaut sich um. Die Vorhänge vor den hohen Fenstern werden mit Einbruch der Dunkelheit zugezogen. Dahinter liegt der Kurpark. Keine Uferpromenade, kein Meer, in das er sich stürzen könnte, kein Mädchen, das ihn lockt, wie in Reichels altem Song. Tarzan geht. Die kalte Nachtluft raubt ihm fast den Atem. Er klettert in den Transporter. Holt das Handy aus dem Handschuhfach, schaltet es ein. Ein entgangener Anruf. Solo. 16.04 Uhr.

Dreimal hatte er den Großraum Mannheim umrundet: A6, A67, A61, wieder die A6. Dann stand die Nadel des Tankanzeigers kurz vor dem roten Bereich. Tanken konnte er nicht. Kein Bargeld. Die EC-Karte: nutzlos. Das Konto war leer, der Dispokredit bis zum Bodensatz ausgereizt. Um 02.18 Uhr am Morgen rollte der Transporter vor der dunklen Silhouette der Lady Jane aus.

Der Cherokee war nicht da…

Tarzan stieg aus. Das Kreuz tat ihm weh, die Beine schmerzten und sein Kopf war ein Halloweenkürbis. Bloß nicht so fröhlich. Er ging den Steg hinunter, schloss die Eingangstür auf und wäre fast über einen Gegenstand gestolpert, der dicht dahinter auf dem Boden lag. Es war ein Seesack. Ein olivgrüner aus US-Army-Beständen. Sein Seesack ... Prall gefüllt. Daneben standen noch zwei Plastiktüten. Tarzan machte Licht. Die Tüten enthielten Schuhe. Laufschuhe. Größe 11,5. In dem Seesack lagen zuoberst seine Lieblingsjeans. Tarzan brauchte nicht weiterzugraben. Die Geste war deutlich.

Er wankte durch das Hausboot. Auf dem Küchentisch lag ein Kuvert. Er machte es auf, ein Zettel und Bankauszüge. Er hatte es gewusst. Die Sache würde auffliegen. Solo war kein kleines Mädchen. Auf dem Zettel standen ein paar wenige Worte. Rasch hingekritzelt: »Bin gegen 10.00 Uhr zurück. Sieh zu, dass du dann nicht mehr da bist.« Kein Gruß.

Hätte Solo ihn erwartet, ihn angeschrien, mit Vorwürfen überhäuft, geweint, gezetert, lamentiert, gejammert, alles hätte er irgendwie einordnen können. Verarbeiten. Irgendwie wären sie letzten Endes mit der ganzen Kacke klargekommen. Er hätte alles eingesehen. Seine Schuld. Ja, er war ein Arschloch. Ein Lügner. Ein Dieb. Aber das jetzt ...

Siedend heiß durchfuhr ihn die Erkenntnis, das dies hier nicht nur ein Krach war. Dies war das Ende. Das Ende ihrer Beziehung. Tarzan hatte nie für möglich gehalten, dass ihnen so etwas passieren könnte. Hatte immer bedauernd den Kopf geschüttelt, wenn ihm wieder einmal eine Trennung zu Ohren gekommen war. Die armen Schweine. Man konnte doch über alles reden.

Er betrat das Schlafzimmer. Sein Bett war abgezogen. Die nackte Matratze schien ihn zu verhöhnen. Da hatte er immer gelegen. Weg mit dem Bettzeug. Weg mit dem Laken. Pfui! Schmutz! Weg damit! Er sank auf die Bettkante. Sauer stieg es in ihm auf. Er stützte die Ellbogen auf die Knie, schlug die Hände vor sein Gesicht und weinte. Heulte Rotz und Wasser und versank in einem Ozean aus Selbstmitleid, Wut und Trauer.

Der Morgen dämmerte bereits herauf, als der Transporter auf dem Parkplatz hinter der Lampertheimer Reithalle ausrollte. Tarzan verriegelte die Türen, warf seinen Schlafsack auf die Matratze im Laderaum und stellte die Standheizung auf 18 °C. Er kroch gemeinsam mit seinem Freund in den Schlafsack und zog den Reißverschluss so weit hoch, dass er noch die Arme frei hatte. Auf dem Bauch seines Freundes stand »Carlos III.« und er verhalf Tarzan zu einem dumpfen, traumlosen Schlaf.

7
Im Dienste des Zaren

Durch die Frontscheibe drang milchiges Tageslicht in den Kleinbus. Der verdammte Vogel sang wie aufgedreht. Immer das gleiche Lied: »Tüdelütt, tüdelütt, tüdelütt …« Tarzan fror. Die Standheizung hatte irgendwann den Dienst quittiert. Es war kalt, feucht und es roch nach Alkohol, den dazugehörigen Ausdünstungen und irgendetwas Unaussprechlichem, das der Vormieter des Fahrzeuges wohl transportiert hatte. Von den unverkleideten Blechwänden des Laderaums troff Kondenswasser. Das geistesgestörte Federvieh düdelte immer noch sein bescheuertes Lied.

Tarzan öffnete seine verklebten Augen. »Tüdelütt, tüdelütt, tüdelü …« Man könnte meinen, der bescheuerte Vogel säße im Führerhaus. Aber jetzt war endlich Ruhe. Tarzan schrak hoch. Carlos III. kollerte auf den Laderaumboden. Das war kein Vogel. Das war sein Handy! Mit schmerzendem Schädel wurstelte er sich aus dem Schlafsack, kroch nach vorne und fummelte das Handy aus der Jackentasche und versuchte, das Display zu erkennen. Es gelang ihm mit einiger Anstrengung, die winzigen Pixelziffern und -buchstaben ruhigzustellen. Er drückte auf eine der Tasten und eine unbekannte Rufnummer erschien. Eine Mobilnummer aus einem anderen Netz. Irgendwie kam ihm die Zahl bekannt vor. Irgendwann hatte er die schon mal getippt, aber nicht unter einem Namen abgespeichert. Er drückte die grüne Taste und das Telefon baute die Verbindung auf.

Er hörte zweimal den Rufton, dann ertönte eine Stimme,

die er sehr genau kannte: »Aldaaaa! Lebst du schon oder pennst du noch? Mensch, lass die Rote in Ruhe und komm aus den Federn. Der gute Magic ist schon auf dem Weg zu dir!«

Scheiße. »Wo bist du?« Heiseres Gekrächze.

»Hast du's im Hals?«

»Wo bist du jetzt, Magic?«

»Kurz vor LA, ich werde in drei Minuten bei euch aufschlagen, werf schon mal die Kaffeemaschine an, Alter!«

Tarzan gelang es gerade noch rechtzeitig, Klaus Mazic umzudirigieren. Er warf einen Blick auf die Uhr: 10.33 Uhr. Das hätte gerade noch gefehlt, wenn der lärmende Prolet zu diesem Zeitpunkt bei Solo auf der Matte gestanden hätte. Solo hätte ihm geradewegs zu einer unfreiwilligen Algenkur im Altrhein verholfen.

»Mann, siehst du scheiße aus!« Magic stand vor der offenen Schiebetür des Transporters und staunte über seinen alten Kameraden, der wie ein Häufchen Elend auf der Matratze hockte.

Der Mercedes summte in Richtung Mannheim. Magic, der eine Sonnenbrille trug, die ihn wie einen drittklassigen Boxpromotor aussehen ließ, hatte sich Tarzans Leidensgeschichte stumm nickend angehört.

»Babe …«, sagte er, als Tarzan bei Carlos angelangt war, »… du bist ein Arschloch.« Dem hatte Tarzan nichts weiter hinzuzufügen.

»Wir fahren jetzt erst einmal zu mir. Da kannst du dich duschen und suchst dir in meinem Schrank ein paar anständige Klamotten aus. Wir haben ja ungefähr die gleiche Größe. Den Bauch musst du eben ein bisschen einziehen.

Kannst erst mal bei mir wohnen, bis sich die Rote wieder eingekriegt hat.«

Tarzan vermutete, dass die nächste Eiszeit oder die Besiedelung der Nachbargalaxis eher stattfinden würde.

»Morgen stelle ich dich jemandem vor. Wenn du Lust hast, kannst du bei unserem Laden einsteigen, richtig gut Kohle machen und seelenruhig abwarten, bis deine Maus wieder angekrochen kommt.« Tarzan antwortete nicht. Er schluckte schwer. Jedes Wort über Solo stach wie mit glühenden Nägeln in seine Seele.

»Überleg's dir. Das Wichtigste ist jetzt, dass du erst mal wieder auf die Reihe kommst. Mann, wie kann man nur so bescheuert sein und dem irren Iwan auf den Leim gehen. Ich fass es nicht. Nein, ich fass es nicht!« Als Tarzan seinem Freund von dem alten Mann im Jaguar erzählte, hatte Magic brüllend gelacht, auf das Lenkrad geschlagen und war beinahe in die Leitplanken gerauscht.

»Der irre Iwan« war in Spielerkreisen eine wohlbekannte Figur. Der Mann war einschlägig vorbestraft, Stammgast in der Psychiatrie und einer der größten Hochstapler aller Zeiten. Wegen seines Krebsleidens kam er immer wieder auf freien Fuß, was ihn nicht daran hinderte, mit geliehenen Autos den großen Max zu markieren und unbedarften Tölpeln »todsichere Systeme« anzudrehen. Schnappte man ihn wieder einmal, dann war meistens nichts mehr zu holen und der irre Iwan wedelte mit seinen ärztlichen Attesten, die ihm eine nur noch geringe Lebenszeit prophezeiten. Haftunfähigkeit, Persönlichkeitsstörungen, Demenz im Anfangsstadium. Wer wollte dieses Wrack einsperren?

Magic stellte den Wagen auf einem Privatparkplatz unter den Wohntürmen der Mannheimer Neckarpromenade ab. Das düstere Parkhaus stand in krassem Gegensatz zu der luxuriösen Terrassenwohnung mit Blick auf den Neckar und die dahinterliegende Mannheimer City.

»Willkommen in meinem bescheidenen Heim«, tönte Magic gönnerhaft und Carlos gaukelte dem armen Tarzan die Fata Morgana einer lediglich mit einem durchsichtigen String bekleideten Dame vor, deren enorme Oberweite aus unerfindlichen Gründen nicht den Gesetzen der Schwerkraft unterlag. Die Illusion stand vor dem großen Wohnzimmerfenster und es würde wohl zu Schiffshavarien kommen, sollte ein Steuermann der gleichen Sinnestäuschung erliegen.

»Hi, Tarzan«, girrte die Fata Morgana, »Käffchen?«

»Grunz« Carlos vermochte vieles, aber selbst die kühnsten Säuferfantasien hätten wohl nicht gereicht, einen solch makellosen Körper darzustellen.

»Gute Idee, Nickymaus, aber ohne Schuss bitte. Der gute Tarzan ist im Augenblick auf Entzug, har, har. Sorry, ich hätte Bescheid sagen sollen, dass ich Besuch mitbringe. Es macht dir doch nichts aus, oder?«

Magics Grinsen spiegelte puren Besitzerstolz. Tarzan schüttelte benommen den Kopf. Nein, es machte ihm nichts aus. Sein Adamsapfel hüpfte, als Nicky sich in der offenen Küche nach einem heruntergefallenen Löffel bückte. Er war froh, dass er mittlerweile auf der riesigen weißen Ledercouch saß. Glücklicherweise huschte Nicky kurz ins Bad und kam in einen Bademantel gehüllt wieder heraus. Den ließ sie zwar öfter einmal »unabsichtlich« aufklaffen, aber Tarzans Kerntemperatur sank wenigstens wieder auf einen erträglichen Wert.

Zwei Stunden später betrachtete sich Tarzan eingehend im großen Schlafzimmerspiegel. Schwarze Hose, weißer Rolli, Lederblazer. Die Schuhe schlappten ein bisschen, aber die konnte man noch ein wenig enger schnüren. In seinem Geldbeutel knisterten 700 Euro. »Handgeld«, hatte Magic gesagt. »Man geht nicht nackt aus dem Haus.« Tarzan hatte das Geld nur unter der Bedingung nehmen wollen, dass er es zurückzahlen würde.

Magic hatte nur gelacht. »Die 700 sind Schmerzensgeld, weil ich dich so scharf aufs Roulette gemacht habe. Morgen gehen wir zum Boss. Dann bist du deine Geldsorgen sowieso bald los.«

»Der Boss« trug weder Sonnenbrille noch dicke Siegelringe. Er sah in seiner grünen Schürze, dem zerfransten Strohhut und dem verfilzten Wollpullover auch nicht wirklich wie ein »Padrone« aus. Eine ältliche Sekretärin hatte sie in den Garten der Villa im Mannheimer Stadtteil Lindenhof geschickt. Der dürre alte Mann mit den wässrigen blauen Augen musterte Tarzan freundlich. Er legte die Gartenschere weg und reichte ihnen die Hand.

»Julius Novottny, freut mich, Sie kennenzulernen, Herr Zahn. Herr Mazic war so freundlich, mir einiges von Ihnen zu erzählen.« Er sprach mit erstaunlich fester Stimme. Tarzan schätzte den Mann auf mindestens achtzig.

Magic hatte seinen üblichen schnoddrigen Ton abgelegt wie einen alten Mantel und behandelte Novottny mit großem, fast unterwürfigem Respekt.

Als sie wenig später im Büro der Villa waren, kam es Tarzan vor, als ob der Mann ohne Hut und Schürze mindestens um einen halben Kopf gewachsen wäre. Das alte Männchen strahlte in dem mit schweren englischen Ledermöbeln eingerichteten Raum plötzlich eine Autorität und Macht aus, die man ihm niemals zugetraut hätte.

Er wandte sich an Tarzan: »Ich habe selbstverständlich Erkundigungen über Sie eingezogen ...«

»Okay, das war's, Wiedersehen. War nett mit Ihnen zu plaudern, danke für den Tee«, das sprach Tarzan natürlich nicht laut aus, aber es schoss ihm durch den Kopf. Notorischer Zocker, insolvent, getrennt lebend. Er würde sich selbst niemals einstellen. Bekloppt, wer so einen wie ihn auch nur als Fensterputzer engagierte.

Der alte Novottny war bekloppt. Er hatte Tarzan einen Posten als Sicherheitsfachmann bei seiner Firma Central-Service angeboten. Drei Monate Probezeit. Beidseitige Kündigung ohne Angaben von Gründen während dieses Zeitraumes möglich. So bekloppt war er dann wohl doch nicht. »Und was macht die Central-Service? Was mach ich eigentlich genau?«

»Die CS ist ein Dienstleistungsunternehmen. Wir machen alles: Catering, Fuhrparkmanagement, Personen- und Objektschutz, Veranstaltungsservice, Organisation von Konferenzen, das ganze Gedöns. Du bist verantwortlich für die Sicherheit der Villa Borgwarth.«

»Hausmeister oder was?«

»Es handelt sich um ein Gästehaus. Die wirklich wichtigen Leute bringen ihre eigenen Securitys mit, du musst dich dann mit denen abstimmen. Aber die meisten Gäste vertrauen unserem Personal.«

»Wem gehört die Villa?«

»CCC.«

Tarzan pfiff leise durch die Zähne. »Das ist der Laden mit dem Japsen-Park, oder? Hab in der Zeitung von denen gelesen. Der Kerl, den sie ans Riesenrad gebunden haben, der hatte doch mit denen zu tun, oder?«

»Ludwig Helland. Der war 'ne ganz große Nummer bei der CCC. Der hat denen damals das Gelände verkauft. Für die ist der so 'ne Art großer himmlischer Führer gewesen. Sein Bild hängt im großen Konferenzsaal gleich neben dem des Zaren.«

»Sigmar Zarrach?« Tarzans Augen wurden rund.

»Wer sonst? Setz den Zaren neben den Papst und jeder wird wissen wollen, wer der Kerl neben Sigmar Zarrach ist. Gegen den Zaren ist Bill Gates ein Hartz-IV-Empfänger.«

»Und die CS arbeitet für die CCC?«

»Die CS gehört der CCC. Du stehst ab heute im Dienste des Zaren, Alter.«

»Ein Puff!« Tarzan war fassungslos, als er mit Magic die Besichtigung seines künftigen beruflichen Umfeldes beendet hatte. Sie saßen in einer mit erlesenen Möbeln ausgestatteten Empfangshalle der säulengeschmückten, herrschaftlichen alten Villa. Das schlossartige Gebäude lag etwas oberhalb der Talstraße, schräg gegenüber der Europa-Zentrale der CCC. Von hier aus hatte man einen herrlichen Blick auf den Lotos-Garten mit dem eindrucksvollen Teehaus, dem Teich mit den Koi-Karpfen und den kunstvollen Holzbrücken über den Kanzelbach.

»Ich soll den Aufpasser in einem Puff markieren! Das ist nicht dein Ernst, oder?«

Magic grinste dreckig. »Du musst ja nicht. Wenn dir dein Gehalt von drei-acht netto zu wenig ist, kann ich dich ja wieder hinter der Reithalle abliefern. Ich geb dir Geld, dann kannst du die Standheizung reparieren lassen.«

»Dreitausendachthu…« Tarzan konnte es nicht glauben. »Fast vier Riesen für so einen Job? Muss ich da ab und zu einen umlegen oder was?«

Magic lachte. »Wenn du hier jemanden umlegen willst, versuch's mal mit den Damen. Manche geben einen großzügigen Mitarbeiterrabatt!« Eine rothaarige Schönheit servierte Kaffee und Gebäck. Sie trug ein perfekt geschnittenes, hochgeschlossenes Kleid, war sehr dezent geschminkt und sah aus wie die Hauptaktionärin einer Hotelkette.

»War das auch so eine?«, wisperte Tarzan, als die Sirene wieder weg war.

»Giselle?« Magic nickte. »Die Damen des Hauses sind gebildete Frauen aus aller Welt. Sie arbeiten freiwillig und auf eigene Rechnung bei uns. Sie führen einen geringen Prozentsatz als Nutzungsentgelt an uns ab. Viele sind ehemalige Models, Schauspielerinnen oder Tänzerinnen. Giselle ist schon in Las Vegas aufgetreten. Unsere Gäste wollen keine Nutten. Die wollen hinterher bei einem Gläschen über Wirtschaft, Politik und den Lauf der Welt reden. Die Villa Borgwarth ist kein Puff. Sie ist ein Gästehaus in der Tradition japanischer Badehäuser. In einer Stunde kommen deine Leute. Du hast drei Mitarbeiter. Zwei Männer und eine Frau, die über dein Kommen unterrichtet sind. Profis. Die sind schon seit Jahren bei uns. Die kannst du machen lassen. Die kennen sich aus. Dein Büro liegt hinter dieser Tür. Es ist mit allem ausgestattet, was man so braucht. Wenn du willst, kannst du dich mit den Überwachungskameras in Stimmung bringen.« Magic lachte wieder sein Gossenlachen. »Dort befindet sich auch der Waffenschrank. Uniformen gibt es bei uns nicht. Ich empfehle dir aber, dunkle Anzüge und schwarze Rollis zu tragen. Das ist so eine Art Tradition des Hauses. Außerdem kann man leichter ein Clipholster verstecken und bleibt beweglich.«

Tarzan brummte der Schädel. Sein Leben schien sich von heute auf morgen um 180 Grad zu drehen. Er dachte an Solo. In seiner Brust stach etwas. Nein, auf den Mitarbeiterrabatt würde er niemals zurückgreifen. Keine von diesen Luxustussen konnte es mit Solo aufnehmen. Solo war wohl keine klassische Schönheit. Die kurzen Haare, das manchmal etwas hart wirkende Gesicht, die eine Idee zu lange Nase, die schlaksige Figur ... aber sie war Solo. Seine Solomaus ...

Scheiße. Gerade das war sie seit vorgestern nicht mehr. Scheiß auf diesen Job, scheiß auf die Kohle, wenn er nur Solo wieder hätte. Tag und Nacht wollte er buckeln, um das Geld wieder hereinzubringen. Tag und Nacht ...

»Und?« Magic starrte ihn an.

»Was und?«

»Machst du den Job?«

Drei-acht im Monat ... Tarzan schaute seinen Freund abschätzend an, kaute nachdenklich auf seiner Unterlippe. Er könnte hier den Sheriff spielen, bis er genug Kohle beisammen hätte, um alles wieder gutzumachen ...

»Ich mach's.« Magic hielt ihm die flache Hand hin, Tarzan schlug ein und Magic erhob sich und holte aus einem Wandschrank eine Flasche.

»Für mich nicht, ich bin im Dienst«, sagte Tarzan. Sein Freund starrte ungläubig auf die Flasche in seiner Hand.

»Echt?«

»Echt. Entweder mach ich das richtig, oder ich lass es bleiben. Wo ist die Dienstwohnung?«

»Im Anbau. Gartenseite. In der Garage steht ein Audi, das ist dein Dienstwagen. Ein Prozent vom Neupreis gehen allerdings vom Lohn ab, dafür darfst du die Karre auch privat nutzen. Sprit zahlst du. Versicherung und Steuer die Firma. Schlüssel sind in deinem Schreibtisch. Ach ja ...«, Magic griente seinen Freund verschwörerisch an, »bevor du hier richtig einsteigst, muss ich dir noch was zeigen.« Er winkte mit dem Zeigefinger und Tarzan rechnete fest damit, dass er jetzt mit »Knusper, knusper, Knäuschen« anfing.

Magic erhob sich und ging zu einer der Bücherwände, die den Kamin flankierten. Dickleibige Lederrücken, teils mit goldener Schrift geprägt, standen in mustergültiger Ordnung aufgereiht in den Regalfächern. Magic griff nach Dostojewskis »Der Idiot«, und bevor Tarzan noch einen losen Kommentar zu dieser Auswahl geben konnte, glitten die beiden Hälften der schweren Regale auseinander wie die Eingangstür bei Lidl. Dahinter schimmerte die Tür eines Fahrstuhls. Anstatt eines Knopfes gab es eine kleine Tastatur, auf der Magic in rascher Folge eine Zahlenreihe eingab. Lautlos öffnete sich die Fahrstuhltür und sie betraten eine geräumige, mit Edelholz und dickem Teppichboden ausgestattete Kabine.

Es gab keine Wahlknöpfe und nachdem sich die Tür wieder geschlossen hatte, ging es nach unten.

»Wenn du mir den Weinkeller zeigen willst, hätten wir auch die Treppe nehmen können. Ich hasse Fahrstühle«, grantelte Tarzan. Magic grinste nur. Nach einer Fahrt, die Tarzan ungewöhnlich lange vorkam, stoppte der Lift und die Tür öffnete sich. Sie befanden sich in einem hell erleuchteten Gang. Die Wände zierten Gemälde alter Meister, auf denen zumeist Frauen zu sehen waren, die offenbar nichts anzuziehen hatten. Ein Problem, das also kein rein neuzeitliches war.

»Tja, damals hatten sie noch keinen Playboy«, sagte Magic und sie gingen etwa zweihundert Meter geradeaus. »Wir dürften jetzt unter dem CCC-Gelände sein, wenn mich mein biologisches Navigationssystem nicht täuscht«, bemerkte Tarzan.

»Schlaues Mädel. Präge dir das alles gut ein. Es ist zwar für die Gäste angelegt, dient aber auch als Notausgang. Die Villa Borgwarth hat offiziell nichts mit der CCC zu tun. Du bist dir doch darüber im Klaren, dass du als Insider schweigepflichtig bist?« Ein ungewohnter Ernst schwang in Magics Stimme mit. Außerdem hatte er schon lange nicht mehr »Alter« gesagt, was Tarzan nicht besonders bedauerte. Sie passierten eine weitere Aufzugstür, an der das Schild »Gebäude A« angebracht war. Der Gang ging noch etwa zwanzig bis dreißig Meter weiter und endete schließlich an einem Lift mit dem Schild »Club Royal« und dem dazugehörigen Logo in Form eines stilisierten Roulettekessels.

Tarzan blieb abrupt stehen. »Sag mal …«, er deutete mit ausgestrecktem Finger auf das Schild, »das kenne ich doch, das ist doch …«

»Ein Casino, in dem sogar so ein Torfkopp wie du etwas gewinnen kann. Allerdings darfst du nur in deiner Freizeit zocken. Dienst ist Dienst und Spiel ist Spiel.«

Sie betraten den Spielsaal. Es war noch früh. Tücher bedeckten die Spieltische und ein Mann dirigierte einen mächtigen Staubsauger über den Teppichboden. Die Lüftung summte auf Hochtouren und hinter der Bar polierte der Keeper Gläser. Er nickte den beiden schwarz gekleideten Männern kurz zu und widmete sich dann wieder seinen Weinkelchen.

»Wieso betreibt eine international tätige Consulting-Firma eigentlich ein Casino und einen Puff?«, fragte Tarzan, den die edle Ausstattung des Clubs erneut beeindruckte.

»Es ist ein Gästehaus«, brummte Magic leicht verstimmt. »Beantworte meine Frage.«

»In drei Monaten.«

»Bitte?«

»Sobald deine Probezeit um ist, darfst du solche Fragen stellen. Jetzt nicht.«

»Aber …«

»Alter, das kommt nicht von mir. Du kennst die Gesetze. Du weißt, warum das hier gut versteckt ist. Dass ich dir das zeige, hängt mit einem Fehler von mir zusammen: Ich hätte dich letztens gar nicht mitbringen sollen. Verstehst du? Wenn der Laden hier auffliegt, wird die Kacke so am Dampfen sein, dass du es von der ISS aus sehen kannst. Also sei lieb und frag mich nicht.«

Am nächsten Morgen saß Tarzan am Tresen seiner Küchenbar, schlürfte Capuccino aus der schicken Maschine und langsam, ganz langsam, begann er sich an sein neues Leben zu gewöhnen. Die Dienstwohnung war komplett möbliert und irgendwelche guten Geister hatten sämtliche Vorräte aufgefüllt. Inklusive Dom Perignon und einem schottischem Whiskey, dessen Namen er noch nie gehört hatte. Na ja, immerhin machte die CS ja auch Catering.

Seine Leute waren sympathische, professionell wirkende Securitys, und Semira, die neben ihrer Tätigkeit als »Gesellschafterin« gerne für das gesamte Ensemble den Kochlöffel schwang, hatte augenblicklich angefangen, ihn zu bemuttern.

Nur ganz selten tat es noch weh. So ungefähr alle fünf Minuten … Er hatte es längst aufgegeben, Solo anzurufen oder ihr SMS zu schicken. Sie konnte stur sein wie ein Panzernashorn.

Nachdem er gefrühstückt hatte, nahm er sich noch eine Tafel Schokolade und die Kaffeekanne und ging in sein Büro. Für den heutigen Abend waren vier Gäste aus Norddeutschland gemeldet. Keine Promis, keine Staatsmänner, ganz normale Geschäftsleute eben. Tarzan startete den PC und loggte sich ein. Magic hatte ihm einen dünnen Ordner mit den wichtigsten Passwörtern und einer Aufstellung über die Einrichtungen des Hauses sowie den Arbeitsabläufen gegeben. »Der kleine Security-Boss in 10 Kapiteln«, hatte er grinsend gesagt und ihm geraten, das Dokument sicher zu verwahren.

Das Logo der Central-Service erschien auf dem Bildschirm und aus den Lautsprechern dudelte das Thema von Akte X. Tarzan hätte beinahe laut aufgelacht. Als die Show endlich vorbei war, schaute er sich die Verzeichnisse und Ordner an. Als Sicherheitschef hatte er auch eingeschränkten Zugriff auf Dateien der Central-City-Consulting.

Tarzan pfiff leise durch die Zähne und klickte sich durch die dichten Verzeichnisbäume. Mitgliederlisten, Dossiers über einzelne Personen, Schlüsselberechtigungen, Personalakten, Presseberichte … ein Riesenladen.

»CR« hieß ein Ordner, der nochmals durch ein eigenes Passwort geschützt war. Tarzan blätterte in seiner Mappe, fand die gesuchte Kombination und schob sich einen weiteren Riegel Noisette in den Mund. Wie er schon vermutet hatte, stand »CR« für nichts anderes als für »Club Royal« und enthielt zahlreiche Unterordner, in denen alle möglichen Daten über das geheime Casino gespeichert waren. Einer Eingebung folgend, öffnete er die Suchmaske und gab seinen Namen ein. Als er die Eingabetaste drückte, erschien eine Datei namens »Zahn_Lo.doc« in der Ergebniszeile. »Zahnlos …«, murmelte Tarzan beleidigt und klickte die Datei an. Der Word-Bildschirm wurde aufgebaut und Tarzan blieb die Schokolade fast im Halse stecken:

Name: Zahn, Lothar Karl Geboren am 29.01.1959 in Lampertheim, Kreis Bergstraße Wohnhaft: Am Altrhein 1, 68623 Lampertheim …

Es folgten Telefon und Handynummer, sein kompletter Lebenslauf, ein sehr persönliches Dossier und eine akribisch recherchierte und daher äußerst peinliche Analyse seiner finanziellen Situation.

Der jüngste Eintrag bescherte ihm eine sehr ungesunde

Gesichtsfarbe, Kurzatmigkeit und leicht hervorquellende Augen:

Z. hat durch seine zügellose Spielleidenschaft das gemeinsame Vermögen seiner Lebensgemeinschaft mit S. bis zur persönlichen Insolvenz verspielt. M. bestätigt, das Z. ansonsten ein durchaus integrer und von seiner Persönlichkeitsstruktur her gut zu führender Mitarbeiter sein kann. M. ist für Z. daher als verantwortliche Führungskraft einzusetzen.

Tarzan schwoll der Kamm. Entrüstet drückte er die Tastenkombination für »Alles markieren« und anschließend die »Entf«-Taste. Als er das Textprogramm schließen wollte erschien die Routineabfrage, ob er die Änderungen speichern wolle. Er klickte auf OK und es erklang ein freundliches »Ping«. Ein Text erschien in der Bildschirmmitte:

Zahn_Lo.doc konnte nicht geändert werden. Die Datei besteht bereits und ist schreibgeschützt. Bitte speichern Sie die Datei unter anderem Namen oder an einem anderen Speicherort.

Logisch. Das war kein Heim-PC zum Surfen und Daddeln. Dieser Arbeitsplatz war Teil eines Firmennetzwerks. Da konnte nicht einfach jeder zügellose Zocker daran herumspielen. Tarzan fuhr den Rechner herunter, griff zum Telefon und wählte Magics interne Nummer.

»Beruhig dich, Alter«, Magic fläzte sich grinsend im Sessel vor Tarzans Schreibtisch. Dann beugte er sich plötzlich vor und fixierte seinen alten Kumpel mit einem Blick, den Tarzan noch nie bei ihm gesehen hatte. Unwillkürlich wich Tarzan, der sich zornig über den Schreibtisch gebeugt hatte, zurück und plumpste wieder auf seinen Stuhl.

»Hör zu«, Magics Stimme wurde gefährlich leise, »was glaubst du, warum du hier bist?«

»Ich, äh …«

»DU!« Magics Zeigefinger schnellte auf ihn zu wie der Kopf einer Königskobra. »Du bist hier, weil du ansonsten mitsamt deinem Äppelkahn untergegangen wärst. Du bist nicht hier, weil du der tollste und professionellste Sicherheitsfachmann aller Zeiten bist. Du bist hier, weil *ich,* hör' mir genau zu, weil *ich* mich für dich aus dem Fenster gelehnt habe. So weit, dass mich Nicky an den Füßen festhalten musste. Ich habe den alten Novottny belabert, dass du der Richtige bist. Ich habe die Verantwortung übernommen, wenn du hier irgendwelchen Scheiß baust. Ich habe den Fehler gemacht, einen alten Kumpel in den Club zu schleifen. Ich konnte ja nicht ahnen, dass du augenblicklich der Spielsucht verfällst, kaum dass man dich alleine lässt. Du tust mir leid, verstehst du? Wir waren zusammen bei den Mopedrockern, wir haben uns um dieselben Weiber geprügelt, wir haben zusammen ein paar schräge Sachen gemacht. *Ich* vergesse so etwas nicht. *Ich* nicht. Dass ein Laden wie die CCC über Mitarbeiter in sensiblen Bereichen Personalakten führt, die mehr enthalten als das letzte Schulzeugnis, sollte gerade dir als Sicherheitsfuzzi eigentlich klar sein, oder?«

Tarzan atmete schwer. Wo war der immer coole, lockere »Hey-Alda-Magic« geblieben?

»Und?« Magic beobachtete ihn mit lauerndem Blick. »Zurück nach LA und bei Solo um Wiederaufnahme betteln? Ich fahr dich. Hab gerade ein wenig Zeit.«

Kopfschütteln.

Magics Gesichtszüge entspannten sich. »Alter, ich weiß, dass es nicht einfach ist für dich«, er stand auf und reichte ihm die Hand. Tarzan nahm die Geste mit zusammengepressten Lippen an. Nickte ein paarmal.

Magic hatte Recht. Naiv von ihm zu denken, bloß weil er

ein Kumpel von Magic war, könne er einen solchen Posten einfach so übernehmen. Der Termin beim alten Novottny war nur ein letztes Beschnuppern. Da war schon alles geregelt. Er war längst durchleuchtet, seziert und eingeordnet. Ob ihm das passte oder nicht.

Solo hatte ihn endlich erwischt. Endlich konnte sie dieses leidige Kapitel abschließen. Sie legte die Videokamera auf den Beifahrersitz, wartete, bis der LKW in Richtung Industriehafen verschwunden war, startete den Motor und fuhr in den Hof des Palettenhändlers. Der Mann war kooperativ, er wollte seinen Laden wohl noch eine Zeit lang betreiben. Solo erfuhr, dass der SK-Laster schon insgesamt 87 Europaletten und 12 Gitterboxen angeliefert hatte. Alles in den letzten sechs Wochen. Sie notierte sich die Zeiten, ließ sich Kopien der Belege geben und fuhr zurück nach Lampertheim. Auftrag erledigt. Erfolgsprämie gesichert. Gleich morgen früh würde sie ihren Auftraggeber um einen Abschlag bitten. Peinlich. Aber frau musste schließlich auch mal etwas essen. Sie warf die Aktenmappe auf den Küchentisch, trank einen Schluck Wasser, ließ sich auf einen der Küchenstühle fallen und weinte hemmungslos.

Er war jetzt schon drei Tage weg. Etwa 32-mal hatte er versucht, sie auf dem Handy zu erreichen. Den SMS-Speicher hatte sie schon dreimal löschen müssen. Bei jedem Klingeln zuckten ihre Finger automatisch auf die grüne Taste.

»Nein!«, rief ihre Ratio. »Der soll gekrochen kommen. Persönlich!«

»Arschloch«, schniefte sie und wischte die Tränen auf dem Tisch mit dem Ärmel ihrer Strickjacke weg. »Blödes Arschloch …«

Der zweite Kraftausdruck war auf sie selbst gemünzt. Nie hätte sie gedacht, dass Tarzan einfach so sein Bündel nehmen und abhauen würde. Der sollte einen Schrecken kriegen. Der sollte alles gestehen und um Verzeihung bitten. Aber der Idiot machte die Flatter. Sie hatte seine Sachen gepackt und in den Gang gestellt. Hatte ihm geschrieben, dass er sich verkrümeln sollte, und dann macht der Dabbschädel[7] das wirklich! Den Transporter hatte sie hinter der Reithalle gefunden. Mitsamt Schlafsack und Matratze. Seine Jacke hing noch über dem Fahrersitz. Sie roch nach ihm. Ein Hauch von Old Spice und ganz viel Brandy.

Mein armer Schatz, dachte sie. Was wollte er denn anfangen ohne sie? Der konnte sich doch noch nicht einmal ein Brötchen aufschneiden, ohne sich die Fingerkuppen abzusäbeln. Dann bemerkte sie die Reifenspuren neben dem Kleinbus. Pirellis. 225er. Sie war schließlich Detektivin. Welche Autos hatten solche Schlappen? Porsches, Audis, tiefergebretzelte Golfs. Aber für die war die Spurweite zu groß. Mercedes käme auch in Frage. Vor ihrem Auge erschien eine dunkle Limousine. S-Klasse … »Aldaaa! Die Rote hat 'n geilen Rahmen!« Das war der Augenblick, in dem Solo sich entschloss, nicht auf Tarzans Anrufe und SMS zu reagieren. Sollte er doch mit seinem Proll-Kumpel und seiner Silikon-Tussi glücklich werden.

Es war schon lange nach Mitternacht, als Solo endlich einschlief. Sie lag auf der Seite, das nasse Kopfkissen unter sich, den linken Arm ausgestreckt, als wollte sie in dem Bett nebenan etwas festhalten.

---

7 Für alle Nicht-Süddeutschen: gebräuchlicher Kraft- oder Koseausdruck. Frei übersetzt: Doofkopf, Blödmann. Wird in abgewandelter Form auch als Dabbes, Dabbischer (Verrückter) verwendet.

8

Das zweite Gesicht des Herrn Helland

Die Gäste waren da. In Tarzans Büro flimmerten die Monitore. Tarzans Mann-Frauschaft Moni, Marcel und Ardem hatten alles im Griff. Tarzan verschwendete keinen Blick auf die Überwachungsbildschirme. Er hackte auf seiner Tastatur herum und hatte befriedigt entdeckt, dass es auch über Magic ein Dossier gab. Das ließ sich zwar nicht öffnen, weil der Gute das Passwort für diese Datei »zufällig« nicht in seiner Mappe stehen hatte, aber Tarzan beschloss, sich damit zufrieden zu geben, dass es so was gab. Das Herumschnüffeln im Leben von Freunden und Bekannten war sowieso nicht sein Ding.

Das Gästeverzeichnis vom Club Royal las sich wie das Inhaltsverzeichnis von Gala & Co. Tarzan entdeckte darin Namen, die jeden Boulevardjournalisten zu Freudenschreien verleitet hätten. Genüsslich und im Bewusstsein der Macht, die er durch diese Kenntnisse besaß, scrollte er die lange Liste durch. An einer Stelle ließ er die Maustaste los. An »Helland_Lu.doc« blieb sein Auge hängen wie das des abstürzenden Dachdeckers am lebensrettenden Nagel.

Diese Datei ließ sich ohne Einschränkung öffnen. Mit großen Augen las Tarzan den Text. Es war reichlich Text. Viel mehr, als in den Zeitungen über den »Gekreuzigten vom Mathaisemarkt« gestanden hatte. Vor allen Dingen ganz andere Dinge. Mehrere Casinobesuche, sogar Übernachtungen in der Villa Borgwarth!

»Der alte Sack!«, murmelte Tarzan halblaut und rief einen weiteren Text auf. Unter dem Punkt »Geschäftsreisen« fanden sich jede Menge Fahrten mit der Bahn, natürlich erster Klasse, und fast ebenso viele Flüge, entweder mit dem in Speyer stationierten Firmenjet oder mit Lufthansa. Ebenfalls First Class. Die CCC ließ sich offenbar nicht lumpen und Tarzan betrachtete sein Gehalt von nun an mit anderen Augen.

Er lehnte sich zurück, rieb sich die Augen und schüttelte den Kopf. Er brauchte jetzt frische Luft. Glücklicherweise hatte Solo ihm seine Laufsachen mit in den Seesack gestopft. Was täte er nur ohne sie … Draußen wurde es dunkel. Tarzan unterrichtete Ardem darüber, dass er für eine halbe Stunde außerhalb war, steckte sein Handy ein und betrat den von zahllosen Steinlampen beleuchteten Lotos-Park. Hier würde er wohl öfter seine Runden drehen. Er hatte gesehen, dass Semira hier am Mittag gelaufen war und die gepflegten Wege luden geradezu dazu ein, drei oder vier Runden zu drehen.

Während er entlang des Kanzelbachs lief, ihn auf den kleinen Brücken überquerte und das romantisch beleuchtete Teehaus umrundete, ging ihm der Name Ludwig Helland nicht aus dem Sinn.

Wer war dieser Mann wirklich gewesen? Alles, was Tarzan aus den Zeitungen und den Nachrichtensendungen wusste, war, dass der als »Retter von Schriesheim« bezeichnete alte Mann ein etwas wunderlicher Kauz war, der in einem kleinen Häuschen in der Altstadt von Schriesheim wohnte, ein klappriges Auto fuhr und als regelmäßiger Kirchgänger mit starkem Hang zum Frömmlertum bekannt war.

Das passte zu dem, was die CCC über ihn in den Akten hatte, wie Schlagsahne zum Bismarckhering.

Nach der vierten Runde kam Tarzan zu einem Entschluss: Er würde Magic darauf ansprechen. Drüben, auf der anderen Seite des Tales, kam die Villa Borgwarth in sein Blickfeld. Die beleuchteten Fenster und die Laternen, welche die Auffahrt säumten, ließen das Gebäude eher wie ein edles Restaurant oder ein teures privates Seniorenheim wirken. Gar nicht wie einen Puff. Verzeihung, Gästehaus.

Tarzans Handy klingelte. Er stoppte seinen Trab und nestelte es aufgeregt vom Hosenbund. Er hatte es tatsächlich fertiggebracht, über eine halbe Stunde nicht an Solo zu denken. Dafür kam es jetzt umso stärker über ihn. Irgendwann musste er den ersten Schritt machen. Das war immer so gewesen. Solo konnte schmollen bis zur nächsten Jahrtausendwende. Sie wusste genau, dass er ohne sie nicht sein konnte. Er wusste das auch. Er hatte die ganze Nacht darüber nachgegrübelt, wie er es anstellen könnte, zurückzukehren, ohne dass er dabei mit der Nase eine Spur in den Sand des Parkplatzes vor der Lady Jane zog.

Die Lady Jane … Wenn er diesen Job hier behielt, dann konnten sie sich im Herbst die Überholung des Schiffes leisten. Ein gutes Argument. Aber er konnte nicht warten bis zum Herbst. Er konnte eigentlich noch nicht einmal bis zum nächsten Tag warten. Er vermisste sie. Solo …

Er schaute auf das Display des Handys. Keine Solo. Es war Semira, sie war inoffiziell so eine Art Vorarbeiterin. Ein Augenschmaus. Dunkelhaarig, mit durchtrainierter und dennoch sehr weiblicher Figur und sie machte ihm eindeutig Avancen. Sie war die einzige Festangestellte des Hauses. Sie bewohnte ein eigenes kleines Appartement unter dem Dach mit einer großen Loggia. Die Kolleginnen waren in Hotels und Mietwohnungen in der Nähe untergebracht. Sie kamen und gingen. Die Kunden wünschten Abwechslung. »Ja«, er atmete schwer vom Laufen.

»Stör ich Sie?«, Semira hatte eine interessante dunkle Stimme.

»Schnauf, nein, schnauf-schnauf.« Tarzan bemerkte an der unsicheren Stimme der Frau, dass man aus seiner Atemfrequenz auch falsche Schlüsse ziehen konnte.

»Bin grad beim Joggen. Drüben im Park«, fügte er daher rasch hinzu.

»Ah, ja. Ich zeig Ihnen mal meine Hausrunde rauf zur Schriesheimer Hütte.«

Oh, oh, Gefahr! signalisierte Tarzans Gewissen. Die Vorstellung, schwer atmend hinter dieser jungen Gazelle herzuhecheln, hatte nicht viel Verlockendes an sich.

»Wegen was ich Sie anrufe«, sie redete glücklicherweise gleich weiter, so dass Tarzan nicht lange nach einer Ausrede graben musste, »einer unserer Gäste würde gerne mit Annett außer Haus essen. Sie müssen sie rausschreiben. Ich mach alles soweit fertig, dann können Sie weiterjoggen.«

»Okay, ich komm gleich rüber. Bin sowieso fertig für heute.« Tarzan unterbrach die Verbindung und steckte sich das Handy wieder an den Hosenbund. Süßes Kind, dachte er belustigt. Aber gegen meine Solo kann sie nicht anstinken. Seine Solo … der Stich in seiner Brust kam nicht vom Training. Tarzan lief zwei- bis dreimal in der Woche und hatte schon an einigen Marathons teilgenommen.

Er würde an einem seiner freien Tage nach Hause fahren. Nach Hause … Seine Augen tränten. Vom Wind. Er passierte den Teich. Kein Lüftchen kräuselte die spiegelglatte Wasserfläche …

»Helland …«, Magic schnalzte mit der Zunge und lehnte sich auf Tarzans Wohnzimmercouch zurück, »ganz schöner Wirbel war das. Krank nenn ich das. Einfach nur krank.

Wer kommt denn schon auf die Idee, einen Toten an ein Riesenrad zu binden? Ein perverses Schwein, ein Geisteskranker, ein …«, er suchte nach Worten, »… ein Arschloch!«

»Ein reiches Arschloch«, warf Tarzan ein. »Denk an das viele Geld, mit dem sie ihn ausgestopft haben.«

»Auf diesem Planeten gibt es mehr reiche Geisteskranke als Silikonbrüste in Hollywood. Hab mir gedacht, dass du über Helland stolpern wirst.« Magic nahm einen Schluck Bier und fuhr fort: »Ich verrat dir jetzt mal was, das behältst du aber für dich, klaro?«

Tarzan nickte.

»Der Helland war ein ganz cleveres Kerlchen. Der hat sie alle an der Nase herumgeführt. Die Politiker, die lieben Mitbürger und ganz besonders die Dumpfbacken von seiner eigenen Partei, den Aufrechten Demokraten«, Magic lachte humorlos. »Der hat seine Schäfchen schon seit drei Jahren im Trockenen gehabt. Der ist von Anfang an bei uns eingestiegen. Ganz großer Macker der. Hat mit Novottny in den Emiraten Golf gespielt, hat sich in unserer Villa fast in den Herztod gepimpert und Zehntausende verzockt. Fast so wie du!«

Die letzte Bemerkung hätte er sich schenken können, fand Tarzan.

Magic leerte sein Bierglas, schaute es vorwurfsvoll an und Tarzan brachte eine neue Flasche.

Magic setzte gleich die Flasche an. Als er sich den Schaum von den Lippen gewischt hatte, rülpste er vernehmlich und sprach weiter: »Morgen zeige ich dir, wo er gewohnt hat.«

»Das Bauernhaus in Schriesheim?«

»Quatsch! Mensch Alter, das war doch nur fürs Finanzamt und für die Wähler. Da hat er sich zwei-, dreimal die Woche blicken lassen. Ich zeig's dir morgen. Wirst staunen, Alter!«

Sie fuhren mit Tarzans Dienst-Audi, einem schwarzen A6, am Heidelberger Neckarufer entlang. An der Karl-Theodor-Brücke, besser als »Alte Brücke« bekannt, ließ Magic seinen Freund rechts anhalten. Sie parkten den Audi im absoluten Halteverbot und gingen die Rampe zum Torbogen mit seinen runden Türmen hinauf.

»Gute Ausrüstung, was?« Magic deutete auf die äußerst lebensecht gestalteten, prallen Hoden des Brückenaffen. Tarzan lachte. Die Figur, die Prof. Gernot Rumpf modelliert hatte, ersetzte seit 1979 den im pfälzischen Erbfolgekrieg verschwundenen historischen Brückenaffen. Gerade wegen der lebensechten »Ausrüstung« entbrannte anfangs eine heftige Diskussion um diese Skulptur.

Sie gingen bis zur Mitte der Brücke, die für den Autoverkehr gesperrt war und bahnten sich einen Weg durch Heerscharen kleiner, gut angezogener Menschen mit schwarzen Haaren, die sich ausdauernd und abwechselnd fotografierten. Tarzan grinste. Wenn es ein Klischee war, so war es ein sehr lebendiges.

Von hier aus hatte man einen guten Blick zum Nordufer, das auch »Heidelberger Riviera« genannt wurde. Hinter der Uferstraße stieg der Heiligenberg steil an. Zahlreiche Villen säumten den Berghang. Ein wahrer Wald aus Türmchen, reich verzierten Giebeln, Erkern und prächtigen Freitreppen bot sich dem Betrachter dar.

Grässliche Stilbrüche wechselten mit altehrwürdigen, fast sakral anmutenden Bauten, dazwischen das eine oder andere moderne Architektendenkmal. Mal behutsam eingefügt, mal schreiend kontrastierend. Ob hässlich oder schön, nach viel Geld sahen diese Burgen alle aus. Nach sehr viel Geld.

Magic deutete nach rechts: »Siehst du das gelbe Haus dort hinten, beim Wehrsteg, das mit den halbrunden Fenstern im Dach?« Tarzan nickte.

»Da hat die Steffi Graf mal ein Appartement gehabt. Die Paparazzi haben sich mit den Anglern um die besten Plätze geprügelt, und dort«, er wies auf eine Backsteinvilla mit hohen Sprossenfenstern, reich verzierten Balkonen und markanten Spitztürmchen, »da hat sich der Helland eingemietet. Neuntausend, kalt. Achtzehn Zimmer, drei Bäder, Angestelltenwohnung. Angeblich soll dort schon Mark Twain übernachtet haben. Komm ins Auto, wir schauen mal, ob noch 'ne Buddel Schampus im Kühlschrank ist.«

Lachend warf Magic den Strafzettel in den Rinnstein und stieg ein. Tarzan wendete verkehrswidrig und sie fuhren ein kurzes Stück zurück bis zur Theodor-Heuss-Brücke. Nach zehn Minuten erreichten sie die Stelle, an der Hellands Villa über ihnen aufragte. Magic holte einen Sender aus seiner Jackentasche und eines der vielen Garagentore direkt an der Straße schwang auf.

»Fahr da rein«, sagte er zu Tarzan. Sie parkten neben einem 7er BMW. »Den nehmen wir nachher gleich mit. Das war unserem Lui sein Firmenwagen. Der Boss braucht ihn für jemand anderes.«

Tarzan schüttelte den Kopf. Das war ja ein Hammer. Ein Zitat fiel ihm ein: *Sogar das, was nicht in den Zeitungen steht, ist gelogen.* Tucholsky? Möglich. Solo sagte immer, er könne sich alles Mögliche merken, nur nichts Zusammenhängendes.

Solo …

Tarzan stieg hinter Magic die Treppen zum Haus hinauf. Magic schloss die Tür auf und sie betraten eine Halle, in der man den britischen Thronfolger hätte krönen können.

»Nicht gerade sozialer Wohnungsbau, oder?«, sagte Magic und machte Licht. Die mächtigen Kronleuchter, die hohen Decken und die altersdunklen Gemälde blasierter Menschen erinnerten Tarzan an ein Spukhaus, das er einmal in einem Freizeitpark besucht hatte. Als Magic die zweiflügelige Tür in den angrenzenden Raum öffnete, erwartete Tarzan fast einen glühbirnenäugigen Pappmaché-Dracula, der sich knarrend aus einem Sarg erhob. Nichts dergleichen. Ein im Gegensatz zur pompösen Halle ziemlich zweckmäßig eingerichteter Büroraum. Der Schreibtisch war allerdings mit Sicherheit nicht vom Möbeldiscounter. Groß und wuchtig wie ein mahagonifarbener Westwallbunker dominierte er das Zimmer. Ein Telefon, ein Flachbildschirm, Tastatur und Maus. Ein gerahmtes Foto.

Tarzan drehte es um und sah einen untersetzten, weißhaarigen Mann, der gemeinsam mit Julius Novottny ein goldenes Band durchschnitt. »Das war die Einweihung der Zentrale. Der Boss hat an dem alten Lustgreis einen Narren gefressen. Der hat ihn sogar mit nach Monte genommen. Hat dem Fürsten das Patschhändchen gedrückt.«

»Monte?« Tarzan dachte an Pudding.

»Monte Carlo, Alter! Formel 1, Zirkusfestival, Casino! Schon mal gehört?«

Tarzan nickte schweigend. »Cleverer alter Mann«, sagte er bewundernd.

»Toter alter Mann«, erwiderte Magic ungewohnt ernst. »Wer den Hals nicht voll kriegt, kann schnell unter Atemnot leiden. Trotzdem …«, Magic zuckte bedauernd die Schultern, »er tut mir leid. Das hatte er wirklich nicht verdient. Novottny war persönlich bei der Staatsanwaltschaft. Hat Druck gemacht. Der will den Kopf des Mörders auf seinem Schreibtisch.«

9
Razzia

»Eine Razzia?« Oberkommissar Frank Furtwängler lachte laut auf. »Das ist nicht dein Ernst, oder?«

»Es ist nicht mein Ernst. Es ist Hassingers Ernst. Meyer mit Ypsilon von der Sitte hatte einen Fahrradunfall. Heute Morgen. Es ist angerichtet. Die Aktion kann nicht verschoben werden.« Die Lukassow sah wieder einmal wie ein Rottweiler aus. Allerdings wie einer, der gerade Katzenfutter in seinem Napf entdeckt hat.

»Fahrradunfall? Trägt der ein Telekom-Trikot?«

»Glaub ich nicht. Der hat ein uraltes Hollandrad. Der trägt kein Trikot, der trägt Hosenklammern. Ist gegen einen Laster geknallt, der rückwärts aus einem Hof kam. Nichts Gefährliches, aber er sieht aus, als habe er Mike Tyson schief angesehen, sagt Hassi.«

»Und da sollst du jetzt die Razzia leiten? Das ist doch wohl eher was für Polizeischüler.« Frankfurt schüttelte missbilligend seinen hageren Pferdekopf. »Wo findet das Fest denn statt?«

»Keine Ahnung. Der Chef tat geheimnisvoll. Aber es ist wohl eine etwas kitzlige Sache, deswegen soll ich das machen. Ich erzähl's dir später. Muss los. Die Einsatzbesprechung fängt gleich an.«

»Und ich?« Frankfurt sah aus wie ein Schuljunge, dem man gerade gesagt hatte, dass er nicht mit in den Zoo darf.

»Du kannst inzwischen den Mathaisemord aufklären. Wir haben einen Zeugen, der gesehen haben will, wie zwei

Engel Ludwig Hellands Leiche umschwirrten. Stelle fest, wo die beiden gemeldet sind, ob die Flugsicherung was gemerkt hat und ob sie in Rom welche vermissen. Die Adresse vom Zeugen liegt auf meinem Schreibtisch.« Der Blick, mit dem Oberkommissar Frank Furtwängler seine Kollegin bedachte, hatte absolut nichts Engelhaftes …

Tarzan trabte auf dem schmalen Waldweg bergauf. Die Sonne schien und das erste verhaltene Grün schimmerte im Geäst. Der Frühling stand in den Startlöchern. In der Nacht hatte es geregnet. Es roch herrlich nach Tannennadeln und moderndem Laub. Der Weg führte in einer sanften Kurve bergauf. Tarzans Atem ging schwer. Wäre er allein gewesen, so hätte er nun eine kleine Gehpause eingelegt. Er biss die Zähne zusammen und folgte dem schönsten Hintern, der sich jemals in eine enge Laufhose gezwängt hatte. Durch den dünnen Stoff konnte er das Spiel der Muskeln in den langen Beinen deutlich sehen. Etwas weiter oben wippte lustig ein dunkler Pferdeschwanz.

Sie hatte ihn überredet. Semira war in seinem Büro erschienen. Im kompletten Lauf-Outfit. Hatte ihn gefragt, ob er nur um das Teehaus herumtraben wolle oder ob er auch »richtig« laufen könne.

Eine Viertelstunde später hatten sie sich vor dem Haus getroffen. Sie sah fantastisch aus in ihrer eleganten blauen Laufjacke, der dazu passenden Hose, »Tight« genannt, und den teuren Schuhen. Tarzan sah auch fantastisch aus in seiner verwaschenen Discounter-Jacke, der billigen, fusseligen Hose und den ausgelatschten, schmutzigen Tretern, die vor zwei Jahren auch einmal teuer gewesen waren.

Semira legte einen Zwischenspurt ein und verschwand

hinter der nächsten Kurve. Tarzan nahm sich zum ungefähr hundertsten Mal in diesem Jahr vor, endlich abzunehmen. Als er seine Trainingspartnerin wieder sehen konnte, saß sie auf einem am Wegrand liegenden Baumstamm und hielt sich mit schmerzverzerrtem Gesicht den linken Knöchel.

»Umgeknickt«, presste sie hervor, als Tarzan keuchend bei ihr angelangt war. »Die neuen Schuhe bin ich noch nicht richtig gewohnt. Selber schuld, tut mir leid, wenn ich Sie … dich … ich meine …« Braune Rehaugen. Tarzan wollte es immer noch nicht in den Kopf, dass ein solch unschuldig aussehendes Geschöpf für Geld …

»Ist schon okay«, Tarzan winkte ab, »Läufer duzen sich. Außerdem sind wir ja so etwas wie Kollegen. Zeig mal her.« Sie öffnete den Reißverschluss über dem Sprunggelenk, rollte die Hose ein Stück hinauf und zog Schuh und Socke aus. Makellose, leicht gebräunte Haut, winzige, perfekt gepflegte Zehen.

»Da tut es weh. Greif mal, ich glaube, es wird dick«, sagte sie und deutete auf den Knöchel. Tarzan sah keine Schwellung, strich aber behutsam mit der Hand darüber. Semira biss sich auf die Lippen.

»Das sieht ganz normal aus«, sagte Tarzan. »Mein Doc sagt immer, so was sollte man wegrennen. Probier mal, ob du stehen kannst.« Sie griff nach seiner Hand und zog sich daran hoch. Mit schmerzverzerrtem Gesicht knickte sie im linken Knie ein und schlang den Arm um Tarzan. Für einen Augenblick spürte er ihren Busen an seinen Rippen. Tarzan behielt mühsam das Gleichgewicht.

Semira fand ihr Gleichgewicht wieder und probierte zögernd, das linke Bein wieder zu belasten. Es ging. Wackelig und mit unsicherem Lächeln machte sie ein paar Dehn- und Lockerungsübungen.

»Ich glaub, es wird wieder. Danke dir. Sorry, wenn ich dich abgehängt habe. Aber wie du siehst: Kleine Sünden straft der Herr sofort.«

»Wir sollten trotzdem lieber umkehren«, schlug Tarzan vor. »Ich habe schon lange keinen Berglauf mehr gemacht. Bin ein bisschen aus der Übung.«

»Das mag ich an dir«, antwortete Semira, »dass du nicht so ein Macho-Arsch bist, der es nicht ertragen kann, von einer Frau überholt zu werden.«

Tarzan lachte. »Solche Sorgen wollte ich haben. Ungefähr die Hälfte der weiblichen Weltbevölkerung ist schneller als ich. Da hätte ich ja viel zu tun.«

Nebeneinander trabten sie vorsichtig den selben Weg zurück, den sie hergekommen waren. Als die Rückseite der Villa Borgwarth zwischen den Bäumen zu sehen war, zeigte Tarzans Sportuhr 17.55 Uhr. Seine Herzfrequenz lag immer noch bei über 130 Schlägen pro Minute, was wohl nur zum Teil auf die anspruchsvolle Strecke zurückging. Er spürte immer noch Semiras Busen. Gut hatte sich das angefühlt … Nicht so wie bei Solo, aber …

Solo …

Sie bürsteten gemeinsam den Dreck von den Schuhen und betraten die Villa durch den Hintereingang von der Gartenseite auf Strümpfen. Das Gebäude besaß sogar noch eine sogenannte Stiefelkammer, in der man Gummistiefel, Gartenschuhe und in diesem Falle auch Laufschuhe unterbringen konnte.

»Fuß in Ordnung?«, fragte er sie am Fuß der Treppe zu ihrer Wohnung.

»Alles weg«, strahlte sie. »Sag deinem Doc einen schönen Gruß von mir. Der Tipp war gut.« Sie stand direkt vor ihm. Tarzan blickte in diese großen, ausdrucksvollen Augen. Semiras Lippen waren leicht geöffnet. Sie war genauso groß wie er. Ihr Mund nur Zentimeter von dem seinen entfernt. In den Filmen, die Solo immer so gern sah, küssten sie sich jetzt immer.

Solo …

»Ciao Semira«, er wandte sich rasch ab, rannte fast vor ihr davon und verschwand in dem langen Flur, der zu seiner Dienstwohnung führte. Semira stand immer noch am Fuß der Treppe. Ein versonnenes Lächeln spielte um ihre Mundwinkel.

»Ciao Bello …«, flüsterte sie heiser. Dann drehte sie sich um und sprang die Treppe hinauf wie ein übermütiges Kind.

Die Wagenkolonne fuhr auf den Autobahnparkplatz. Drei Kleinbusse, zwei zivile PKW, drei Streifenwagen und ein leerer Mannschaftstransporter mit vergitterten Fenstern. Weiter vorne startete der Fahrer eines litauischen Sattelzuges hastig den Motor und verließ, eine schwarze Qualmwolke zurücklassend, das Areal. Einer der PKW war ein schwarzer Passat. Eine massige Gestalt in grünem Loden ächzte heraus und winkte zwei Uniformierte herbei.

Polizeikommissar Stephan Ripp und sein Kollege, Polizeioberkommissar Markus Grauth von der Weinheimer Dienststelle, waren nach Elke Lukassow die ranghöchsten Beamten. Die beiden, in Polizeikreisen nur als »Rippchen mit Kraut« bekannt, hatten langjährige Erfahrung im Milieu und schon so manchen Menschenhändlerring zerschlagen.

»Kein großes Tärä!« War die Lukassow im Einsatz, so sparte sie gerne überflüssige Worte wie Begrüßungsfloskeln, »Danke«, »Bitte« und ähnliche, für einen Einsatz nicht notwendige Formalitäten. »Wir parken am Straßenrand. Eure Buben schwärmen aus und sichern den Bunker von außen. Wir gehen rein, beenden die Party und treiben alles, was da kreucht und fleucht, im Erdgeschoss zusammen. Die ID-Leute checken alle. Wir sind leise, höflich und schauen unter jede Bettdecke. Klaro?«

Duales Nicken. Die Lukassow war Legende. Nur lebensmüde Anfänger hätten gewagt, einem geifernden Rottweiler den Knochen wegzunehmen. Rippchen mit Kraut instruierten ein letztes Mal ihre Leute, man stieg in die Fahrzeuge, und der kleine Konvoi setzte sich in Bewegung. Es war kurz nach 18.00 Uhr. In etwa einer Viertelstunde ging es los. Elke Lukassow hatte nicht vor, ihre Verabredung um 20.30 Uhr platzen zu lassen. Nicht wegen einer dämlichen Razzia. Hubert hatte Karten für das Programmkino »Brennessel« in Hemsbach: »Vom Winde verweht«. Original. Ungekürzt. Herrlich!

Tarzan zog die verschwitzten Laufklamotten aus, erhaschte einen Seitenblick im Spiegel des Schlafzimmerschrankes auf seinen »gestählten« Körper, der die direkte Verwandtschaft zum Maskottchen einer großen französischen Reifenfirma nicht leugnen konnte, zog den hauseigenen weißen Bademantel an und schlüpfte in seine Badeschuhe. Er begab sich in den Saunabereich des Hauses, hängte den Bademantel in einen der offen stehenden Spinde und nahm sich von dem duftenden Stapel ein frisches Handtuch. Hinter dem Tresen der »Tropic-Bar« betätigte er ein paar Schalter. Gedämpftes Licht flammte auf, leise Musik erklang und im Nassbereich begann ein Wasserfall zu plätschern.

Tarzan zapfte sich ein großes Bier und schlurfte zufrieden durch den von Topfpflanzen gesäumten Durchgang. Der Badebereich war, anders als in den meisten solcher Clubs, zurückhaltend in mediterranem Stil gestaltet. Warme

Farben, sparsam drapierte Terrakotta-Figuren, ein Brunnen und ein täuschend echt wirkendes, von Säulen flankiertes Fenster mit Ausblick auf eine melancholisch schöne, toskanische Landschaft. Der Boden bestand aus originalen Pflastersteinen, allerdings dezent beheizt, und die Technik der Whirlpools, des Solebeckens und des kleinen Pools mit Gegenstromanlage war perfekt hinter verwitterten, zum Teil bemoosten Natursteinen verborgen.

Tarzan stellte sein Bier am Rande eines Whirlpools ab, legte das Handtuch daneben und glitt in die warmen, sprudelnden Fluten wie ein zufriedener kalifornischer Seeelefant.

Er legte den Kopf auf eines der unauffälligen Polster am Beckenrand, schloss die Augen, lauschte der einschmeichelnden Stimme von Sade und genoss das entspannende Gefühl nach vollbrachter sportlicher Leistung. Kein Stress, kein Handy. Magic wusste, wo er ihn im Notfall finden konnte. Heute war Ruhetag, nur drei Damen waren außer Semira »in Bereitschaft«. Man würde ihn frühzeitig warnen, falls drüben im Casino jemand einen Teil seines Gewinnes gleich wieder reinvestieren wollte. Er war hier der Chef. Ein ganz neues Gefühl. Ein gutes. Bis jetzt …

»Mein lieber Scholli«, misstrauisch musterte Luke das Zielobjekt, »wenn wir da drin irgendwelche hohen Tiere aufscheuchen, hat die Klatschpresse wieder Nachtschicht.« Grauth war bei ihr eingestiegen, um während der Fahrt noch ein paar Einzelheiten zu besprechen. »Von wem habt ihr eigentlich den Tipp?«, fragte sie den Weinheimer Kollegen.

»Vom Ypsilon-Meyer selbst. Der fährt hier öfter mit dem Fahrrad. Dem fiel die vorwiegend abendliche Geschäftigkeit auf. Hat ein bissel recherchiert. Das Ding ist angemeldet. Privatclub. Wir haben in letzter Zeit im Rhein-Neckar-Dreieck allerdings verstärkt illegal eingeschleuste Frauen ermittelt, die zur Prostitution gezwungen werden. Jetzt filzen wir jeden Puff.«

»Sieht gar nicht wie einer aus. Eher wie ein Sanatorium für senile Millionäre.«

»Ich glaube auch nicht, dass wir da was finden. Zu teuer. Zu exklusiv. Die Betreiber werden einen solchen Laden nicht durch illegales Personal gefährden.«

»Warum machen wir's dann?«, knurrte der Rottweiler übellaunig.

»Prophylaxe. Die sollen wissen, dass wir es wissen. Damit sie nicht übermütig werden.«

»Sensationell …« Luke schüttelte den Kopf und seufzte. Macho-Spielchen …

Sade hatte aufgehört, den »Smooth Operator« zu besingen. Dionne Warwicks volle Stimme erklang: »Heart Breaker«. Scheiße … Tarzans gute Laune war nur ein dünner Vorhang, der nun geöffnet wurde und den Blick frei gab auf seinen derzeitigen Gemütszustand. »Heart Breaker« war »ihr« Lied. Eines der wenigen Stücke, die sowohl ihm als auch Solo gefielen.

Solo …

Wie oft hatten sie miteinander auf der Lady Jane dazu getanzt? Einmal sogar eine heiße Sommernacht auf Deck verbracht. Sich unter den Sternen geliebt, während die CD auf Repeat lief. Sich am nächsten Morgen gegenseitig Fenistil auf die Schnakenstiche geschmiert. Solo hielt nichts von Parfüm, erotischer Wäsche und solchem »Schnicki-schnacki«, wie sie es immer ausdrückte. Im Allgemeinen … Aber manchmal sprang auch sie über ihren Schatten. Dann trug sie Roma auf, überraschte ihn mit hauchzarten Dessous und … Die Erinnerung schmerzte. Tarzan vermeinte sogar, den Duft von Roma zu riechen. Er öffnete die Augen und musterte die kleinen, fetten Engel an der Decke über ihm. Michelangelo sollte einen Anwalt mit Fachgebiet Urheberrecht beauftragen. Zeit, zu verschwinden. Er richtete sich auf, wollte nach seinem Bier greifen und erstarrte mitten in der Bewegung.

Was er sah, konnte durchaus auch ein Werk dieses großen italienischen Meisters sein: perfekt in Proportion und Anmut. Makellos.

Der Duft von Roma war keine Einbildung. Alizée hatte die Warwick abgelöst, »Lolita«. Samtweiches Stimmchen. Samtweich wie die Haut, die Tarzan vor nicht einmal einer halben Stunde gefühlt hatte.

Semira stand lächelnd am Beckenrand trug nichts als ein gefaltetes Handtuch in der rechten Hand. Interessante Perspektive … Der kleine Tarzan erwachte, verhinderte, dass der große Tarzan aus dem warmen, sprudelnden Becken stieg und einfach ging.

»Was …« Krächzen.

»Zwei Holzköpfe, ein Gedanke«, gurrte sie mit einer Stimme, gegen die Sade wie ein Maurerpolier klang.

Von wegen Holzkopf … Tarzan versuchte angestrengt, an etwas anderes zu denken. An ihr Sparbuch, an den irren Iwan, an … Roma … »He, wir sind doch Sportler. Iss' nix dabei, oder?« Mit diesen Worten ließ sie sich Tarzan gegenüber in das heiße Gebrodel gleiten. Sie hob die Arme, steckte ihr Haar hoch. Ihre Brüste tanzten über dem Wasser. In Tarzan tanzte das Testosteron, übernahm die Macht. Seine Kehle trocknete aus, das Bier wurde schal.

Nix dabei! Ha! Ein warmer Fuß streifte seinen Knöchel,

als sie sich wohlig räkelte. Roxette, »Spending my Time«. Der Duft von Roma. Der Fuß wanderte an seinem Unterschenkel hinauf.

Semira lächelte. Tarzan ertrank in den braunen Augen.

Solo … ein letzter Hilfeschrei seines Logiksektors.

Sie hat dich rausgeschmissen, klang es böse in seinem Kopf. Du bist ein Mann! Du bist hier der Chef! Die Kleine ist heiß auf dich! Es hörte sich an wie Magics Stimme. Tarzan schloss die Augen. Der irre Iwan! Solo! Die Schlacht war schon verloren. Das Wasser rauschte, blubberte, sprudelte. Roma. Dicht neben ihm. Lippen an seinem Ohr, auf seinem Mund, Hände auf Wanderschaft …

»Polizei! Personenkontrolle! Bitte kommen Sie da raus!«

Die zwei Beamten hatten sich geärgert, als sie bei der morgendlichen Dienstbesprechung für diesen Einsatz eingeteilt wurden. PM Wolfgang Gaber hatte seinen Skatabend abgesagt. POM Mario Werres hatte Kinokarten. 20.00 Uhr. Würde knapp werden.

Skatabend? Kino? Das hier war entschieden besser. Der haarige Dicke mit dem roten Kopf nicht wirklich, aber die schwarzhaarige Göttin mit der Traumfigur dafür umso mehr. Karl-Heinz, der größte Weiberheld der Dienststelle, würde morgen früh seine Dienstmütze fressen, wenn er ihm dieses Weib in allen Einzelheiten schildern würde. Und was für Einzelheiten!

POM Werres schluckte, als die Frau geschmeidig wie eine Tigerin aus dem Becken stieg, sich betont langsam das Handtuch um den Körper schlang und die beiden Beamten in ihren unförmigen Schutzwesten anlächelte.

»Ich habe leider meinen Ausweis zur Zeit nicht bei mir. Wenn Sie aber lieber selbst nachschauen möchten …«

Teufel! Werres warf seinem Kollegen einen raschen Blick zu. PM Gaber musterte mit zusammengepressten Lippen das toskanische Fenster, als klettere gerade King-Kong daran vorbei.

Eine weibliche Stimme, die allerdings durch eine Kreissäge synchronisiert wurde, löste die Anspannung: »Raus hier! Ich übernehme das! Sichern Sie die angrenzenden Räume!«

Tarzan kletterte mit der Grazie einer halbseitig gelähmten Mönchsrobbe aus dem Becken, warf sein Bierglas dabei in den Whirlpool und presste sich das Handtuch vor den Bauch. Der kleine Tarzan war wieder klein. Kein Wunder. KHKin Elke Lukassow war nicht gerade das, was man eine Männerfantasie nannte.

Die Empfangshalle der Villa Borgwarth summte wie ein Bienenkorb. Tarzan hatte das Handtuch gegen einen ausgeleierten Jogginganzug getauscht. Semira trug einen bodenlangen Bademantel und die drei anderen Damen legere Hauskleidung. Moni, Marcel und Ardem waren mit der üblichen schwarzen Garderobe der Security-Leute bekleidet.

Rippchen und Kraut nahmen in aller Ruhe und mit quälender Gründlichkeit die Personalien auf.

»Herr Zahn?« Luke ließ sich nicht anmerken, dass sie Tarzan persönlich kannte. Seit sie vor Jahren die SOKO Saukopf geleitet hatte und gemeinsam mit Solo und Tarzan die grausigen Serienmorde an der Bergstraße aufgeklärt hatte[8], war sie mit den Betreibern der Firma Securitruck befreundet.

Tarzan hob den Kopf. Er hockte die ganze Zeit wie ein ertappter Ladendieb auf einer Couch in der Ecke neben dem Bücherregal. Die Geheimtür war nicht entdeckt wor-

8 Siehe Band 1: »Tod im Saukopftunnel«

den. Allerdings hatte man hier ja auch keine Hausdurchsuchung veranstaltet, sondern eine Razzia zur Erfassung der anwesenden Personen. »Ja?« Tarzans Stimme klang immer noch wie die eines erkälteten Raben. »Sie sind vorläufig festgenommen. Mit Ihren Papieren ist etwas nicht in Ordnung. Sie begleiten mich im Anschluss auf das Präsidium.«

»Aber Luke, ich …« Tarzan glotzte die Kommissarin an, als hätte sie ihm die Hinrichtung im Morgengrauen eröffnet. Die Lukassow bedachte ihn mit einem Blick, der ihn augenblicklich zum Schweigen brachte.

»Lassen Sie's gut sein, Herr Kollege. Herr Zahn wird keinerlei Widerstand leisten.« Der Beamte, der bereits die Handschellen vom Gürtel genommen hatte, steckte sie wieder weg.

»War eine gute Übung für die Leute, sonst nichts.« Polizeioberkommissar Markus Grauth warf die Schutzweste in den Fond des Streifenwagens. »Die Mädels sind sauber. Die Mitarbeiter alle angemeldet. Was ist mit diesem Sicherheits-Capo? Warum nehmen Sie den fest?«

»Alter Kunde. Bisserl Angst machen. Nichts Konkretes«, antwortete die Lukassow einsilbig und verabschiedete sich von den Kollegen. Sie stampfte zu dem vergitterten Mannschaftswagen und holte Tarzan heraus.

»Den nehme ich selber mit. Ihr könnt Feierabend machen.« Scheppernd warf sie die Tür zu. Tarzan trottete neben ihr her wie ein Fünfzehnjähriger, den seine Mutter gerade aus der Ausnüchterungszelle abgeholt hatte. »Deine Geschichte sollte besser sein als die von Margaret Mitchell.« Die Lukassow trieb den Passat durch die hereinbrechende Dunkelheit in Richtung Heidelberger Kreuz.

»Margaret was?«

»Mitchell. Vom Winde verweht. Mein Lieblingsfilm. Ich sollte jetzt eigentlich auf dem Weg ins Kino sein. Ich habe aber den Eindruck, dass du mir etwas Interessanteres servieren wirst.« Ihre kleinen Augen starrten geradeaus.

»Wo fahren wir hin?« Tarzan biss sich auf die Lippen, wagte es nicht, die Lukassow anzusehen.

»Ins Präsidium. Du kriegst das volle erkennungsdienstliche Programm. Fingerabdrücke, Fotos und alles, was dazugehört. Gnade dir Gott, wenn du in den vergangenen zehn Jahren auch nur einmal falsch geparkt hast.«

»Das ist nicht dein Ernst, oder?« Die Lukassow schob angewidert ihre Kaffeetasse von der Größe eines Nachttopfes beiseite. Der Kaffee war längst kalt geworden. »Rausgeschmissen? Solo? Dich?« Ihr Doppelkinn zitterte vor lauter Entrüstung. »Du kannst mir meinetwegen erzählen, dass morgen früh Hannibal Lecter hier reinspaziert und mir einen Gutschein für Essen auf Rädern auf den Tisch legt. Mich kannst du nicht verarschen, ich bin ein Bulle, Kerl. Mensch Tarzan, was ist denn los mit dir?«

Die Kommissarin hielt mit beiden Händen die Kante ihres Schreibtisches umklammert, ihr mächtiger Busen lag auf der Schreibunterlage wie ein gestrandetes Walpaar und ihr Gesicht spiegelte fassungsloses Unverständnis.

»Hast du Hunger?«

Tarzan schüttelte den Kopf. Er dachte an alles Mögliche. Essen lag dabei weit abgeschlagen auf Platz 143.

»Aber ich. Du kommst mit. Hubert ist sowieso kein Fan von alten Filmen. Er hat gekocht. Für drei. Keine Widerrede!«

»Wer ist Hubert?«

»Ein Bekannter. Aber nicht aus einem Whirlpool!« Tarzan glaubte so etwas wie ein Nanosekundenlächeln auf dem Gesicht der Lukassow zu sehen. Konnte aber auch eine Täuschung sein.

Es war schon weit nach Mitternacht. Die zweite Flasche Dornfelder litt bereits unter dem Trappatoni-Syndrom und Hubert war längst ins Bett gegangen.

»Du bist ein Rindvieh«, die Betonung gab dieser Feststellung die Unumstößlichkeit eines Naturgesetzes. Luke lehnte sich in dem gewaltigen Ohrensessel zurück, was diesen bedenklich knarren ließ. »Ein Riesenrindvieh, weißt du das?«

Tarzan nickte. Er war bereits vor einiger Zeit zu dem selben Ergebnis gekommen. Es war an jenem Abend, an dem ihm ein gewisser Waldemar von Hohenrechberg alias »Der irre Iwan« sein unschlagbares System angedreht hatte.

»Solo ist auch verrückt. Sie hätte dich gleich im Altrhein ersäufen sollen. Was glaubst du, was die macht, wenn ich ihr erzähle, wie ich dich gefunden habe?«

»Mich im Altrhein ersäufen?«

»Wenn du Glück hast ...« Die Lukassow leerte ihr Weinglas und tupfte sich mit einer Serviette die Lippen ab. Hubert war wohl mit dem Rottweiler in der Hundeschule gewesen. Tarzan beschloss, um sein Leben zu kämpfen: »Du müsstest ihr ja nicht sagen, wo du mich ...«

»Ich müsste nicht«, die kleinen, listigen Äuglein musterten ihn abschätzend. »Du bist schließlich ein erwachsener Mann und kannst dir drei von diesen Schlampen ins Planschbecken holen, wenn du willst. Andererseits ...«, die Äuglein wurden zu Lenkwaffen, »ich bin sowohl mit dir als auch mit Solo befreundet. Ich bin ein altes Weib. Habe überkommene Wertvorstellungen. Weiß, was Freundschaft bedeutet. Weißt du auch, was Freundschaft bedeutet?« Tarzan nickte. Wusste er es wirklich? Eines war ihm klar: Wenn Luke Solo erzählte, dass sie ihn in einem Edelbordell aus dem Whirlpool gefischt hatte, zusammen mit einer 24-jährigen Prostituierten, dann war es das. Für immer.

»Machen wir einen Deal …« Die Stimme der Lukassow schnitt in seine trüben Gedanken wie ein heißes Messer durch Butter. Tarzan straffte sich. Der Weinnebel verzog sich aus seinem Kopf. Er hing an Lukes Worten wie ein Ertrinkender. Abwechselnd wurde ihm heiß und kalt.

Als die Lukassow geendet hatte, nickte er. Da musste er durch. Er war selbst schuld. Er musste diesen Preis bezahlen. Luke brachte ihm Decken und Kissen und richtete ihm die Couch her. Erschöpft legte sich Tarzan hin. Es kam ihm so vor, als habe er eine ganze Woche nicht geschlafen. Er lauschte den vorbeifahrenden Autos. Hörte in der Ferne eine Straßenbahn klingeln. Irgendwann verebbte der Verkehr, verklangen die Schritte der letzten Nachtschwärmer, verstummte das Grölen einer Horde betrunkener Studenten, verhallte das Einsatzsignal eines Rettungswagens in der Altstadt. Tarzans Herz schlug einen dumpfen Rhythmus. Wie Trommeln auf dem Weg zum Schafott. Er schlief nur kurz in dieser Nacht. Schrak hoch von wirren Träumen. Erwachte schweißgebadet. Sehnte das graue Zwielicht des beginnenden Morgens herbei.

10
Das Lady-Jane-Tribunal

Der schwarze Passat knirschte über den sandigen Parkplatz vor dem schmucken weißen Hausboot am Lampertheimer Altrhein. Dass der Rumpf marode und rostzerfressen war, konnte man nicht sehen.

»Du bleibst hier sitzen. Ich rede erst alleine mit ihr«, raunzte Luke und hinterließ einen aufs Äußerste beunruhigten Tarzan auf dem Beifahrersitz.

Der riesige grüne Lodenmantel wackelte über den Steg. Solo schien die Ankunft bemerkt zu haben, denn die Tür der Lady Jane öffnete sich, bevor die Lukassow am Seil der Schiffsglocke ziehen konnte. Tarzan verrenkte sich fast den Hals, um einen Blick auf Solo zu erhaschen. Alles was er sah, war eine Hand, welche die Besucherin hereinbat.

Nach quälenden zwanzig Minuten erschien die Lukassow wieder in der Tür. Ohne Mantel. Der schwarze Faltenrock reichte bis unter den von einer Trachtenbluse mühsam gebändigten Busen. Sie winkte ungelenk mit einer kleinen, fetten Hand und Tarzan stieg aus.

Canossa wäre jetzt ein passender Name für ihr Hausboot, dachte er und versuchte, ruhig zu atmen. Er folgte Luke ins Wohnzimmer, einen großen Raum, der auf drei Seiten verglast war und früher einmal das Passagierdeck gewesen war.

Solo stand vor der Tür, die auf das Achterdeck, das als Terrasse genutzt wurde, führte. Sie wandte ihm den Rücken zu. In der linken Hand sandte eine Zigarette blaue Rauchfäden in die Sonnenstrahlen, die durch die Fenster schienen. Solo hatte vor vier Jahren das Rauchen aufgegeben. Tarzan war erschüttert.

Ächzend ließ sich die Lukassow auf das Sofa sinken. Solo drehte sich um. Der Regisseur einer billigen Soap-Opera hätte begeistert »Schnitt!« gebrüllt.

Tarzan erschrak. Solo, schon immer ein eher herber Typ Frau, hatte tiefe Falten zwischen Nasenflügel und Mund. Die Augen schienen tiefer als sonst in den Höhlen zu liegen und das stets sorgfältig getrimmte Haar sah strähnig und stumpf aus. Sie hatte abgenommen. Zwar war sie schon immer sehr schlank gewesen, aber es war eine sportliche Schlankheit. Geschmeidig, sehnig und doch auf sehr anziehende Weise weiblich. Jetzt ähnelte sie fast diesen grauenhaften »Junk-Models«, wie man sie immer öfter im Fernsehen zu sehen bekam.

»Hallo«, Tarzan flüsterte fast, hob linkisch eine Hand zum Gruß.

Solo führte mit fahriger Bewegung die Zigarette zum Mund, sog heftig daran, was ihr Gesicht noch schmaler erscheinen ließ, und deutete auf das Sofa: »Hi, setz dich doch …«

Tarzan legte den Blumenstrauß auf den Tisch und nahm gehorsam im Sessel Platz. Solo setzte sich neben die Lukassow und schlug die Beine übereinander. Zwischen den Frauen und Tarzan befand sich der Couchtisch. Richtertisch und Anklagebank.

»Kaffee?« Solo hob die linke Augenbraue. Sie klang wie die Bedienung eines schicken Restaurants, die einem ungebetenen Gast klarmachte, dass er sich verlaufen hatte.

»Gerne«, Luke.

»Hmm«, Tarzan.

Solo erhob sich und ging in die Küche. Luke hob den

Daumen und grinste Tarzan an. Dessen Gesicht war ein einziges Fragezeichen.

»Hast du ihr erzählt, wo du mich …«

»Nimmst du Milch, Luke?« Solo streckte den Kopf zur Tür herein. »Fettarme, bitte.« Solo hantierte wieder in der Küche.

»Hast du ihr von der Razzia erzählt? Hast du …«

»So, einmal fettarm, einmal ohne alles.« Solo stellte die Tassen auf den Tisch und eilte zurück, um die Kanne zu holen. Luke schaute Tarzan an. Schüttelte den Kopf. Bäckchen und Kinne tanzten.

Solo nahm wieder Platz, verschränkte die Arme vor der Brust und schaute Tarzan an. Die tiefe Traurigkeit in ihren grünen Augen machte Tarzan Angst. Sein Herz schien sich zusammenzukrampfen. War das Urteil schon gesprochen? Kam jetzt die Begründung? War dies hier ein letztes Treffen, um einen sauberen Schlussstrich zu ziehen? Zu regeln, was zu regeln war, und mit dem vernichtenden Satz »Lass uns Freunde bleiben« ins Vakuum zu stürzen?

»Es tut mir leid …« Blöd. Der Soap-Regisseur hätte ihn spätestens jetzt gefeuert. Solo drückte mit zitternder Hand ihre Zigarette aus.

»Mir auch …«

Hoffnung!

»Solo, ich bin ein …«

»Einspruch!« Luke. Richter und Staatsanwalt in Personalunion. Es fehlte ihr nur noch der Hammer.

»Ich bin mitgekommen, um ein Blutbad zu vermeiden. Ich bin hier, um eine Abmachung zwischen euch beiden durchzusetzen. Ich bin nicht hier, um mir weinerliches Gestammel und Selbstbezichtigungen anzuhören. Du!«, ein fetter Zeigefinger deutete auf Tarzan, »hast Scheiße gebaut. Große Scheiße. Du weißt das. Solo weiß das und ich weiß das. Ich habe Solo erzählt, wo du jetzt arbeitest, dass es ein Puff ist und dass du dort der Security-Macker bist. Ich habe ihr auch erzählt, dass du so lange dort weiterarbeiten wirst, bis du die Kohle, die du verzockt hast, wieder beisammen hast. Du wirst …«

»Moment mal!« Tarzan war aufgesprungen. »Ich schmeiß den Job hin! Ich will nichts mehr mit Magic zu tun haben, nie wieder ein Casino betreten und nie wieder Geld am Automaten holen. Ich will nur noch bei Solo sein … wenn sie mich noch haben will …« Er schnäuzte sich lautstark in ein riesiges, kariertes Taschentuch.

Auch Solo war aufgesprungen. Lukes kleine rosa Speckhand packte ihr Handgelenk und zog sie sanft auf die Couch zurück. »Das gilt auch für dich. Sitzen bleiben und zuhören. Wenn ich weg bin, könnt ihr den ganzen Tag heulen, bis zur Hochwassermarke zwei. Dann kommen die Kollegen von der Wasserschutzpolizei. Also …« Die Lukassow holte tief Luft, was die Trachtenbluse in den roten Belastungsbereich brachte. Dann legte sie los.

Sie las Tarzan (wie dieser erwartet hatte) die Leviten, dass es nur so krachte. Sie bezichtigte Solo der Überreaktion (was diese vehement bestritt) und sie brachte es fertig, dass die beiden sich gegen sie verbündeten. Genau das war ihre Absicht. Leise lächelnd lehnte sie sich entspannt zurück, als Solo und Tarzan sich kurz entschuldigten. Solo hatte Tarzans Handgelenk umklammert und zog ihn hinter sich her wie einen unfolgsamen Terrier. Tarzan befürchtete schon, er würde jetzt doch im Altrhein ertränkt werden, da steuerte Solo jedoch das Schlafzimmer an. Sie schloss hinter ihnen die Tür, drehte sich mit funkelnden Augen zu Tarzan um und holte tief Luft.

»Du Idiot!«, fauchte sie. »Du dämlicher Hund du!« Ihre Augen füllten sich mit Tränen, ihre Unterlippe zitterte. Sie machte einen Schritt auf Tarzan zu, der instinktiv zurückwich, bis er die Klinke der Schlafzimmertür im Rücken spürte wie eine auf ihn gerichtete Waffe.

»Du Depp …« Schniefen, dicke Tränen, ein verschluchztes Lachen, dann lag sie in seinen Armen, lachte und weinte und drückte ihn fast zu Tode.

»Weißt du, wie ich dich vermisst habe?« Die Worte waren kaum zu verstehen, weil sie ihr Gesicht an seine Schulter drückte. Sie löste sich von ihm, schaute ihn mit verquollenen Augen an und zog geräuschvoll die Nase hoch. Nein, den Benimm-Oscar würde sie wohl niemals bekommen, seine Solo.

Seine Solo! Er zog sie an sich, küsste sie zaghaft, schmeckte das Salz ihrer Tränen. Sie erwiderte den Kuss heftig, fordernd, zog ihn mit sich auf das breite Bett. Lachend, schniefend, schluchzend rollten sie auf der Tagesdecke herum.

»Wir haben einen Gast«, sagte Tarzan in einer Atempause. »Einen Rott …«, Kichern, »einen Rott …«, kindisches Gickeln, »einen Rottweiler!«, brüllendes Gelächter. Tarzan knurrte und bellte wie ein Mops mit Schnupfen. Solo bekam vor lauter Lachen fast Atemnot.

»Mensch, sind wir blöd«, Tarzan stieß zischend die Luft aus.

»Luke wartet.«

»Rwuff.«

»Hör auf jetzt.«

»Okay, ich höre auf. Grrrwuff.«

»Lothar!« Auweia: Lothar!

Leicht derangiert und mit hochroten Köpfen erschienen sie nach fast fünfzehn Minuten wieder im Wohnzimmer. Luke hatte eine schwarze Schreibmappe auf dem Tisch liegen und machte sich emsig Notizen.

»Was wird das denn, ein Waffenstillstandsabkommen?«, fragte Solo und wischte sich eine letzte Lachträne aus dem Augenwinkel.

»Seid ihr okay?« Ein forschender Blick, dem wohl auch schon mancher schwere Junge ausgesetzt war, traf sie beide.

Nicken. Wie zwei Geschwister, die versprechen, sich nie mehr zu streiten.

»Ich brauche eure Hilfe.« Solo spürte einen winzigen Funken Unsicherheit in der Stimme der Kommissarin. Gab es das überhaupt? Hauptkommissarin Lukassow, gehasst von Gaunern und Verbrechern, gefürchtet von Kollegen und Vorgesetzten, und Unsicherheit?

»Wir ermitteln im Mordfall Ludwig Helland. Ich denke, ihr habt davon gehört.« Das war keine Frage, das war eine Feststellung. In der ganzen Region, ja in ganz Deutschland, beherrschte der bizarre Mord tagelang die Schlagzeilen. Man musste sich schon sehr tief in die mandschurischen Wälder verkriechen, um vom »Mathaisemord« nichts zu wissen.

Solo und Tarzan saßen Luke gegenüber. Solos Hand lag auf Tarzans Knie. Sie schauten gespannt auf die massige Gestalt der Lukassow. Jede Unbeholfenheit war verschwunden. Das rosige, runde Gesicht war kein freundlicher Vollmond mehr. Die hellblauen Babyaugen verwandelten sich in eine duale Zieloptik. Solo begriff, warum die Kommissarin so erfolgreich war. In dem unförmigen Körper dieser Frau verbarg sich eine ungeheure Energie. Jeder, der sie unterschätzte, hatte hinterher mehr Zeit als genug, um darüber nachzudenken, welcher Fehler sein letzter gewesen war.

Luke berichtete Solo von der mächtigen Central-City-Consulting und deren illegalem Casino nebst »Gästehaus«.

Den Sauna- und Badebereich erwähnte sie mit keinem Wort, da Tarzans Gesichtsfarbe schneller wechselte als das Wahlverhalten der Bundesbürger.

»Ludwig Helland hatte sehr gute Beziehungen zur CCC. Man verehrte ihn dort fast wie einen Messias. Wir haben natürlich im Zuge der Ermittlungen mit Leuten von Central-City-Consulting gesprochen. Allerdings habe ich von einem gewissen Herrn Zahn …«, bedeutungsschwerer Blick, »recht interessante Informationen über diese honorige Firma erhalten. Ich werde weitere Ermittlungen anstellen. Ich werde versuchen, einen Beamten dort einzuschleusen. Tarzan wird mir dabei helfen …«

Ein unartikulierter Laut kam aus Tarzans Richtung. Es hörte sich an wie ein geknebelter Elch. Endlich war der Knebel weg und Tarzan hustete, bis ihm die Tränen kamen.

»Mo…«, Husten, Keuchen, »Mome…«, Schnaufen, »Moment mal, Luke. Das war so nicht abgesprochen. Ich soll da einen Undercover-Agenten reinbringen? Bist du noch zu retten? Wie soll das gehen? Ohne mich. Ich bin doch nicht lebensmüde. Bei aller Freundschaft, Luke, da passe ich. Sei so gut!«

»Ach Solo, eines wollte ich dir noch sagen …«, begann die Lukassow in harmlosem Plauderton.

»Okay, okay, entschuldige. Natürlich mach ich es. War nur Spaß!« Tarzans Stimme klang fast wie die von Robin Gibb.

»… der Kaffee ist sehr gut. Anders als der Muckefuck im Präsidium.« Das Lächeln, das sie Tarzan schenkte, war das eines Scharfrichters, der sich über die nagelneue Guillotine freute. Tarzan, der sich in eine verkrampfte Statue verwandelt hatte, sank in sich zusammen wie eine Hüpfburg am Ende eines Kindergeburtstages.

Solos Blicke zuckten irritiert von Luke zu Tarzan und

blieben schließlich an der Kaffeekanne hängen, die nun aber wirklich nichts dafür konnte. »Der Kaffee … ähm … der ist gut, nicht wahr?« Wahrscheinlich hätte sie die Relativitätstheorie schneller kapiert als das Rätsel dieses merkwürdigen Dialogs.

Sie schaute Luke ernst an und sagte: »Ich finde, Tarzan hat Recht. Diese Undercover-Sachen sind gefährlich. Ich will nicht, dass er in so was verwickelt wird.«

»Papperlapapp!«, schnauzte Luke. »Undercover-Aktionen sind sehr gut vorbereitete, von absoluten Profis ausgeführte Observationen. Weiter nichts. Deine Sorgen stammen aus Hollywood. Vergiss es. Ich versuche ja gerade, Tarzan zu entlasten, indem ich einen von unseren Leuten da einschleuse. Der deutschen Polizei ist es strikt untersagt, Privatpersonen mit hoheitlichen Aufgaben zu betrauen. Glücklicherweise. Beruhige dich, Tarzan ist nicht Bruce Willis. Wir brechen ab, sobald die Gefahr besteht, dass er Nasenbluten bekommen könnte.«

»Stimmt.« Solo betrachtete Tarzan eingehend. Sie schien sichtlich beruhigt.

»Was stimmt?« Tarzans Augen wurden zu misstrauischen Schlitzen. »Du bist nicht Bruce Willis.«

»Nicht?« Enttäuschung.

»Ich dachte an einen anderen Helden …« Solo grub ihre Schneidezähne in die Unterlippe, was ihr etwas Mausartiges gab.

»Sean Connery?«

»Kalt.«

»Robert de Niro?«

»Gaaanz kalt.«

»Ich geb's auf. Sag schon!«

»Puh.«

»Hä?«

»Puh, der Bär …«

»Puh, der …!« Der Rest ging in Solos markerschütterndem Kreischen unter, als Tarzan sich auf sie stürzte und ihr die Zeigefinger in die Rippen bohrte. Solo war kitzlig wie ein nacktes Huhn und schrie, als ginge es ihr an den Kragen. Ein unbeabsichtigter Leberhaken beendete die Attacke und Tarzan schnappte seinerseits nach Luft. Nein, ein Bruce Willis war er wirklich nicht.

Elke Lukassow schaute genervt auf die Uhr und die beiden frisch Versöhnten rissen sich merkbar zusammen.

»Wie soll ich denn da einen reinbringen? Ich bin selber bloß in dem Laden untergekommen, weil ich ein alter Kumpel von Magic, ich meine von Klaus Mazic bin. Wie soll das gehen?« Tarzan schaute Luke fragend an.

Die Kommissarin blätterte in ihren Notizen. »Nun, einer deiner Kollegen, ein gewisser Grabow …«

»Marcel?«

»Genau der. Uns liegt ein Amtshilfeersuchen der niederländischen Polizei vor, 'ne alte Vaterschaftssache. Möglich, dass wir den Käsköpfen behilflich sein können …«

»Das heißt …« Tarzans Stirn warf mehr Falten als der Grand Canyon.

»Das heißt, dass der Security-Boss der Villa Borgwarth demnächst ein kleines Personalproblem hat.«

»Du bist ja ganz schön …«

»Tüchtig. Da hast du Recht. Aber das Beste kommt noch: Zufällig kenne ich einen jungen Expolizisten. Gefeuert wegen Vorteilsnahme im Amt, der einen Job in der Sicherheitsbranche sucht. Ausgebildeter Personenschützer. Zwei Jahre Dienst beim SEK. War während seiner Bundeswehrzeit im olympischen Kader. Triathlet. Kannst ab und zu 'nen kleinen Waldlauf mit dem machen.« Von Waldläufen hatte Tarzan jedoch erst einmal die Schnauze voll.

»Von dir möchte ich nicht verhaftet werden.« Tarzan stieß die Luft aus.

»Wirst du aber. Heute noch. Um dein Fernbleiben plausibel zu machen, buchte ich dich über Nacht im ›Faulen Pelz‹[9] ein. Morgen kannst du wieder Dienst schieben. In den Kreisen, in denen du da verkehrst, bringt dir das garantiert viel Ehre ein.«

»Ich weiß immer noch nicht, ob mir das gefällt«, warf Solo ein.

»Ich aber!«, polterte Tarzan. »Ich weiß ganz genau, dass mir das nicht gefällt! Absolut nicht!«

»Pitsche-Patsch …« Luke wackelte mit ihrem massigen Kopf wie ein Wackeldackel auf der Hutablage eines Strich-Achters. Tarzan verstand.

---

9 Gefängnis in der Heidelberger Altstadt

11
Undercover

Willkommen daheim, du Knacki, du!« Magic umarmte seinen Kumpel und knuffte ihn spielerisch in den Magen. »Hast du Spaß gehabt? Haben die kolumbianischen Drogenbosse und die Totschläger dich als Chef im Ring respektiert? Mensch, Alter, der Boss wollte gerade unseren Firmenanwalt in Marsch setzen, um dich da rauszuholen. Wie war's?«

»Ganz gut, aber im nächsten Jahr flieg ich doch lieber wieder in die Türkei ...«

Magic lachte grölend und schlug Tarzan begeistert auf die Schulter. »Komm, gehen wir in dein Büro. Semira bringt Schampus mit, dann feiern wir deine Entlassung.«

Die Erwähnung Semiras trieb Tarzans Adrenalinspiegel in die Höhe. Sie war einer der Gründe, warum er sich hier nie wieder blickenlassen wollte. Er dankte Gott, dass die beiden Polizisten die Aktion Whirlpool so uncharmant beendet hatten. Er hatte Solo noch nie betrogen. Allerdings hatte es auch noch nie eine solche Venus so offensichtlich auf ihn abgesehen. Tatsache war – das hatte er sich nach langem Ringen widerwillig eingestanden –, dass er an jenem Abend im warmen Wasser des Whirlpools alles mitgemacht hätte. Alles ... Er war eben ein Mann wie die meisten anderen. Das Kleinhirn befand sich etwa einen Meter unterhalb des Kopfes. Darüber ärgerte er sich gewaltig.

In seinen Gedanken leistete er Solo Abbitte. Irgendwann musste er es ihr sagen. Auch wenn Luke ihm dringend davon abgeraten hatte. »Kompromisslose Ehrlichkeit hat schon mehr Beziehungen zerstört als alle Seitensprünge zusammen«, hatte sie gesagt. »Wer alles auf den Tisch legt, steckt die Zündschnur an. Und bei Solo ist die verdammt kurz!«

Sie saßen in Tarzans Büro, die Füße auf dem Besprechungstisch und Semira schwebte herein wie die personifizierte Unschuld. Sie trug eine weite Hose und eine Bluse mit indianischen Stickereien. Das Haar war so streng zurückgekämmt, dass sie garantiert Mühe hatte, die Augen zu schließen.

Tarzan gab seinen Hormonen frei und registrierte hochzufrieden, dass der Zauber verraucht war. Semira war eine wunderschöne Frau. Mehr nicht. Doch! Eines war da noch: Sie war eine Nutte. Eine teure zwar, aber Frosch bleibt Frosch und wenn er zehnmal eine Krone trägt.

Magic erhob sein Glas und sie taten es ihm nach.

»Auf Tarzan, meinen besten Kameraden, der schon vor vielen Jahren dichtgehalten hat und der es immer noch tut. Willkommen daheim. Mögen deine Kinder Engel werden und tausend Kamelflöhe die Ärsche deiner Feinde heimsuchen. Zum Vollsein!«

Nach diesem kulturell bemerkenswerten Toast betrieb man noch ein wenig Smalltalk, bis Magic Semira mit einem knappen Handzeichen zu verstehen gab, dass man ihrer Gesellschaft überdrüssig war. Gehorsam stand sie auf, schenkte Tarzan ein Lächeln, das Mönche zu Orgien veranlasst hätte, und entschwand mit einem anatomisch nahezu unmöglichen Hüftschwung.

»Wahnsinnsweib, was?«, grinste Magic.

»Ich bin wieder mit Solo zusammen …«

»Gratuliere, Alter. Wäre schade um die gewesen.«

»Sie hat mich abgeholt. Im Knast …« Tarzan tat, als sei

ihm dies äußerst peinlich gewesen. Luke hatte ihm genauestens instruiert, wie er sich Magic gegenüber verhalten sollte.

»Hat eben Charakter, die Frau«, Magic schenkte nach. »Bin froh, dass ihr euch wieder zusammengerauft habt. Beziehungsstress ist schlecht fürs Geschäft. Übrigens, ich hab dir ein bisserl was überwiesen …«

Tarzan, der gerade das Glas erhoben hatte, setzte es wieder ab.

»Was meinst du damit?«

Magic grinste wie der reiche Onkel aus den USA. »Hab 'n schlechtes Gewissen gekriegt. Wegen deiner Zockerei. War ja ein wenig auch meine Schuld. Hab dir zehntausend rübergeschoben. Zinslos. Rückzahlbar irgendwann.«

Tarzan starrte Magic fassungslos an. »Zehn… tausend? Bist du noch ganz sauber oder was? Wie soll ich denn das jemals zurückzahlen? Das nehm ich nicht. Du spinnst doch, du!«

»Du spinnst, Alter. Ihr seid blank wie 'n frisch gewischter Babyarsch. Euer Äppelkahn ist kurz vorm Absaufen und im Kühlschrank weinen die Mäuse. Hab dich bloß nicht so. Von wegen Stolz und den ganzen Kack. Wie ist es dir denn gegangen in deinem Bus mit der Schnapsbuddel im Arm? Mann, ich bin dein Freund. Denk mal an früher. Eine Hand fürs Moped, die andere für den Kameraden. So war das und so ist es immer noch. Wenn es mir mal dreckig gehen sollte, komm ich dann auch zu dir. Verlass dich drauf. Und jetzt halt's Maul und schau dir das an!« Magic knallte einen dünnen Ordner auf den Tisch. »Sie haben Marcel in der Mangel. Irgendein Unterhaltszahlungsscheiß. Schau dir dieses Dossier an. Den Typen habe ich schon lange auf der Ersatzbank sitzen. Aber entscheide du. Der kriegt sowieso nur einen Aushilfsvertrag. Unser Anwalt holt mir den Marcel so schnell wie möglich zurück. Aber die Truppe sollte komplett sein. Nächste Woche haben wir volles Haus. Mir ist wichtig, dass du mit dem klarkommst. Ihr müsst ein Team sein.« Tarzan schlug den Ordner auf. Auf dem Deckblatt war mit einer Büroklammer das Foto eines Kerls zu sehen, den Tarzan gut kannte: In jeder anthropologischen Sammlung, in jedem Schulbuch und in jedem Museum hingen Bilder des Homo Heidelbergensis.

Zugegeben, auf den Bildern in den Museen trug der Steinzeitmensch weder Rollkragenpullover noch Ohrringe, aber sonst stimmte alles: fliehende Stirn, gewaltiger Unterkiefer, verschlagene Augen unter dicken Brauenwülsten.

»Zum Verlieben …«, brummelte Tarzan und blätterte um: Silvan Makoviak, 33, Exmilizionär, Exboxer, Exleibwächter, Ex, Ex, Ex … »Diesen Primaten willst du hier frei rumlaufen lassen?«

»Hast du was Besseres? Stallone hat grad Urlaub und Arnie wollte ja unbedingt Politiker werden.«

»Reinhold.«

»Klingt schwul.«

»Keine Ahnung. Ist mir auch egal, aber der ist ebenfalls vom Fach und sieht im Anzug nicht aus wie ein verkleideter Radlader.«

»Woher kennst 'n den?« Misstrauen.

Tarzan dachte an Lukes Worte: »Nicht aufdrängen. Warte auf die richtige Gelegenheit. Du musst so tun, als interessiere dich das nur am Rande.«

»Wir haben uns bei einem Auftrag kennengelernt. Reinhold war damals beim Werkschutz.«

»Bei welchem Laden?«

»Sorry. Ich spreche grundsätzlich nicht über meine Kunden.«

Magic schürzte die Lippen und nickte anerkennend. »Gefällt mir. Professionelle Einstellung. Der Typ ist frei?«

»Kurzzeitig. Er kam vor einer Woche von einem Auslandsaufenthalt zurück.«

»Das Ausland hieß nicht zufällig Justizvollzugsanstalt?«

»Dummbabbler[10], der Mann ist absolut seriös. Exbulle.« Genialer Schachzug von Luke. Indem sie dem verdeckten Ermittler eine Legende als Expolizist schneiderte, konnte dieser mit seiner Berufserfahrung als idealer Anwärter für einen Posten im Sicherheitsbereich geführt werden. Außerdem verriet er sich nicht durch »bullentypische« Verhaltensweisen.

»Wieso Ex?« Wieder grub der Argwohn tiefe Falten in Magics Stirn.

»Hat einen seiner Informanten etwas zu lange gedeckt.«

»Was heißt ›etwas zu lange‹?«

»So lange, bis der Informant in Paraguay war.« Tarzan hob die Schultern und grinste. »Ha! Der Typ gefällt mir! Mach einen Treffpunkt mit ihm aus, dann schau ich mir den erst einmal an, bevor ich zum Boss gehe.«

»Zum Zar?«

»Quatsch. Der Boss ist Novottny. Der Zar gibt sich nicht mit solchen Tante-Emma-Läden wie der CCC ab. Der hütet die ganz große Kohle. Das hier«, Magic machte eine umfassende Handbewegung, »ist das Privatvergnügen von Julius Novottny.«

Zwei Tage später empfing Security-Manager Lothar Zahn seinen neuen Mitarbeiter Reinhold Rentsch in seinem Büro.

---

10 Regionale Version von »Dummschwätzer«

»Wir tragen hier keine Uniformen, aber ich empfehle Ihnen, schwarze Rollis und dunkle Anzüge zu tragen. Das ist so Tradition in diesem Hause.«

Magic grinste, als er das hörte. Der gute alte Tarzan ließ heftig den Chef raushängen. Irgendwie goldig, fand Magic. Der Ersatz für den trotz Staranwalt immer noch inhaftierten Marcel gefiel ihm. Rentsch war auf den ersten Blick ein eher schmächtiges Kerlchen mit kultiviertem, leisem Auftreten. Selbst Tarzan fiel es schwer, in diesem höflichen, zurückhaltenden Mann einen Undercover-Bullen zu sehen. Bis Ardem kam … »Was hast du denn so drauf?«, fragte er den Fast-Kollegen herausfordernd. Rentsch lächelte verbindlich und bat den kompakten Ardem, der Tarzan schon immer an einen zu kurz geratenen Berggorilla erinnert hatte, sich ihm gegenüber hinzustellen.

Ardem baute sich grinsend auf. Rentsch streckte langsam den rechten Arm nach vorn. Etwa drei Zentimeter vor Ardems fassförmigem Brustkasten stoppte die kleine Faust. Rentsch lächelte entschuldigend, als Ardem mit einem erstickten Aufschrei auf der zwei Meter hinter ihm stehenden Couch einschlug. Etwas in dem Möbel krachte protestierend. Rentsch hatte sich kaum bewegt. Die Faust war nur ganz kurz nach vorne gezuckt. Kaum wahrnehmbar für das Auge. Ardems Rippen dagegen hatten sehr wohl etwas wahrgenommen. So eine Art Güterzuglokomotive.

Er rappelte sich auf, rieb heftig seine Front und schüttelte fassungslos den Kopf. »Bringst du mir das bei?«

»Wenn du ein wenig Zeit hast, gerne«, erwiderte der Neue lächelnd.

Ardem schaute auf seine protzige Armbanduhr. »Wie lange?«

»Nicht sehr lange. Vier Jahre dürften reichen … für den Anfang.«

Magic war begeistert, Ardem überlegte angestrengt, ob er da gerade verarscht wurde.

Bei einem Glas Champagner – Sekt schien es in der Villa Borgwarth anscheinend gar nicht zu geben – verflog Ardems Groll und wich gesteigertem Interesse an Reinhold Rentsch und seiner Kampfsportausbildung.

Tarzan war beruhigt. Der Mann, dessen richtigen Namen nicht einmal er kannte, war »drin«. Er hatte ihn, ganz stilvoll, im Knast kennengelernt. Luke hatte ihre Drohung tatsächlich wahr gemacht und Tarzan im »Faulen Pelz« eingebuchtet. Sein Zellengenosse, ein Ladendieb, der auf den morgendlichen Dienstbeginn der Amtsrichter wartete, entpuppte sich nach kurzer Zeit als Reinhold Rentsch, Kriminalhauptkommissar mit einer Liste von Zusatzqualifikationen, die länger war als der Einkaufszettel für eine Polarexpedition. Rentsch wies Tarzan genauestens in die Rolle ein, die er zu spielen hatte, ermahnte ihn zu äußerster Vorsicht und schlug vor, notwendige Lagebesprechungen beim Joggen abzuhalten. Das fand Tarzan sehr gut, hatte er doch nicht vor, wieder gefährliche Begegnungen der erotischen Art zu erleben.

Zur Legende von Reinhold Rentsch gehörte auch sein Faible für das Schachspiel und er verbrachte viele lange Abende mit Tarzan in dessen Büro, um seinem Chef das Spiel der Könige beizubringen. In Wirklichkeit hockte der Kommissar die ganze Zeit vor dem Computer, durchforstete Dateien, schloss einen externen Brenner an und kopierte sie auf CDs und erstellte Diagramme und Analysen über die Machenschaften der Central-City-Consulting. Passwörter, Zugangscodes und verschlüsselte Ordner bezeichnete Rentsch als Kinderkram.

Rentsch, der wie die anderen Securitys keine Dienstwohnung hatte, lebte in einer Mietskaserne in der Mannheimer Waldhofstraße. Offiziell. Wo er wirklich zu Hause war und ob er Familie hatte, blieb ein Geheimnis. Nicht einmal Luke kannte die wahre Identität von verdeckten Ermittlern. Nach Dienstschluss, meistens gegen drei oder vier Uhr morgens, fuhr er mit seinem alten 190er Mercedes nach Hause. Regelmäßig hielt er an einer 24 Stunden geöffneten Tankstelle an, kaufte sich ein Sixpack Bier oder Zigaretten und eine Zeitung. Der Nachtkassierer war ein Informant der Polizei und erhielt von Rentsch manchmal eine oder zwei CDs von Madonna, Xavier Naidoo oder den Bangles. Die Silberscheiben steckten in den Originalhüllen, waren mit den echten Motiven bedruckt und spielten sogar die richtigen Songs, wenn man sie in einen normalen CD-Player einlegte. Die relevanten Dateien waren gut versteckt und nur von Spezialisten einsehbar.

»Warum nehmen wir den Laden nicht einfach hoch?« Frankfurt drapierte einen Pizzakarton von der Größe einer Gehwegplatte auf seinem Schreibtisch. Öffnete den Deckel, als hause eine Klapperschlange darin, und nickte befriedigt.

»Sind da Oliven bei?«, fragte die Lukassow und reckte den Hals, weil der Computermonitor ihr die Sicht verstellte.

»Ich habe zuerst gefragt«, erinnerte sie Frankfurt und kramte in der Schublade nach Messer und Gabel.

»Das Casino ist illegal. Das können wir jederzeit dichtmachen. Dafür hätte ich keinen Undercover-Mann gebraucht. Ich will Hellands Mörder. Die CCC hat da was mit zu tun.«

»Wie kommst du darauf? Ich denke, der Helland war denen ihr verhätscheltes Lieblingsbaby?«

»Oliven?«

»Bitte?«

»Sind da Oliven drauf oder nicht? Wenn nicht, dann gib einer armen alten Frau ruhig mal ein Stück ab.«

»Keine Oliven. Wer sagt dir, dass die CCC etwas mit dem Tod von Helland zu tun hat?«

»Mein Bauch.«

»Hungriger Bauch zieht oft falsche Schlüsse«, entgegnete Frankfurt und balancierte einen öltriefenden Fladen auf dem Messer über den Tisch.

»Moment, ich brauch doch noch einen Teller, Mann. Pass doch auf!« Zu spät. Ein Zwölftel Nummer 43 Fantasia ohne Oliven mit extra Zwiebel klatschte auf die Tastatur. Einem ehernen Naturgesetz folgend mit der Belagseite nach unten. Auf dem Bildschirm erschien das Fenster »Suchen und Ersetzen«.

»Suche tollpatschigen Kripozisten, ersetzen durch elektronisch versierte Putzfrau. Man merkt, dass du nicht verheiratet bist.« Die Lukassow schüttelte die Tastatur über dem Papierkorb aus und bearbeitete sie daraufhin mit einem Papiertaschentuch. Auf dem Bildschirm flackerten verschiedene Fenster auf, bis sich der PC unter dem Tisch mit einem nervigen »Ping« zu Wort meldete.

»Rentsch hat heute Nacht wieder geliefert«, rettete sich Frankfurt, während er für seine Kollegin ein neues Stück Pizza absäbelte.

»Schon angeschaut?«

»Hmm«, zwei volle Backen Nummer 43 mit extra Zwiebel, »Feeschbrood …«, eine volle Backe.

»Bitte?«

»Fettes Brot«, endlich unten. Zwiebelatem: »Das ist deutscher Hip-Hop, wird dir gefallen.«

Was KHKin Elke Lukassow im Augenblick gefallen würde, konnte sie dank einer vollen Gabel Nummer 43 glücklicherweise nicht aussprechen. Es hing mit ihrem Beruf zusammen. Waffen kamen darin vor. Tötung eines Polizeibeamten im Dienst auch. Mildernde Umstände wegen Affekt und so. Frankfurt hatte in ihren Augen das Flackern blanker Mordlust gesehen. Opferte ein weiteres Stück des öligen Fladens.

»Komm rüber und schau's dir selber an. Deine Kiste spielt wahrscheinlich nur noch Ramazotti.« Die Lukassow wuchtete sich aus ihrem erleichtert knarrenden Schreibtischstuhl und kam um den Tisch herum. Frankfurt rückte etwas zur Seite und klickte im Windows-Explorer einen Ordner an.

»Weiter, Mann!«, knurrte Luke ungeduldig.

»Ah ja …« Verschlüsselte Dateinamen erschienen. Frankfurt rief das Textprogramm auf und öffnete die erste Datei. Die Lukassow suchte nach ihrer Lesebrille, gab es schließlich auf und schnarrte: »Druck das aus. Ich will das vor mir haben!«

Die Pizza war längst kalt geworden, als Luke und Frankfurt mit dem Sichten des aktuellen Materials durch waren.

»Das hätte ich nicht gedacht«, schnaufte Luke und lehnte sich müde zurück. »Der saubere Herr Helland hat mehr Dreck am Stecken als ein Nordic Walker im Watt. Schau dir das an: schwarze Konten in der Schweiz, auf den Caymans, in Liechtenstein. Erpressung und Einschüchterung politischer Gegner. Hier: Karl-Heinz Hangstrathen, der Kandidat der Linken Winzer, den scheint er massiv ausgebootet zu haben.«

»Linke Winzer? Was ist denn das für ein Verein?« Frankfurt grinste amüsiert.

»Eigentlich eine unbedeutende Splitterpartei. Hangstrathen gilt aber als charismatischer Redner und ist an der Bergstraße sehr populär. Wurde als ernstzunehmender Kandidat für den Bürgermeisterposten gehandelt. Besitzt eines der größten Weingüter Süddeutschlands. *Schriesemer Bub* wird sogar in die USA exportiert.«

»Kinderhandel?« Frankfurt tat entsetzt.

»Kindskopf, das ist ein Riesling. Rentsch hat herausgefunden, dass Hangstrathen als sogenannter A1-Kunde im Casino und im Puff geführt wurde. Soll heißen, der hat bei denen ein Abo gehabt.«

»Und?«

»Und? Helland hat mit ihm zusammen schmuddelige Videos geguckt.«

»Böse Onkels!«

»Böses Erwachen für Hangstrathen. Er hat in den Videos nämlich die Hauptrolle gespielt. Hat dann ganz plötzlich keine Lust mehr gehabt, Bürgermeister zu werden. Rentsch empfiehlt uns, dem Filmstar einige Fragen zu stellen.«

»Dem linken Schriesemer Jungen!« Frankfurt schüttelte den Kopf, »Mein Vater hatte Recht. Hat immer Recht gehabt: Alles Verbrecher! Alles Verbrecher! Hat er immer gesagt!«

»Und seinen Junior zur Polizei geschickt. Kluger Mann, dein alter Herr.« Frankfurt schaute Luke misstrauisch an. War das nun ehrlich gemeint oder wieder einer ihrer gefürchteten Sarkasmen?

Das Weingut Karl-Heinz Hangstrathens befand sich westlich von Schriesheim in der Nähe der Autobahn. Zwischen Maisfeldern und Erdbeerplantagen standen zwei moderne Leichtbauhallen. Eine Art Herrenhaus mitsamt Turm im toskanischen Stil passte in die Gegend wie der Petersdom nach Cape Canaveral.

Der dunkle Passat fuhr unter einem mit antiken Ziegeln gedeckten und von Weinreben umrankten Torbogen hindurch auf den blitzsauberen gepflasterten Hof. Ein silbrig glänzender Tanklastzug stand unter einer Überdachung und wurde anscheinend gerade beladen. Vor dem protzigen Haus standen ein Golf Cabrio und ein älterer Mercedes S-Klasse, einer jener klobigen »Panzer«, die aussahen, als hielten sie selbst massivem Granatwerferbeschuss stand.

Luke und Frankfurt stiegen über die große, mit zahlreichen Terrakottatöpfen und Amphoren verzierte Freitreppe zur Haustür hinauf. Man hatte ihr Kommen wohl bemerkt, denn die Tür wurde fast augenblicklich geöffnet. Eine Frau in den Fünfzigern, die aussah wie Sophia Lorens fette Schwester, lächelte sie freundlich an.

»Willkommen auf Ponte Rosa. Sie kommen zur Weinprobe?«

»Lukassow, Kripo Heidelberg, das ist mein Kollege Oberkommissar Furtwängler. Wir würden gerne Herrn Hangstrathen sprechen.«

»Oh.« Ein sehr kultiviertes, sehr feines »Oh«.

»Ich bin Francesca Dellorto-Hangstrathen. Kommen Sie doch herein. Mein Mann ist leider zur Zeit im Ausland. Aber sicherlich kann ich Ihnen auch weiterhelfen.« Luke und Frankfurt warfen sich vielsagende Blicke zu. Pummel-Sophia ging voran und geleitete sie in eine geräumige Halle. Antike Schränke und Regale voller Flaschen, mehrere Sitzgruppen in Holz und Leder, ein riesiger Kamin und das offene Gebälk verbreiteten eine angenehme Atmosphäre. Es roch nach altem Wein und frisch gebackenem Brot. Die Dame des Hauses bot ihnen Platz an. Eine schmale junge Frau servierte Kaffee, Gebäck und Wasser.

»Ich würde Ihnen natürlich gerne auch Wein anbieten, aber ich denke, Sie sind im Dienst.« Francesca Dingens-Hangstrathen lächelte verbindlich. Eine durch und durch selbstsichere, welterfahrene Frau. Frankfurt stellte die erste Frage, sie brannte ihm förmlich auf der Zunge: »Wieso nennen Sie dieses Weingut Ponderosa?«

Das Lächeln bekam einen hauchzart genervten Touch. »Nicht Ponderosa, *Ponte* Rosa, Herr Furtwängler. Wir haben es nach einer Brücke in meiner Heimat benannt. Ich bin gebürtige Italienerin.« Mamma Mia! Frankfurt versuchte, Lukes Grinsen zu ignorieren.

»Frau Dellorto-Hangstrathen«, begann Luke. Frankfurt bewunderte seine Kollegin für die korrekte Aussprache des Namens. Er hatte normalerweise schon Probleme, Spaghetti oder Lasagne zu buchstabieren.

»Wo befindet sich Ihr Mann zur Zeit genau?« Das Notizbuch wartete bereits.

»Das kann ich Ihnen so nicht sagen, Frau Lukassow. Er ist zusammen mit einem Freund in Alaska unterwegs. Männertour. Das machen sie einmal im Jahr. Er ist seit einer Woche dort.«

»Haben Sie Kontakt mit Ihrem Mann?«

»Gelegentlich. Da oben ist es mit der Kommunikation nicht so wie hier bei uns. Es gibt dort mehr Bären als Telefone. Was ist mit meinem Mann? Ist etwas passiert?«

Die Fassade bröckelte. Frankfurt hatte sich schon gewundert, wie gelassen die Frau war. Schließlich steht nicht jeden Tag die Kripo vor der Tür.

Die Lukassow führte weiterhin das Wort: »Ihr Mann kandidierte für das Amt des Bürgermeisters?«

»Ach, das«, die Frau machte eine verärgerte Geste, »das hat sich erledigt. Glücklicherweise. Dieser Verein, diese Linken Winzer«, sie spuckte die Worte förmlich aus, »die haben ihn förmlich für sich vereinnahmt. Unmögliche Leute. Weltverbesserer. Mein Mann hat vor über zwei Monaten mit denen Schluss gemacht. Ich bin froh, dass es vorüber ist. Wir sind Winzer. Wir haben einen Betrieb zu führen. Wir machen Wein. Die Politik sollen andere machen.«

»Wann hatten Sie das letzte Mal mit Ihrem Mann Kontakt?« Frankfurt.

»Vorgestern. Er rief aus Angel Creek an. Er wollte sich in zwei oder drei Tagen wieder melden. Was ist mit meinem Mann? Warum sind Sie hier?«

»Hat Ihr Mann freiwillig auf die Kandidatur verzichtet?« Luke.

»Wie meinen Sie das? Ich habe ihn nicht gedrängt, wenn Sie dieser Auffassung sind. Ich respektierte seine politischen Ambitionen. Wenn ich sie auch nicht gerade gutgeheißen habe, aber Karl-Heinz ist erwachsen. Unsere Ehe ist eine gute Partnerschaft. Er muss wissen, was er tut.« Die Frau verbarg ihre Unsicherheit nur unzureichend. Die Hände in ihrem Schoß führten ein beständiges Eigenleben.

»Wurde Ihr Mann erpresst?« Die Hände erstarrten. Francesca Dellorto-Hangstrathens Augen wurden groß. Unsicher schaute sie von einem zum anderen.

»Erpresst?« Geflüstert. Heiser.

»Sagt Ihnen der Name Ludwig Helland etwas?« Luke. Diese Verhörtechnik nannte sie die Schnellschusstaktik. Den Zeugen nicht zur Ruhe kommen lassen. Die Fragen abfeuern. Päng-Päng-Päng. Wie auf der Ponderosa-Ranch.

»Was soll diese Frage? Selbstverständlich sagt mir dieser Name etwas. Er kandidierte ebenfalls für das Bürgermeisteramt. Er hatte meiner Meinung nach auch die besseren Chancen. Ich hätte es ihm auch gegönnt. Eine ehrliche Haut. So was ist selten heutzutage. Leider passierte dann diese scheußliche Sache. Mein Mann und ich bedauern Ludwig Hellands Tod zutiefst.«

Besonders dein Mann, dachte Luke und machte sich Notizen.

»Diese Männertouren, macht Ihr Mann das öfter? Ohne Sie?« Frankfurt.

Francesca Dellorto-Hangstrathen seufzte und sah den langen Kommissar mit trauriger Miene an. Genauso wie man einen Fünfjährigen ansieht, der sich nicht davon abbringen lässt, dass zwei und zwei sechs sind.

»Wie ich bereits erwähnt habe, mein Mann macht das einmal im Jahr. Zusammen mit seinem besten Freund Jakob Hamann. Jack, ich meine Herr Hamann, betreibt seit zehn Jahren in Alaska eine Lodge. Fischen, Jagen, Kanufahren. Alles, was große Jungs eben gerne machen. Ich habe kein Problem damit. Es gibt genug Dinge, die wir gemeinsam machen. Dieses Weingut zu betreiben, gehört auch dazu.« Sie erhob sich. Das Gespräch war beendet. Dachte sie. Wann eine Befragung zu Ende war, entschied die Lukassow. Sie blieb seelenruhig sitzen. Frankfurt schlug betont gelangweilt seine langen Beine übereinander. Nach einer peinlichen Minute sank die dralle Dame wieder auf die Couch.

»Wir brauchen die Adresse dieser Lodge sowie die Flugdaten Ihres Mannes.«

»Die müsste ich heraussuchen …« Unwillen.

»Wir warten …« Ebenso. Sichtlich genervt erhob sich die Frau des Winzers und verschwand in einem Nebenraum. Nach einigen Minuten kam sie zurück. In der Hand ein Faltblatt der Last-Frontier-Lodge und einen Computerausdruck mit Flugzeiten. Fast trotzig reichte sie die Papiere der Kommissarin, die sich inzwischen erhoben hatte. Luke reichte ihr eine Karte. »Wenn Ihr Mann zurück ist, möchte er mich bitte gleich anrufen.«

Auf der Fahrt zurück nach Heidelberg schwiegen sie lange. Erst kurz vor Berghausen, wo die Autobahn endete, ergriff Frankfurt das Wort.

»Du hast ziemlich schnell die Segel gestrichen.«

»Die Sache mit Alaska überprüfe ich jetzt. Wenn er wirklich da drüben Grizzlys erschreckt, haben wir eh ausgeschissen. Den findest du da oben in zehn Jahren nicht. Wenn er aber doch nur auf Urlaub dort ist, schnapp ich ihn mir, noch vor dem Begrüßungskuss mit seiner Frau.«

»Das ist so eine richtig rassige Italienerin, die müsste nur ein bisschen nach ihren Initialen leben.«

»Hä?«

»Francesca Dellorto-Hangstrathen: F-D-H.« Frankfurts albernes Kichern blieb ihm im Halse stecken, als er den eisigen Blick seiner schwergewichtigen Kollegin bemerkte.

Er rettete die Situation mit einer Frage, die ihn schon die ganze Fahrt lang beschäftigte: »Wieso haben wir den Bärentöter eigentlich nicht kurz nach der Entdeckung der Leiche vernommen? Wenn der auch scharf auf den Bürgermeistersessel war?«

»Überleg mal.« Luke parkte den Passat im Hof der Polizeidirektion. »Der hat lange vor dem Mord an Helland das Handtuch geworfen. Deshalb ist er durch das Raster gefallen.«

»Glaubst du, der war's?«

»Er hatte ein Motiv und er hat Geld.«

»Aber?«

»Kein aber. Wenn er zurückkommt, war er's wahrscheinlich nicht. Wenn er nicht zurückkommt, haben wir einen mutmaßlichen Mörder, nach dem weltweit gefahndet wird.«

»So wie Osama.«

»So wie Osama, du wirst womöglich doch noch ein richtiger Bulle.«

»Der Helland hat bei der Weinkönigin anscheinend einen Stein im Brett. Das Bedauern über seinen Tod kam mir echt vor«, sinnierte Frankfurt.

»Vielleicht bedauert *sie* das ja auch wirklich«, meinte Luke und stieg aus. Frankfurt faltete seinen langen Körper ebenfalls heraus und gemeinsam betraten sie das moderne Gebäude.

»Du glaubst, die hat sich von Helland pimpern lassen?«

»Oberkommissar Furtwängler, mäßigen Sie Ihre Ausdrucksweise. Ja, das glaube ich!«

»Der alte Sack«, brummelte Frankfurt auf dem Weg in den zweiten Stock, in dem ihr Dienstzimmer lag. »Alles Verbrecher …«

12
Verbrannt

Es war Samstag. Samstagabend. Im Club Royal drehten sich alle Roulette-Kessel, die Schlitten der Black-Jack-Tische waren frisch gefüllt. Eine illustre Gästeschar amüsierte sich je nach Fortunas Gnade mehr oder weniger gut. Der Barkeeper kam ins Schwitzen und an Tisch 2 räumte ein breitschultriger Gentleman mit schlohweißem Haar und perfekt sitzendem Edel-Anzug mächtig ab.

Tarzan hockte an seinem Schreibtisch und checkte die Überwachungskameras durch. Zur Zeit war nur ein Zimmer der Villa Borgwarth »in Betrieb«. Ein dürrer alter Mann, der aussah, als hätte er die letzten zwanzig Jahre ohne Unterbrechung auf einer Sonnenbank gelegen. In ein, zwei Stunden würde der Laden brummen. Dann kamen die Gewinner, um ihr Glück zu feiern. Auf diese Weise verlor die CCC kaum Geld. Aus einem Topf genommen, in den anderen wieder rein. Das Haustelefon auf dem Schreibtisch summte. Tarzan nahm den Hörer ab: »Ja?«

»Ich bin's.« Magic. »Ich brauch einen deiner Leute hier im Club. Großgewinner. Er wünscht Begleitung bis zum Parkplatz. Schick mir einen starken Mann, der Geldkoffer ist ganz schön schwer.«

Tarzan schaute auf die Einsatztafel an der Wand. Ardem sicherte den zweiten Stock. Da, wo der geräucherte Lustgreis auf den dritten Infarkt zusteuerte. Moni holte drei Mädels vom Bahnhof in Weinheim ab und Reinhold schlief im Bereitschaftsraum. Sein Dienst begann offiziell um 23.00 Uhr. Tarzan griff zum Telefon.

»Einsatz, Reinhold!« Rentsch war gleich nach dem ersten Klingeln an den Apparat gegangen. Er klang hellwach.

»Was passiert?«

»Jemand hat die Firma um eine hübsche Summe erleichtert und will jetzt fliehen, ohne wenigstens ein paar Riesen bei unseren Girls zu lassen. Spaß beiseite: Ich brauch dich drüben im Club. Großgewinner. Braucht 'n Kofferträger.«

»Geht klar, Boss.« Rentsch legte auf. Tarzan nickte zufrieden. Das Boss-Spiel war vereinbart. Rentsch hatte vor Telefonaten gewarnt. »Die zeichnen alles auf. Jedes Wort, jeden Furz, jeden Popel, den du dir aus der Nase angelst.«

Reinhold Rentsch überprüfte den Sitz des Jacketts, zupfte den Rollkragen zurecht und machte sich auf den Weg in Tarzans Büro. Dort erhielt er eine stupsnasige 38er samt Cliphalfter und Schnellwechselmagazin. Show für die Gäste. Bewaffneter Begleitschutz für die zweihundert Meter bis zum VIP-Parkplatz machte sich immer gut. Es verleitete so manchen Korinthenkacker zu riskanterem Spiel. Gut fürs Geschäft …

Rentsch zeichnete den Ausgabebeleg für die Wumme ab, gab Tarzan einen Klaps auf die Schulter und machte sich auf den Weg. Nachdem er mit dem Aufzug in den Tiefkeller gefahren war, gelangte er durch den hell erleuchteten Verbindungstunnel in den Club Royal. Beifall brandete auf, als er durch eine unauffällige Seitentür mit der Aufschrift »Personal« den Spielsaal betrat. Um Tisch 2 hatte sich eine Menschenmenge versammelt. Ein weißhaariger Herr bahnte sich gerade lachend einen Weg durch die Gäste. Er steuerte auf den Wechselschalter zu. Das gepflegte Gesicht erhitzt, die Augen strahlend, die Dritten weiß blitzend gebleckt, die Taschen seines Anzuges mächtig ausgebeult.

Reinhold Rentsch scannte den gesamten Spielsaal in weniger als einer Minute. Er suchte neidische Blicke, betont gelangweilte Blicke, suchende Blicke. Er achtete auf Fingerzeichen, stumme Absprachen durch Nicken oder Kopfdrehen. Das alles geschah automatisch. Wie ein elektronisches Programm. Rentsch war stolz auf seinen organischen Virenscanner. Das Zielobjekt kam zum Schluss dran. Der Weißhaarige.

Er hatte den Schalter fast erreicht, hielt Dutzende von Jetons in bei den Händen …

Rentsch erstarrte. Der Weißhaarige hatte ihn erst jetzt bemerkt. Drehte sich, immer noch mit breitem Siegerlächeln, zu ihm um. Das Lächeln gefror. Der Mann verharrte inmitten der Bewegung, als hätte jemand den Film angehalten. Reinhold Rentsch rann ein eiskalter Gletscherbach den Rücken hinunter. Er starrte in die Augen des Weißhaarigen. Dunkel. Fast schwarz. Eine hypnotische Intensität ging von ihnen aus.

Kriminalhauptkommissarin Elke Lukassow wusste, wer der Mörder war. Seit einer halben Stunde.

»Mensch Lena, sei vorsichtig!« Die Lukassow beugte sich vor und umklammerte mit der rechten Hand Huberts Knie. Wenn Ulrike Folkerts als Tatort-Kommissarin Lena Odenthal ermittelte, dann saß Luke vor der Glotze. Selbstverständlich fand sie auch an ihrem Lieblingsfernsehkrimi stets etwas zu meckern, aber auf »ihre« Lena ließ sie nichts kommen, da fieberte sie mit wie ein kleines Mädchen.

Die TV-Kommissarin schlich gerade mit der Waffe im Anschlag durch eine Industrieruine irgendwo in Ludwigshafen. Der Mörder wartete auf sie. Er hatte nichts mehr zu verlieren. Und Kopper? Der war auf der Suche nach einer Zylinderkopfdichtung für seinen prähistorischen Alfa.

Das Telefon klingelte. Luke zuckte zusammen.

»Lass mal, Elke, ich geh ran«, sagte Hubert und tätschelte die runde Schulter seiner »Bekannten«, wie man in seinen Kreisen eine Freundin nannte. Luke nickte geistesabwesend. Sie knabberte an ihrem Handrücken und wäre am liebsten »Polizei! Keine Bewegung!« brüllend an Lena Odenthal vorbeigehechtet. Wobei sie allerdings zugeben musste, dass das »Hechten« wohl ein Double übernehmen müsste.

»Elke ...« Huberts leise, kultivierte Stimme riss Luke aus ihrer Fernsehwelt. Unwillig schaute sie sich um. Hubert, der mit seinem seidenen Hausmantel und den exakt gescheitelten weißen Haaren geradewegs aus einem Edgar-Wallace-Schinken hätte stammen können, hielt den Telefonhörer hoch.

»Es ist dein Kollege, Herr Furtwängler. Er sagt, es wäre wichtig ...« Lena war durch morsche Bodenbretter in den Keller gefallen. Die Waffe war ihr entglitten, sie hatte sich am Knie verletzt. Schritte hallten auf dem schmutzigen Betonboden ... Scheiße!

Die Lukassow erhob sich ächzend, nahm ihrem Freund, Pardon, ihrem »Bekannten« unwillig den Hörer ab und schnauzte: »Hast du überhaupt eine Ahnung, bei was du mich gerade störst?«

Frankfurt, der völlig falsche Schlüsse aus ihren Worten zog, stammelte eine Entschuldigung. Seine roten Ohren leuchteten förmlich durch den Hörer.

Luke warf einen raschen Blick auf den Bildschirm. Kopper knallte gerade das Blaulicht auf das Dach seiner italienischen Antiquität und brauste los.

»Gib Gas, Kerl!«

»Bitte?«

»Dich meine ich nicht. Was ist denn los, verdammt noch mal?«

»Hangstrathen ist nicht in Alaska.«

»Wer …«

»Der Winzer. Der mit der FDH-Frau. Der ist verschwunden.« Lena stand mit dem Rücken zur Wand. Ein fies grinsender Riese hielt sie mit ihrer eigenen Dienstwaffe in Schach. Koppers Alfa bretterte gerade durch die Einfahrt des Geländes. Drei Streifenwagen hinterher. Halt durch, Lena.

»Wer sagt das?« Lena musste ab jetzt ohne Luke klarkommen.

»Jack Hamann. Der Besitzer dieser Lodge. Er sagt, es wäre für dieses Jahr nichts geplant gewesen. Fiel aus allen Wolken, als ich ihn nach Hangstrathen fragte. Dann habe ich einen alten Kumpel am Flughafen angerufen und der hat Kumpels, die Kumpels haben. Nach zwei Stunden hatte ich alle Daten.«

Das folgende Schweigen lechzte geradezu nach Anerkennung. Nichts da.

»Und?«

Frankfurt fuhr in leicht angesäuertem Ton fort: »Hangstrathen ist mit Flug UA917 von Frankfurt nach Seattle geflogen.

Die Einwanderungsbehörden haben ihn dort registriert. Sein Ticket lief weiter mit Alaska Airlines nach Fairbanks. In der Passagierliste der Alaska Airlines wird er aber nicht geführt. Bei seinem Busenfreund ist er auch nicht aufgetaucht.«

»Andere Flüge?« Lukes Stimme war schneidend. »Negativ. Allerdings ist nur sicher, dass er von Seattle aus nicht ins Ausland geflogen ist. Bei inneramerikanischen Flügen gibt es keine Passkontrollen. Theoretisch könnte er überall in den Vereinigten Staaten sein.«

»Hast du …«

»Fahndung ist raus. International. Allerdings stehen die Chancen …«

»Ungefähr eins zu einer Million. Ist mir schon klar. Lass uns morgen noch einmal seine Frau besuchen. Mit Daumenschrauben!«

Pünktlich zum Abspann legte Luke den Hörer auf. Minutenlang stand sie im Flur, kaute auf ihrer Unterlippe und legte die Stirn in Falten wie ein Bluthund. Und wie ein Bluthund würde sie wieder einmal auf die Jagd gehen.

»Hangstrathen …«, seufzte sie, als sie sich wieder auf die Couch sinken ließ. Hubert legte einen Arm um sie. Der Fernseher war aus. Die altmodische Stereoanlage spielte Frank Sinatra, »Strangers in the Night«.

Hubert sagte nichts. Seine Klavierlehrerfinger massierten ihren Nacken. Okay. Diese Nacht sollte der Traubentreter noch eine Gnadenfrist haben. Diese eine Nacht!

Boris Charkow! 64 Jahre alt, mehrfach verurteilt wegen Verstoßes gegen das Waffengesetz, Menschenhandel, Erpressung und dergleichen mehr. Vor fünf Jahren zu einer zehnjährigen Haftstrafe verurteilt …

Der Film lief wieder. Das breite Boxpromoter-Grinsen war jedoch verschwunden. Charkows dunkle Augen ruhten auf Reinhold Rentsch wie die Zieloptik eines Scharfschützengewehrs. Ein knappes Nicken. Der Kassierer hatte das Geld in einen schmalen Lederkoffer gepackt. Charkow ging raschen Schrittes in Richtung Ausgang. Rentsch musste beinahe rennen, um mit dem groß gewachsenen Russen mithalten zu können.

Rentsch fröstelte. In der Tiefgarage schien es kälter als üblich zu sein. Charkows Wagen zwinkerte mit den Blinkern, der Koffer flog achtlos auf den Rücksitz.

»Danke, das war's, den Rest schaffe ich alleine«, die Stimme bestand aus blauem Eis.

»Wieso sind Sie draußen?« Rentsch versuchte, selbstsicher zu erscheinen. Noch war nicht alles verloren.

»Ich war lange genug drinnen oder?«, der Russe bleckte die Zähne. »Weil du mich verraten hast, Bulle. Dank humaner Justiz kam ich nach fünf Jahren raus. Hab schließlich nur Frauen und Kinder geschändet und verkauft. Stell dir vor, ich hätte Steuern hinterzogen! Den Staat bestohlen! Ich würde hinter Gittern verfaulen! Und du? Immer noch Besoldung A8?«

»Ich bekomme mein Geld von der CS«, es klang so lahm wie ein dreibeiniges Maultier.

Charkow lachte dröhnend, wurde dann abrupt ernst und deutete mit ausgestrecktem Zeigefinger auf Rentsch: »Als ich dir damals ein Angebot gemacht habe, warst du dir zu fein dafür, hattest naive Vorstellungen von Gerechtigkeit und Moral wie alle armen Schlucker. Schau mich an: Mein Anzug hat fast genauso viel gekostet wie diese Karre hier.«

Ein Maserati. Quattroporte. Kein wirklich billiges Auto …

»Hinter wem bist du diesmal her? Novottny? Der Zar?« Charkow lachte wieder. Trocken. Humorlos. Böse. »Du wirst dich wundern. Das hier …«, er machte eine umfassende Geste, »… ist ein paar Nummern zu groß für einen kleinen Tarnkappen-Bullen. Du kommst mir vor wie einer, der mit der Fliegenklatsche gegen einen Panzer antritt.«

»Ich bin schon lange kein Bulle mehr. Sie haben mich gefeuert, vor drei Jahren schon. Ich bin in der Sicherheitsbranche tätig. Mehr habe ich nicht dazu zu sagen. Ich wünsche Ihnen noch einen angenehmen Heimweg.«

Reinhold Rentsch drehte sich um. Er ging langsam. Es kostete ihn große Mühe, nicht zu rennen. Wie ein Hase ... Wie viel Zeit blieb ihm noch? Zehn Minuten? Fünf?

Charkow zog die Fahrertür des Sportwagens zu. Der Motor heulte heiser. Das große Tor an der Ausfahrt glitt lautlos zur Seite. Oben stoppte Charkow den Wagen und tippte eine Kurzwahltaste auf seinem Handy ...

Klaus Mazic legte das winzige Mobiltelefon vor sich auf den Tisch. Seine Brust hob und senkte sich. In seinem Kopf überschlugen sich die Gedanken. Er griff zum Hörer des Hausapparates, tippte eine Kurzwahlnummer und bellte seine Befehle. Dann schwebte seine Hand wieder über der Tastatur des Telefons. Tarzan ... Magic überlegte es sich anders, erhob sich und machte sich auf den Weg zur Villa Borgwarth. Manche Dinge besprach man nicht am Telefon ...

Als Reinhold Rentsch auf der Tunnelebene die Liftkabine verließ, wandte er sich nach rechts. In Richtung Villa Borgwarth. Er beschleunigte seine Schritte, wurde aber rasch wieder langsamer, als sich weit voraus die Fahrstuhltür der Villa aufschob und eine massige Gestalt im schwarzen Anzug mit gemessenen Schritten auf ihn zukam.

Rentsch blieb stehen. Schaute zurück. Die beiden Männer am anderen Ende des Tunnels sahen nicht aus wie Spieler ...

Er war bewaffnet. Bestens ausgebildet dazu. Er entschied sich in Sekundenbruchteilen: Langsam drehte er sich um, hob die Hände in Schulterhöhe ... Er war viel zu lange Polizist, um nicht zu wissen, wann er eine Chance hatte und wann es besser war, weiterzuleben ...

»Das Schwein!« Tarzan war ein miserabler Schauspieler. Magic saß mit übereinandergeschlagenen Beinen auf einem der Besucherstühle in Tarzans Büro. Er hatte ihm gerade eröffnet, dass Rentsch ein getarnter Bulle war. In Tarzans Gesicht las er sämtliche Erscheinungsformen des Begriffs »Schreck«.

»Woher kennst du Rentsch?« Das war nicht der fröhliche, derbe Magic, den Tarzan kannte. Die Stimme war scharf wie eine dreifach gehärtete Klinge.

»Was heißt kennen … ich, ich kenne ihn aus dem Kittchen. Hätte ich gewusst, dass das ein Bulle ist, ich hätte, hätte …« Tarzan rang sichtlich um Fassung. Magics Augen sezierten ihn, schienen tief in seinen Schädel zu blicken. Dorthin, wo in dicken Lettern die Wahrheit geschrieben stand.

»Ich will bloß wissen, auf wessen Seite du stehst. Sonst nichts.«

»Das weißt du doch. Mann! Ich bin froh, dass ich den Job hier habe. Die Bezahlung ist top, feine Anzüge, was will man mehr?«

»Okay«, leise, fast resigniert. Tarzan fragte sich, was es zu bedeuten hatte. War es Resignation wegen einer gescheiterten Freundschaft? Oder Erleichterung über seine Integrität? Lösung B klang ein wenig unwahrscheinlich … Auf seiner Stirn bildete sich ein kalter Schweißfilm.

Magic erhob sich. »Okay, Alter, halt dich zur Verfügung. Ich gebe dir die nötigen Anweisungen per Telefon. Muss jetzt rüber. Ciao, ciao.« Als Magic die Tür hinter sich geschlossen hatte, sackte Tarzan in sich zusammen. Rentsch war verbrannt! Ein Super-GAU! Er nestelte sein Handy aus der Hosentasche, vertippte sich zweimal, dann hatte er es endlich fertiggebracht. Er war kein Meister im SMS-Tippen. Die winzigen Tasten waren nichts für seine dicken

Finger. Es waren nur ein paar Worte, aber die Buchstaben schienen vor seinen Augen zu verschwimmen. Fieberhaft absolvierte er die nötigen Schritte, drückte im selben Augenblick auf »Senden«, als die Tür krachend aufflog und Magic und Ardem hereinstürmten.

Tarzan sprang auf, ließ das Handy geistesgegenwärtig in den Papierkorb fallen und leistete sich ein kurzes Gerangel mit seinen beiden »Kollegen«. Da diese in derlei Dingen eindeutig den besseren Ausbildungsstand besaßen, stellte Tarzan kurz darauf fest, dass Kabelbinder die Bewegungs- und Verteidigungsmöglichkeiten doch entschieden einschränkten.

Magic klopfte sich den Staub vom Anzug, massierte seine Hand, schenkte Tarzan ein mitleidiges Kopfschütteln und fischte das Mobiltelefon aus dem Papierkorb.

Mit geübten Fingern holte er sich die Meldung auf das Display und las den Text: »r verbrannt abbrechn magic weis bescheid«

Er schaute Tarzan an wie ein Vorgesetzter, der entdeckt hat, dass sein Protegé Äpfel aus der Kantine klaut und sagte: »Magic weiß Bescheid. Schade, ich hatte wirklich geglaubt, ich könnte mich auf dich verlassen. So wie damals. Schade … Jammerschade …« Tarzan glaubte, ehrliches Bedauern in Magics Augen zu erkennen.

»Schaff ihn zu dem anderen!«

Tarzan erhielt einen unsanften Knuff in den Rücken und stolperte Ardem hinterher.

Lukes Handy produzierte eine kurze Tonfolge. Eine SMS. Die Töne waren viel zu unromantisch. Luke beschloss, sie zu ignorieren. Ihre Nichte Sophie hatte vor einer Woche ihr erstes Handy bekommen. Etwas, das ein achtjähriges Gör unbedingt brauchte. Seitdem wurde Luke umfassend über den Tagesablauf des technikverliebten Kindes informiert. Zu den unmöglichsten Zeiten.

Aber im Augenblick befand sich Sophie-Lena Heiger ziemlich weit unten auf Elke Lukassows Prioritätenliste. Den Spitzenplatz nahm Hubert ein, dicht gefolgt von Frankieboy und einem herrlich fruchtigen Dornfelder.

Weit nach Mitternacht ging man zu Bett. Lukes gestreifter Herrenpyjama fristete ein freudloses Dasein auf dem Boden des Badezimmers …

Dass sie nicht mehr dreißig war, spürte sie so gegen halb vier Uhr morgens, als es ihr trotz Kuscheldecke und Kuschelhubert etwas kühl wurde. Luke stieg vorsichtig aus dem Bett, tappte in den Flur und schaltete die Lampe ein. Auf dem kleinen Beistelltisch lag ihr Handy …

Luke lächelte, als sie das kleine Briefkuvert in der linken Ecke des Displays bemerkte. »Na warte«, dachte sie, »dich werde ich jetzt auch mal mitten in der Nacht ansimsen, mein Fräulein.«

Sie holte sich die Meldung auf das Display, stockte, kniff die Augen zusammen und las fassungslos den Text: »r verbrannt abbrechn magic weis bescheid.«

Fünf Minuten später saß sie in ihrem Auto, den unvermeidlichen Lodenmantel über dem Pyjama und sprach hektisch in die Freisprechanlage. Der Verkehr war um diese Zeit nicht der Rede wert und das war auch gut so, denn sie fuhr wie eine Selbstmörderin. Dank guter Ausbildung erreichte sie das Polizeigebäude, ohne jemanden getötet zu haben, und zeitgleich mit dem einem rasenden Kühlschrank, nicht unähnlichen Daihatsu Move des langen Frankfurt. Das putzige Autochen verfügte über einen enorm hohen Fahrgastraum und wurde deshalb vom Club langer Menschen auch ausdrücklich empfohlen. Frankfurt entstieg dem skurrilen Gefährt mit der Grazie eines Giraffenbullen und bemühte sich, seine Kollegin einzuholen, die bereits durch die Glastür stürmte.

»Alles! Sind Sie taub? Ich sagte alles, was Beine hat und eine Kanone halten kann, muss raus! Sofort! Auf der Stelle! Einsatzbesprechung im Hof. In fünf Minuten!« Mit hochrotem Gesicht schleuderte Luke den Hörer auf die Gabel und scheuchte Frankfurt aus dem Dienstzimmer. »Raus hier, muss mich umziehen! Geh runter und sieh zu, dass die Weinheimer auch ein paar Hanseln schicken. Ab jetzt!« Frankfurt erhaschte noch einen kurzen Blick auf einen Rottweiler in Flanellstreifen, dann floh er vor einem heranfliegenden Taschenkalender.

Lukes Alarmplan funktionierte. »Gefahr im Verzug« hieß das Zauberwort, das Staatsanwälte nicht leiden können. Eine ganze Armada grün-weißer Streifenwagen, unauffälliger Zivilautos und mehrerer Kleinbusse brausten durch das nächtliche Heidelberg. Das SEK war auch unterwegs, würde aber noch eine Weile brauchen. Man musste auf das zurückgreifen, was man selbst hatte.

Elke Lukassow hatte großes Vertrauen zu den Männern und Frauen der Schutzpolizei sowie der »Kripozisten«. Das waren alles bestens ausgebildete Beamte. Trotzdem hatte sie ein ungutes Gefühl bei der ganzen Aktion. Die Betreiber dieses Casinos schienen Profis zu sein. Wahrscheinlich mit besten Verbindungen in den Osten. Ex-KGBler, Securitate-Abgänger, Stasi-Schergen. Solche Figuren tummelten sich in dieser Branche. Die hatten keine Angst vor Bullen. Keine Skrupel, einen Menschen zu erschießen, und eine hervorragende Schule durchlaufen. Es könnte haarig werden da draußen. Elke Lukassow dachte an Reinhold Rentsch.

An Tarzan … Sie fühlte sich schuldig. Die verstümmelte SMS war das Einzige, was sie von ihm bis jetzt gehört hatte. Verdammt! Die Brut hatte fast eine ganze Nacht als Vorsprung.

Luke war keine gute Christin. Sie redete mit dem großen alten Herrn nur, wenn es ihr dreckig ging. An richtig schwarzen Tagen. Oder Nächten …

Sie sandte stumme Gebete zu irgendeinem, den es vielleicht doch da draußen geben mochte. Solo unter die Augen zu treten und ihr die Nachricht vom To… bloß nichts beschreien!

Die Kolonne flackernder Blaulichter erreichte die Abfahrt Ladenburg, brauste das kurze Stück bis zur B3 und bog dann rechts ab. Zwei Fahrzeuge der Weinheimer Dienststelle schlossen sich an. Mit quietschenden Reifen rauschte der Konvoi in die enge Talstraße, donnerte am Festplatz und am Feuerwehrhaus vorbei und röhrte durch den alten Ortskern.

Fast wäre es zu einer Karambolage gekommen, als hinter einer Kurve plötzlich das kantige Führerhaus eines riesigen Lasters erschien. Der LKW zog einen dreiachsigen Auflieger und brauchte die gesamte Straßenbreite, um nicht die Hausecken zu streifen. Zornig schlug die Lukassow auf das Lenkrad. Frankfurt auf dem Beifahrersitz schaute nervös auf die Uhr. Endlich war der Lastzug durch. Der Streifenwagen, der den Konvoi anführte, stand immer noch.

»Warum fährt der Arsch denn nicht? Ist der eingepennt da vorne oder was?« Die Lukassow war wieder ein Rottweiler. Einer, der ganz entgegen der üblichen Rassemerkmale heute Morgen unter die Kampfhundeverordnung fiel.

»Scheiße! Das darf doch nicht wahr sein!«, heulte sie, als der zweite Truck mit dem Elan einer Weinbergschnecke um die Ecke kroch.

Es kamen noch zwei und die Kutscher hoch oben in ihren Kabinen zuckten nur hilflos mit den Schultern, als sie die wütenden Gesten der Polizisten bemerkten. Es half eben alles nichts. Alt-Schriesheim war vor Hunderten von Jahren für Pferdekutschen konzipiert worden. Nicht für rasende Einsatzkräfte und schon gar nicht für 40-Tonnen-Züge.

Bergstraßen-Stimmung pur. Gemütlich, pittoresk, romantisch … Eine gewisse Hauptkommissarin hatte an diesem Morgen allerdings nicht den richtigen Blick dafür.

13
Fata Morgana

Der Raum wurde von einer schwachen Glühlampe in einem vergitterten Käfig dürftig beleuchtet. Die Wände waren aus rotem Backstein. Fenster oder Belüftungsöffnungen gab es keine. Die zweiflügelige Holztür bildete den einzigen Zugang. Man hatte ihnen die schwarzen Kapuzen erst abgenommen, als sie bereits innerhalb dieser merkwürdigen Zelle waren. Tarzan erhaschte einen Blick auf die Tür, als ihre Bewacher sie zuzogen. Sie war mindestens einen halben Meter stark. Mit Eisenbändern armiert. Mächtige Riegel, gewaltige Scharniere. Ein armdicker Hebel mit einem dicken schwarzen Knauf am Ende bewegte sich, als das Schloss einrastete. Das Klicken und Krachen des Schließmechanismus hatte etwas Endgültiges.

»Eine wahre Festung«, Rentsch schritt die Zelle ab. Sie maß etwa zehn mal sechs Meter. Zwei verschlissene Matratzen lagen in einer der Ecken. Muffig riechende Decken. Eine chemische Campingtoilette stand neben der Tür. Klopapier, ein Trinkwasserkanister aus Kunststoff.

»Hier kannst du King-Kong einsperren«, murmelte Tarzan. Es gab keinen Hall hier drinnen. Fast wie in einem Tonstudio.

»Das Gemäuer ist mindestens 50 Jahre alt. Industriebau.« Reinhold Rentsch begutachtete die Wände, als sei er hier als Interessent mit einem Makler zugange.

»Schau dir das an«, Tarzan deutete auf eine Installation

neben der Tür. Es handelte sich um einen Klingelknopf, von dem ein dick isoliertes Kabel ausging. Ein halbrundes Emailleschild war darunter angebracht. In altmodischer Schrift stand das Wort »Notglocke« darauf.

Rentsch betrachtete das Ding. »Na, wenn das kein Notfall ist«, sagte er und drückte den Knopf, der kratzend nachgab und stecken blieb.

»Hörst du was?«

Tarzan schüttelte den Kopf und deutete resigniert nach oben: Das zerfaserte Kabel hing wie eine vertrocknete Pflanze dicht unter der Decke.

»Tolle Wurst ...«

»Was glaubst du, was die mit uns vorhaben?« Tarzan bemühte sich, das Zittern in seiner Stimme zu unterdrücken.

»Die pusten uns weg. Ich wundere mich nur, dass sie das nicht sofort erledigt haben. Dieser Bunker hier sieht ganz so aus, als könntest du hier ganze Schulklassen schlachten ...« Rentsch brach ab. Selbst in dem funzeligen Licht hatte er bemerkt, wie Tarzan immer bleicher geworden war.

»Ich hab noch 'ne SMS abgeschickt. An Luke ...« Tarzans Stimme war nur noch ein heiseres Flüstern.

»Deshalb leben wir also noch. Gute Arbeit. Haben die es bemerkt?«

»Nein, ich bin freiwillig mitgekommen, damit du nicht so alleine bist.« Der Spruch half ein wenig, die Verzweiflung zurückzudrängen, die in ihm hochkroch wie schwarzer Rauch.

»Immerhin eine Chance. Was glaubst du, was bei denen jetzt geboten ist? Spuren verwischen, alles abdichten. Zahn und Rentsch? Die haben heute frei. Keine Ahnung, keinen Schimmer, das sind erwachsene Männer. Gute Leute, tüchtig, loyal. Tut uns leid, Herr Kommissar ...«

»Hör auf!« Tarzan trat verbittert gegen das Holz der Tür. Es war, als wolle er den Mount Everest beiseiteschieben.

»Sie werden uns finden!« Tarzan versuchte, den letzten Funken Hoffnung in diesen Satz zu packen.

»Das ist hier kein Krimi, Mann«, entgegnete Rentsch, »das ist das Leben. Das wird nicht von einem romantischen Schreiberling bestimmt, sondern von richtigen Gangstern. Glaube mir, ich habe Erfahrung mit solchen Typen. Die arbeiten professionell. Da kommt kein Held und haut dich da raus, damit sich das Büchlein gut verkauft. Die knipsen dich ab, weil du schlecht fürs Geschäft bist. Wie 'ne Made in 'ner Bäckerei. Peng!«

»Arschloch!« Tarzan verzog sich in die dunkelste Ecke, wischte sich über die Augen und ließ sich erschöpft auf der Matratze nieder. Wie zum Teufel war er bloß in diese Situation geraten? Wie kam er dazu, sich einem windigen Typen wie Magic anzuschließen? Was war er für ein Mensch geworden? Die Zockerei, das verprasste, verlorene Geld, seine Tätigkeit für diesen illegalen Laden, das Erlebnis im Whirlpool …

Nein, Rentsch war kein Arschloch. Der Mann schätzte lediglich ihre Lage richtig ein. Er, Tarzan, war das Arschloch. Ein Träumer, ein Mitläufer, ein naives, dummes … Gab es denn kein passenderes Schimpfwort für ihn? Man müsste eines erfinden. Extra für Tarzan. Er drehte den Kopf zur Wand und ergab sich in sein Selbstmitleid. Nein, er war kein Held, wollte auch nie einer sein. Er wollte nur nach Hause. Zu Solo …

Um 4.38 Uhr erreichten die Einsatzkräfte das Gelände der CentralCity-Consulting. Das Teehaus im Lotos-Garten hob sich als dunkle Silhouette vor dem Nachthimmel ab. Im

Verwaltungsgebäude brannte Licht in der Eingangshalle. Der Parkplatz lag verlassen im orangefarbenen Licht der Natriumdampflampen.

Die Streifenwagen besetzten vorher besprochene, strategisch wichtige Punkte an den Zufahrten, an der Brücke über den Kanzelbach und dem Parkeingang. Zwei weitere fuhren bis unmittelbar vor den Eingang des Hauptgebäudes. Lukes Passat bremste unmittelbar vor der breiten Eingangstreppe. Blaulichter zuckten, Autotüren schlugen, Uniformierte und Zivilisten nahmen ihre Stellungen ein. Halblaute Befehle schwirrten durch den frühen Morgen. Taschenlampen blitzten. Aus einem Kleinbus stiegen Polizeihundeführer mit ihren kräftigen Schäferhunden und postierten sich am Rande des Geschehens.

Die Eingangstür wurde geöffnet und ein beleibter Mann in einer Art Uniform erschien am oberen Ende der Treppe. Er stützte sich auf einen Stock und musterte den frühmorgendlichen Aufmarsch verwundert über den Rand einer Lesebrille.

Schnaufend erreichte ihn Elke Lukassow, zeigte ihren Dienstausweis und schnarrte: »Lukassow, Kripo Heidelberg. Dies ist ein Polizeieinsatz, bitte öffnen Sie das Tor zum Gelände und den Zugang zum Spielcasino!«

»Die Alarmanlage ist wieder losgegangen, nicht wahr?« Der Mann war alt. Frankfurt schätzte ihn auf mindestens 70 Jahre. »Die hat 'n Rappel. Die Techniker wollten schon die ganze Woche danach sehen. Entschuldigen Sie, dass Ihnen das solche Umstände bereitet.«

»Öffnen Sie bitte!« Gegen die Kommissarin wirkten die Polizeihunde wie kuschelige Teddybären.

»Ich bin nur der Nachtportier. Entschuldigen Sie, Frau Lukas. Das Tor ist offen. Was für ein Casino meinten Sie denn? Wir haben ein Restaurant hier im Haus. Ich kann

Ihnen etwas bringen, wenn Sie Hunger haben …« Der Mann schaute Luke, Frankfurt und die umstehenden Beamten an wie ein gütiger Großvater, der seinen Enkeln einen Schoko-Osterhasen vom Vorjahr anbietet. Luke presste die Lippen zusammen. Frankfurt bereitete sich darauf vor, den alten Pförtner vor einem Angriff zu schützen.

»Die Tiefgarage!«, zischte Luke mühsam beherrscht. »Machen Sie das Tor zur Tiefgarage auf!«

»Was wollen Sie denn dort?« Die Stimme des Mannes klang weinerlich. »Die ist leer. Wird nur selten benutzt. Bei Kongressen und so. Die Räumlichkeiten da unten werden nur für Veranstaltungen benutzt.«

»Heute wird dort eine Veranstaltung stattfinden!« Lukes Augen glitzerten. »Befolgen Sie jetzt bitte die polizeiliche Anweisung und öffnen Sie die Zufahrt zu dieser verdammten Garage. **Sofort!**«

Der Mann zuckte erschrocken zusammen, drehte sich aber folgsam um und schlurfte in sein Pförtnerbüro. Er hatte erkannt, dass man gut daran tat, den Anweisungen dieser Frau zu folgen. Weiter hinten im Garten flammten Lampen auf. Die Lukassow teilte die Leute ein. Ein Teil schwärmte zu Fuß aus, die Hundeführer bekamen ihre Plätze zugewiesen und mehrere Fahrzeuge rollten über die versteckt hinter dem Gebäude gelegene Zufahrt und durch das nun offene Tor in die Tiefgarage.

Die Garage war leer. Grelle Neonlampen beleuchteten jeden Winkel. Grüne Notausgangsschilder, Feuerlöscher, gelbe Sprinklerleitungen, Ölflecke auf dem Boden, Richtungspfeile … eine ganz normale Tiefgarage. Polizisten besetzten mit gezogenen Dienstwaffen alle Türen und den Lift, sicherten jede Ecke und murmelten Bestätigungen in die Funkgeräte. Alle trugen Schutzwesten. Auch Elke Lukassow, was die Beschaffungsabteilung damals in größte

Schwierigkeiten gebracht hatte. Die Lukassow deutete auf eine massive Feuerschutztür mit der Aufschrift »AUSGANG«.

»Da rein!«, befahl sie und trat zur Seite. Zwei Beamte öffneten die Tür unter Wahrung des Eigenschutzes wie aus dem Lehrbuch, sicherten rasch die dahinter liegende Umgebung und betrieben das gleiche Spiel mit der zweiten Stahltür, die laut Information von Rentsch direkt in die Eingangshalle des Club Royal führen sollte.

»Polizei! Keine Bewegung!« Der Ruf verhallte in der weiten Leere einer riesigen Lagerhalle …

Solo trieb den mächtigen Geländewagen über die A5 in Richtung Heidelberg, schnitt einen wütend hupenden Lastzug und driftete mit quietschenden Reifen in die Ausfahrt Ladenburg. Über die Berge des Odenwaldes kroch eine Ahnung von Morgengrauen, als sie das schlaftrunkene Schriesheim erreichte. Vereinzelt waren schon ein paar Pendler unterwegs zum Haltepunkt der OEG. Aus den Tälern strebte die Vorhut des Berufsverkehrs in Richtung Mannheim und Heidelberg.

Fluchend wartete sie auf das Grün der Ampel am Abzweig der Talstraße. Tarzan hatte sich nicht gemeldet. Seit sie sich wieder versöhnt hatten, rief er sie jede Nacht einmal an. Meistens kam er so gegen neun Uhr morgens von der »Arbeit«. Aber er rief sie immer gegen Mitternacht an. Nur um ihre Stimme zu hören. Um ihr eine gute Nacht zu wünschen. Heute hatte sie keine gute Nacht gehabt.

Ihr Bauch. Sie vertraute ihrem Bauch. Er hatte sie schon so oft gut beraten. Außerdem war es ein weiblicher Bauch. Frauen haben immer Recht!

Um 1.00 Uhr begann sie sich Sorgen zu machen, rief Tarzan auf seiner Büronummer an. Niemand nahm ab. Rief sein Handy an: »Der gewünschte Teilnehmer ist zur Zeit ...« Scheiße. Um halb zwei überwand sie sich und rief Magic an. Auch dort nahm niemand ab. Sein Handy ... Tarzan hatte ihr auch die Handynummer seines »Freundes« gegeben. Nur für Notfälle, hatte er ihr eingeschärft. Magic sei sehr eigen, was das Verteilen seiner Handynummer an Dritte betraf ... Dies war ein Notfall! Magic ging gleich nach dem ersten Rufzeichen dran. Seine eklige Stimme troff aus dem Hörer, so dass Solo unwillkürlich nach einem Tuch suchte, um ihn abzuwischen. Nein, es wäre alles in Ordnung, säuselte er. Sie wären noch ein wenig um die Häuser gezogen. Nein, Tarzan könne sie jetzt nicht sprechen, er sei noch mit einem Kunden beschäftigt ...

Solo legte auf. Die Vorstellung, dass der »Kunde« blond, langbeinig und 15 Jahre jünger als sie sein könnte, verursachte ihr Übelkeit. Sie verscheuchte den Gedanken wie eine lästige Fliege. Wie eine lästige Fliege kam er jedoch immer wieder zu ihr zurück. Krabbelte in ihrem Kopf herum und war einfach nicht zu vertreiben. Tarzan würde sie niemals betrügen.

Irgendetwas an Magics Stimme hatte dann den Alarm ausgelöst. Klar, sie hatte den ekelhaften Angeber noch nie leiden können, aber diesmal vermeinte sie eine gewisse Nervosität herauszuhören. Angst? Er klang wie jemand, der seine Gehetztheit unter betonter Lässigkeit verstecken will. Er hatte nicht einmal mit ihr geflirtet. Keinen seiner dämlichen Sprüche ausprobiert, keinen einzigen prolligen Kalauer losgelassen. Hatte sie förmlich abgewimmelt ...

Solos schlimmste Befürchtungen bestätigten sich, als sie im Schriesheimer Tal die geparkten Streifenwagen, die flackernden Blaulichter und die vielen Uniformen sah. Der massive, verchromte »Bullenfänger« vor dem Kühler des Grand Cherokee machte seinem Namen beinahe alle Ehre, als er nur Zentimeter vor der Brust eines unerschrockenen Polizeimeisters stoppte.

Das Fenster surrte nach unten.

»Hier kommen Sie nicht durch, junge Frau!« Solo, mittlerweile in einem Alter, in dem diese Bezeichnung entweder ironisch oder mitleidig klang, schnaubte empört.

»Ich möchte zu Lothar Zahn, mein Junge«, giftete sie den Mittzwanziger böse an, was dieser augenblicklich mit steinerner Amtsmiene beantwortete.

»Tut mir leid. Das Gelände ist abgesperrt. Dies ist ein Polizeieinsatz. Folgen Sie bitte meiner Anweisung und fahren Sie weiter.«

»Was ist denn überhaupt passiert?« Solo verlegte sich auf die charmante Tour und schenkte dem Wackeren einen tiefen Blick aus ihren grünen Augen.

»Hausdurchsuchung. Nichts Aufregendes. Arbeitet Ihr Mann hier?«

Na bitte. Sie war immerhin noch jung genug, um diesen braven Buben um den Finger zu wickeln.

»Er ist beim Werkschutz.« Solo fiel etwas ein. »Kennen Sie Hauptkommissarin Lukassow?«

»Den Rott …, äh, natürlich. Die Kollegin leitet den Einsatz.«

»Würden Sie ihr bitte ausrichten, dass Solo hier ist?«

»Tut mir leid. Das geht nicht, aber Sie können gerne …«

»Danke, nicht nötig!« Solo stieg aus. Gerade erschien eine pummelige Gestalt in einem Lodenmantel, begleitet von einem wandelnden Funkturm und mehreren Uniformierten, vor dem großen Gebäude im Inneren des Geländes.

Solo steckte sich zwei Finger in den Mund und pfiff, dass der junge Beamte beinahe einen Hörsturz bekam. **»Luke!«**

Elke Lukassow, die in der beginnenden Morgendämmerung wie eine Halmafigur wirkte, bewegte sich in ihre Richtung.

Der Kaffee vor Solo war längst kalt geworden. Sie hatte ihn nicht angerührt, während die Lukassow bereits die dritte oder vierte Tasse hinuntergestürzt hatte. Die Kommissarin wirkte, gelinde gesagt, etwas angegriffen. Tiefe Schatten unter den Augen und das in sorgenvolle Falten gelegte Gesicht gaben ihr das Aussehen einer traurigen Elefantenkuh. Man saß in der Eingangshalle der CCC-Zentrale. Der Pförtner hatte telefoniert und Irene Schaffner sowie Denise Moreau standen binnen einer Stunde auf der Matte. Die Damen sahen aus, als seien sie gerade aus einer sechswöchigen Wellnesskur zurückgekommen, dufteten teuer und bewirteten die versammelte Staatsgewalt mit aufreizender Freundlichkeit. Das müsse wohl ein Irrtum sein. Ein Spielcasino, hier bei der CCC? Zurückhaltendes, glucksendes Lachen. Ich bitte Sie, Frau Lukassow, Herr Furtwängler. Wir sind ein international tätiges Unternehmen. Schauen Sie sich doch um. Ein verdeckter Ermittler? Wie im Fernsehen? Wie aufregend! Möchten Sie noch ein Croissant? Einen Cappuccino? Nein?

Nach dem, was Luke wirklich wollte, fragte sie nicht: Möchten Sie diese Bude zerlegen? Hunde auf uns hetzen? Uns alle lebenslang einbuchten? Die Wahrheit aus uns rauspeitschen? Nein? Mittlerweile war auch die Villa Borgwarth von einem Team durchsucht worden, der Tunnel nebst Geheimtür entdeckt und peinliche Fragen an Frau Moreau gestellt worden. Nun war es allerdings nicht verboten, betuchten Gästen adäquate Unterhaltung zu bieten, und dass die Damen ihrem Gewerbe durchaus legal nachgingen, hatte ja die Razzia letztens zweifelsfrei ergeben.

Die fünfte Tasse Kaffee. Sodbrennen. Frau Schaffner brachte Nachschub. Kopfschmerzen. Luke befand sich in einer Sackgasse. Möglicherweise befanden sich Rentsch und Tarzan in akuter Lebensgefahr und sie hatte nichts in der Hand. Frankfurt schlang Käse-Schinken-Hörnchen hinunter. Ein Meer aus Krümeln bedeckte seinen grauen Pullover.

»Ich will mir das ansehen«, Solo erhob sich abrupt.

»Was?« Luke verzog misstrauisch das Gesicht.

»Die leere Halle da drüben. Tarzan hat mir von dem Casino erzählt. Der ist doch nicht blöd, der ... der ...« Solo schaute die Kommissarin verzweifelt an. Die Lukassow teilte die hohe Meinung von Solo über ihren Lebensgefährten nur zu einem kleinen Teil, nickte jedoch ergeben.

»Okay, kann nicht schaden. Gehen wir.«

Frankfurt, Luke und Solo schauten in jede Ecke. Auf dem nackten Betonboden wimmelte es von schwarzen Spuren. Gabelstapler. Hubwagen. In einer Ecke stand ein Stapel Paletten. Die Betonpfeiler wiesen zahllose Bohrungen auf. Hier waren wohl vor kurzem noch Verkleidungen angebracht gewesen. Frau Moreau hatte gesagt, dass diese Räume für Präsentationen auch an befreundete Institutionen vermietet würden. Die letzte Veranstaltung war vor drei Wochen. Eine Versteigerung zugunsten der deutschen Sporthilfe. Eine Pharmafirma. Es war auf ARTE gezeigt worden.

Als sie wieder im Park waren, war die Sonne aufgegangen. Solo betrachtete nachdenklich ein paar tiefe Reifenspuren.

»Habt ihr den Rasen ruiniert?«, fragte sie Luke.

Die schüttelte den Kopf. »Die Transporter waren alle auf dem großen Parkplatz. Wir sind hier nur mit Pkw rein.«

»Interessant ...« Solo kniete vor den mittlerweile teilweise mit Wasser gefüllten Abdrücken. »Zwillingsbereifung. Profil wahrscheinlich Michelin. Hier ist noch was übrig von der anderen Seite.« Sie wies auf teilweise von Pkw-Abdrücken überdeckten Radspuren auf dem Weg. »Schätzungsweise 2,50 Meter Spurweite. Lkw. Groß ...« Solo ging langsam, den Blick auf den Boden gerichtet, weiter. Luke winkte Frankfurt und folgte ihr. Der Jagdinstinkt war erwacht. Solo fand noch mehr Spuren. Sie folgte ihnen auf die Rückseite der Halle bis vor ein großes, zweiflügeliges Stahltor mit zwei kleinen, drahtverstärkten Fenstern. In der Gebäudewand war ein abschließbarer Steuerknopf angebracht.

»Ein Lastenaufzug«, Solo deutete auf die blaue Tür. Unten, in der großen, leeren »Veranstaltungshalle« befand sich das genaue Gegenstück zu dieser Tür.

»Hier«, Solo kniete sich auf den Boden und zeigte Luke und Frankfurt einige merkwürdige Vertiefungen im Rasen, »hier haben sogenannte Sandbleche gelegen. Damit die Laster nicht einsinken.«

»Die Laster ...« Elke Lukassow schaute von einem zum anderen. Sie holte tief Luft, drehte sich plötzlich um und lief mit erstaunlicher Geschwindigkeit zur Vorderseite. Frankfurt und Solo schauten sich erstaunt an, dann folgten sie der Kommissarin, die mit wehendem Lodenmantel und wild gestikulierend über das Gelände eilte.

An einem der Streifenwagen riss sie die Tür auf und sprach atemlos in das Funkgerät. Als Solo und Frankfurt sie erreichten, hörten sie, wie die Kommissarin eine Fahndung nach vier weißen Actros-Sattelschleppern mit Übersee-Containern veranlasste.

»Lautsprecherwagen nach Schriesheim. Sofort! Die sollen die Talstraße abfahren und Zeugen, die heute am frühen Morgen vier Sattelzüge bemerkt haben, bitten, sich zu melden. Ringfahndung könnt ihr abhaken. Ist zu lange her.

Aber ich will das ganz groß aufgezogen haben. Gefahr für Leib und Leben zweier Menschen. Einer ist Polizist. Ich vermute Entführung … FRANKFURT!« Der lange Oberkommissar stand unmittelbar hinter ihr und fiel fast in Ohnmacht.

»Du hast die Scheiß-Laster doch auch gesehen, die uns heute Morgen entgegengekommen sind?« Nicken. Ohrenklingeln. »Die Kennzeichen. Wenigstens eines! Einen Teil davon! Mann Gottes, du bist Polizist!«

»Du auch …«

Luke stieß einen Laut aus, der ein heranstürmendes Panzernashorn in die Flucht geschlagen hätte. »Trommel die Mannschaft zusammen. Einer von denen wird doch wohl was gesehen haben. Alle miteinander. In die Halle. Augenblicklich!« Sie stapfte die Treppen hinauf, als wolle sie jede einzelne Stufe zermalmen.

Einer hatte etwas gesehen. Einen Aufkleber mit Comic-Polizisten darauf und dem Text: »Wir müssen leider draußen bleiben.« Eine POMin hatte einen der Fahrer als so eine Art Jon Bon Jovi beschrieben und einer der Hundeführer glaubte, einen Hund auf einem Beifahrersitz gesehen zu haben. Es könnte aber auch ein Stoffteddy gewesen sein. Kennzeichen wurden in ungefähr sechzig verschiedenen Kombinationen genannt, verstreut über die gesamte Republik.

Trotz allem erging eine bundesweite Fahndung nach vier Sattelschleppern mit rostroten 40-Fuß-Containern, blauen Fahrgestellen und weißen Mercedes-Actros-Zugmaschinen.

Luke war begeistert. 80 Prozent aller in Deutschland zugelassenen Actros-Zugmaschinen waren weiß. Blau war bei den Auflieger-Fahrgestellen, den sogenannten Lafetten, ungefähr so selten wie rotes Haar in Irland und rostrote 40-Fuß-Container stapelten sich alleine im Mannheimer Hafen zu Hunderten.

Schweren Herzens befahl Elke Lukassow den Rückzug. Der Laden stank wie eine vierzehn Tage alte Blutwurst hinter einem Heizkörper. Wo war Reinhold Rentsch? Wo war Tarzan?

Sie saßen in ihrem Dienstzimmer in Heidelberg. Solo, Luke und Frankfurt. Wie zu erwarten gewesen war, gab es bisher noch keine brauchbare Reaktion auf die Fahndung. Zu vage waren die Angaben. Zu allgemein. Diesmal war es umgekehrt: Die Aufgabe lautete nicht »Suchen Sie eine Nadel im Heuhaufen«, sondern »Suchen Sie vier Strohhalme darin«. Luke hatte gerade mit einem Kollegen in Mannheim telefoniert. Hauptkommissar Hans-Peter Bluhm war das Mannheimer Pendant zum Rottweiler: ein schrulliger Typ mit Bierbauch, dessen Inhalt schuld daran war, dass er entweder zu Fuß, per Fahrrad oder mit der Straßenbahn zum Dienst kam. Sein Mundwerk verheimlichte seine Herkunft aus dem nördlichen Mannheimer Stadtteil Schönau, in der Umgebung nur »Tschäänau« genannt, nicht. Einer seiner Lieblingssprüche war die Frage, wie man Mannheim mit TS schreibe: Tschäänau. Er versprach, sich in den Mannheimer Häfen und Industriegebieten umzusehen und auch seine Freunde und Informanten, die Mannheimer Stadtstreicher, dafür zu »sännsibilisiere«.

»Was nun?« Solo schaute Luke fragend an. Luke vermied es, ihrer Freundin in die Augen zu sehen, zuckte die Schultern und warf ihren Stift resigniert auf den Schreibtisch.

»Es sind überall Kontrollstellen eingerichtet worden. Urlaubssperre. Hubschrauber. Radio und Fernsehen, die Presse, alle sind mit im Boot. Im Augenblick können wir nur warten …«

14

Ein feste Burg …

Es war nicht Hans-Peter Bluhm, der die vier Sattelschlepper entdeckte. Es war auch keiner seiner Berberkumpels, der sich damit eine Monatsration Wodka verdiente. Es war Michael Deisen, den alle nur Mike Tyson nannten und der auch in die gleiche Gewichtsklasse wie der Boxer fiel. Allerdings machte der Umstand, dass Michael Deisen gerade mal 1,54 Meter groß war, eine Verwechslung mit dem K.o.-König recht unwahrscheinlich. Deisen war von nahezu kugelförmiger Statur, was unter anderem daran lag, dass er in dem gigantischen, an eine Kampfmaschine aus Star Wars erinnernden Schienenportalkran im Mannheimer Handelshafen fast den ganzen Tag mehr oder weniger regungslos saß und sich von Currywurst und Cola ernährte. Mike lud Container von Lastwagen auf Eisenbahnwaggons. Jeden Tag. Von seiner Kabine aus, die wie ein Vogelkäfig in dem brückenartigen Krangestell hing, hatte er einen guten Blick auf die Umgebung.

Die vier Zugmaschinen mit ihren leeren Lafetten standen auf dem großen Abstellplatz in der Nähe der mächtigen Öltanks auf der Neckarspitze, einem Dreieck, welches durch den Zusammenfluss von Rhein und Neckar gebildet wurde. Normalerweise diente das Gelände als Warteplatz für die Abfertigung der Containerlaster. Leere Lafetten standen hier auch öfters herum. Manchmal kam auch ein kleiner 7,5-Tonner einer benachbarten Spedition, verkroch sich listig hinter den großen Brüdern und riss dort seine Pause ab.

Dass komplette Lastzüge dort länger als ein oder zwei Stunden standen, kam eher selten vor. Als Mike dann noch den Fahndungsaufruf aus seinem kleinen Radio hörte, nahm er sein Fernglas zur Hand und besah sich die weißen Laster genauer. Brav aufgereiht standen sie dort wie Gäule vor einem Saloon.

Nachdem er sein Handy wieder eingesteckt hatte, dauerte es keine fünf Minuten, bis aus der unmittelbar benachbarten Station der Wasserschutzpolizei zwei blau uniformierte Polizisten kamen und um die vier Laster strichen wie Hunde um eine Metzgerei. Als Mike seinen Kran wieder am Nordende der Umschlaganlage stoppte, hatten sich bereits zwei Streifenwagen und zwei Motorradpolizisten dazugesellt. Wenig später kam noch ein Opel Astra, aus dem zwei Zivilisten ausstiegen. Ganz großer Bahnhof, dachte Mike und nahm sich vor, in der Mittagspause nach einer eventuellen Belohnung zu fragen.

»Wir haben die Laster!«, klang Elke Lukassows unverkennbares Organ aus dem Hörer in Solos Hand. »Ich fahre rüber in den Handelshafen. Wir treffen uns auf der Neckarspitze, das ist …«

»Ich weiß, wo das ist«, fiel ihr Solo ins Wort. »Ich habe dort schon für eine Spedition gearbeitet. Ich bin in zwanzig Minuten dort.«

Als Solo den Cherokee neben Lukes Passat parkte, waren bereits die Kriminaltechniker mit den Fahrzeugen beschäftigt. Sie krochen in den Führerhäusern herum, lagen unter den Aufliegern und machten unzählige Fotos.

»Irgendwelche Hinweise?«, fragte Solo und Luke schüttelte nur müde den Kopf. »Der Disponent drüben im Terminal hat in seinen Unterlagen nichts über diese vier Laster. Die haben die Container anderswo umgeschlagen. Wär ja auch zu einfach gewesen.«

»Was machst du jetzt?« Solos Stimme zitterte.

»Ich mach gar nix. Das machen die Mannheimer. Aber ich halte Verbindung mit Bluhm. Die filzen jetzt den kompletten Hafen, alle Schiffe und Speditionen. Insbesondere leerstehende Lagerhallen und Schuppen. Wir finden sie, ich verspreche es!« Luke nahm Solo am Arm und schaute ihr in die Augen. Eine tiefe Wärme und Anteilnahme lag darin. Solo wusste, dass Elke Lukassow es ernst meinte. Die Kommissarin fühlte sich mitschuldig am Verschwinden von Tarzan und Reinhold Rentsch. Sie würde alles tun, was in ihrer Macht stand. Aber würde das reichen?

Die Diffenéstraße führte im Mannheimer Norden quer über die Friesenheimer Insel, auf der sich neben zahlreichen Industriebetrieben auch das Mannheimer Müllheizkraftwerk befand. Sie verband die Stadtteile Sandhofen mit dem Waldhof und der Neckarstadt. Kurz vor der Einfahrt zum mittlerweile begrünten Müllberg besaß die Straße einen breiten Seitenstreifen, den der Verkehrszug der Polizei gerne für Kontrollen nutzte.

Polizeihauptmeister Karl-Heinz Lauer und sein Kollege Polizeimeister Matthias Krauss hatten einen erfolgreichen Tag hinter sich. Acht überladene Lkw, vierzehn Mängelrügen wegen kleinerer Schäden, eine Anzeige wegen Verstoßes gegen die Gefahrgutverordnung, ein ohne Genehmigung fahrender riesiger Autokran und ein Fahrer, der nach vierzehn Stunden ohne Pause froh über die Kontrolle war und nun hinter zugezogenen Vorhängen selig schlummerte.

PHM Lauer wollte gerade seine Sicherheitsweste ausziehen, als ein peitschender Knall ihn zusammenzucken ließ.

Der weniger erfahrene Krauss war sogar hinter dem Mercedes Sprinter in Deckung gegangen. Doch der kommunalorange lackierte VW Bully, der da gerade aus Richtung Neckarstadt herankeuchte, sah nicht wirklich gefährlich aus. Wieder erschütterte ein Knall, begleitet von einer blauen Abgaswolke, den ruhigen Nachmittag. Lauer griff sich die »Bratpfanne«, wie die Beamten die Anhaltekelle nannten, und tat, was er eigentlich immer tat: Er versuchte, staatsgewaltig auszusehen, zog den Bauch ein und winkte die Rostlaube auf den Seitenstreifen. Asthmatisch röchelnd erstarb der Vierzylinder-Flachmotor im Heck des Vehikels. Lauer tippte grüßend an seine Dienstmütze, während das blondmähnige Wesen hinter dem Lenkrad versuchte, die Seitenscheibe zu öffnen. Schließlich fiel die ganze Scheibe rasselnd in die Tür und Lauer schaute in ein paar unsagbar traurige braune Augen.

»Hi!«

»Tach. Verkehrs- und Personenkontrolle. Bitte mal die Fahrzeugpapiere und Ihren Ausweis.« Hektisches Wühlen in einer mit Perlen bestickten Handtasche von der Größe einer Faltgarage begann. Eine Geldbörse fiel auf den Fahrzeugboden und die Frau tastete danach, was Lauer einen Blick auf den tiefschwarzen Haaransatz entlang des Mittelscheitels erlaubte. Endlich gelangte er in den Besitz eines zerfledderten grauen Lappens und eines Personalausweises, auf dessen Rückseite offensichtlich ein Kind mit Edding ein Smiley gekritzelt hatte.

Der Führerschein zeigte ein schwarzhaariges Mädchen mit riesiger Hornbrille und einem enormen Überbiss. Lauer verglich das Bild und schaute die Fahrerin prüfend an.

»Zwanzig Jahre alt«, nuschelte die schwarzhaarige Blondine, schüttelte die Mähne wie ein Islandpony und hielt dem verdutzten Beamten ihre Zahnprothese vor die Nase.

»Hab ich mir machen lassen. Vor vier Jahren. Gut, nicht?« Sie fummelte die Zähne wieder in ihre Halterungen und grinste Lauer fröhlich an. »Sie sind das Tüpfelchen auf dem i, wissen Sie das? Ich fahre jetzt nach Hause, trinke einen auf Ihre Gesundheit und häng mich auf.«

»Schlechte Tage kommen und gehen, wäre schade, wenn Sie sich wegen mir aufhängen, aber meine Frau hat da wohl die älteren Rechte, Frau …« Lauer bemühte sich, den Namen unter dem Smiley zu entziffern.

»Schulte, Mareike Schulte, geborene Schmidt, verwitwete Franzreb, getrennte Kowalzik, verkrachte Henderson. Grüßen Sie Ihre Frau und seien Sie froh, dass Sie eine haben, ich glaub, ich such mir auch eine. Scheißkerle … ’Tschuldigung«, setzte sie rasch hinzu.

Krauss ging derweil um das Fahrzeug herum, begutachtete TÜV-Plakette, Kennzeichen und Profiltiefe der Reifen. Am unteren Rand der Schiebetür tropfte eine klare Flüssigkeit auf den Boden. Krauss ging in die Hocke und schnüffelte vorsichtig.

Stechender Lösungsmittelgeruch stieg ihm in die Nase. Er gab Lauer ein Zeichen und trat an die Beifahrertür. Die Fahrerin machte eine abwehrende Handbewegung, aber es war zu spät. Krauss, der die Tür öffnete, sprang erschrocken zurück und wäre fast gestürzt, als ihm die komplette Tür entgegenkam und scheppernd auf den Asphalt fiel. »Die is’ kaputt«, der Augenaufschlag war sehenswert. Krauss starrte die Frau wütend an.

»Bitte steigen Sie aus!« Lauer verkniff sich ein Grinsen und kam auch auf die Beifahrerseite. Krauss deutete auf die kleine Lache, die sich unter dem VW-Bus gebildet hatte: »Was ist das für ein Zeug?«

»Oh, Scheiße, da muss was umgekippt sein.« Die Fahrerin zog die Schiebetür auf, die erstaunlicherweise in ihren

Schienen blieb, und schaute traurig auf ein unbeschreibliches Tohuwabohu. Der gesamte Innenraum war gerammelt voll mit Kartons und Kisten, in denen sich Kanister, Dosen, Flaschen, Eimer, Sprayflaschen und merkwürdige Gebilde befanden, die aussahen wie Kampfroboter nach einem imperialen Angriff. Im Hintergrund gewahrte der entsetzte Lauer noch eine 10-kg-Gasflasche mitsamt Lötlampe sowie ein ganzes Sortiment Lackfarben in unterschiedlichstem Verkrustungszustand. Es stank wie in einer Autolackiererei bei Hochbetrieb.

»Was ist denn das?« Lauer war normalerweise für seine unerschütterliche Ruhe bekannt, das hier allerdings verschlug ihm buchstäblich und im Wortsinn den Atem.

»Das ist mein Atelier«, wieder ein Blick, mit dem man für wohltätige Einrichtungen Millionen scheffeln könnte.

»Ach so, Ihr Atelier, na dann …« Lauer schob sich die Dienstmütze in den Nacken und kratzte sich am Kopf. Der Feierabend war erst mal gestrichen. Das hier war ein Gefahrguttransport. Die Tatsache, dass das Fahrzeug fast den gleichen Farbton wie die normalerweise vorgeschriebenen Warntafeln hatte, entband die Fahrerin nicht von den Pflichten der Ladungssicherung, eventuellen Zusammenladeverboten und umfangreicher Notfallausrüstung.

Krauss forderte den Gefahrguttrupp der Berufsfeuerwehr an, das Fahrzeug wurde auf ein sicheres Gelände eskortiert und komplett entladen. Es stellte sich heraus, dass die Dame in einem ehemaligen Mannheimer Kühlhaus einen Raum als Atelier genutzt hatte und von heute auf morgen Knall auf Fall vor die Tür gesetzt worden war. Sie saß in dem Polizeibus und trank Lauers lauwarmen Kaffee. Ein Häuflein Elend. Der betagte Bully wurde umgehend aus dem Verkehr gezogen, die Nummernschilder an Ort und Stelle abgeschraubt. Lauer las ihr eine lange Liste mit all den Ordnungswidrigkeiten und Verstößen vor, die man ihr vorwarf. Als er nach geraumer Zeit damit fertig war, fragte sie, ob sie die Bußgelder gleich bezahlen könne. Lauer und Krauss lachten schallend und verwiesen darauf, dass es sich bei der zu erwartenden Summe wohl um ein erkleckliches Sümmchen handeln dürfte.

»Geld hab ich genug«, sagte die Frau trotzig und holte aus der riesigen Handtasche mehrere Bündel Geldscheine. Lauer und Krauss staunten nicht schlecht, als Mareike Schulte ihnen erzählte, dass »die« ihr 10 000 Euro in die Hand gedrückt hatten, damit sie innerhalb von zwei Stunden ihr Atelier räumte.

»Was waren das für Leute, Frau Schulte?«

Die Frau zuckte die Schultern. »So komische halt. Mit Anzügen und 'nem dicken Benz. Sagten, sie wären die Hauptmieter und sie benötigen den Platz für Eigenbedarf. Ich habe gesagt, ich will da erst Papiere sehen, ich habe einen Mietvertrag über zwei Jahre und so. Da haben die mir dann das Papier hier gezeigt …«, sie deutete auf den Stapel Banknoten auf dem Klapptisch des Polizeiwagens.

Krauss schaute Lauer bedeutungsvoll an. Wenn da nicht ein ganz dicker Hund im Busch war.

»Wo genau, sagten Sie, befindet sich dieses Kühlhaus?« Lauer hatte einen Stadtatlas aufgeschlagen und die Schulte deutete auf einen Punkt im Hafen 1, auch Handelshafen genannt.

»Das Merkur-Kühlhaus«, sagte Krauss. »Das wollten die schon vor zehn Jahren sprengen, aber wegen der Öltanks in der Nähe geht das nicht. Das gammelt jetzt so vor sich hin. Sieht aus wie 'n Weltkriegsbunker.«

Lauer wandte sich an die Frau. »Können Sie uns die Männer beschreiben?«

»Ich kann sie Ihnen auch malen …«

»Bitte?«

»Ich bin Künstlerin. Ich male, modelliere und mache Objektkunst. Ich mache Ihnen auch einen guten Preis«, fügte sie noch verschmitzt hinzu. Sie schien ihr mentales Tief langsam hinter sich zu lassen. »Na, dann malen Sie mal«, forderte Lauer sie auf und reichte ihr Block und Bleistift.

Solo hatte Rückenschmerzen. Wehmütig dachte sie an das Wohnmobil, welches bis vor zwei Jahren noch zu ihrem »Fuhrpark« gehört hatte. Sie öffnete die Fahrertür, blickte einem Frachtschiff nach, das in Richtung Kurpfalzbrücke tuckerte, und stieg aus. Der Jeep Grand Cherokee war kein Kleinwagen, der Fahrersitz aber auch kein französisches Bett. Nach Hause wollte sie nicht. Dort hätte sie noch weniger Schlaf gefunden. Sie war den Einsatzkräften gefolgt, hatte selbst Tipps gegeben, welche Gebäude in Frage kämen und war schließlich in der Nähe der Kammerschleuse auf die Neckarwiese gefahren, um eine Viertelstunde die Augen zu schließen. Jetzt war es bereits halb acht. Sie streckte sich. Am gegenüberliegenden Ufer türmten sich die Schrott- und Abfallhalden einer Entsorgungsfirma. Auf einem der Metallhaufen entdeckte sie den ausrangierten babyblauen Wagen der Heidelberger Bergbahn. Übel verbeult, achtlos vom Krangreifer weggeworfen, wartete das Bähnchen mit seinem einen traurigen Scheinwerferauge auf die Schrottpresse. Zum Heulen.

Hinter den bizarren Halden ragten graubraune Wohnhäuser, ein paar Bäume und der hässliche Klotz des Merkur-Kühlhauses in den regengrauen Himmel. Wo war Tarzan? Wie ging es ihm? War er überhaupt noch am Leben?

Ihr Handy meldete sich. »We wish you a merry Christmas, we wish you …« Sie musste die Rufmelodie ändern …

»Ja?«

»Komm rüber nach LU, BASF-Hochhaus. Ein Kollege wartet in der Eingangshalle!« Aufgelegt. Typisch Luke. Sie klang aufgeregt. Das kam selten genug bei ihr vor.

Im Gepäckabteil befand sich ein Wasserkanister. Solo stellte ihn auf die Motorhaube, öffnete den Deckel und wusch sich Kopf und Gesicht mit nach Kunststoff riechendem Wasser. Eine Rolle Haushaltspapier ersetzte das Handtuch, ein Apfel das Zähneputzen samt Frühstück. Mit aufheulendem Achtzylinder wendete Solo den Jeep und fuhr über die Kurt-Schumacher-Brücke nach Ludwigshafen. Sie parkte in der Zufahrt hinter einem Streifenwagen. In der Eingangshalle erwartete sie bereits ein Polizist und begleitete sie zu einem der Fahrstühle. Er drückte den obersten Knopf und in kurzer Zeit erreichten sie das 22. Stockwerk. Eine der Bürotüren stand offen und die unverkennbare Stimme der Lukassow war zu vernehmen.

»Ich seh nix! Stell das Ding doch auch gescheit ein, Mensch!«

»Sie dürfen es nicht berühren, die Entfernung ist ziemlich groß. Sie wackeln daran herum.« Eine ruhige, weibliche Stimme.

Solo betrat den Raum, ein offenbar unbenutztes Büro, und sah erstaunt ein großes Teleskop und ein ordinär dickes Teleobjektiv samt Kamera auf Stativen, die am Fenster aufgebaut waren. Der Mannheimer Kommissar Bluhm, Luke und eine unbekannte Frau in den Dreißigern drängten sich um die Geräte.

»Da ist er wieder! Links! Drittes Fenster! Sehen Sie ihn?« Die Frau starrte durch den Sucher der Kamera.

»Ich seh nix!« Die Lukassow drehte sich genervt um und rieb sich die Augen.

»Hallo Solo, guten Morgen. Wie geht es dir? Blöde

Frage …« Sie umarmte Solo kurz. Das hatte es ja noch nie gegeben!

»Ich glaube, wir haben sie gefunden. Das ist Hauptkommissarin Sabine Wieland, Kripo Ludwigshafen …«

»Angenehm, Solomon.« Die Frauen gaben sich die Hand, die Wieland lächelte sie aufmunternd an.

Luke fuhr fort: »Kommissar Zufall hat wieder zugeschlagen. Eine Verkehrskontrolle hat am gestrigen Nachmittag eine Frau überprüft, die von unbekannten Männern 10 000 Euro erhielt, damit sie innerhalb von zwei Stunden ihr gemietetes Atelier im Merkur-Kühlhaus räumt. Wir observieren das Gebäude seit heute Morgen 5.00 Uhr. Offensichtlich befindet sich in dem verglasten Dachgeschoss mindestens ein Mann mit einem Fernglas, der sehr aufmerksam die Umgebung beobachtet …«

Der Verschluss der Kamera surrte und klickte, die Ludwigshafener Kommissarin machte sich Notizen.

Solo trat an das Fernrohr, stellte die Schärfe ein und blickte angestrengt hindurch. Die Brennweite war enorm, die Luft waberte und flirrte. Trotzdem konnte sie deutlich eine Gestalt an einem der Fenster erkennen. Weiße Hemdbrust, angewinkelte Arme und ein direkt auf sie gerichtetes Fernglas. Erschrocken zuckte sie zurück.

»Keine Angst, er kann Sie nicht sehen«, brummte Bluhm. »Unsere Fenster sind verspiegelt, wegen der Sonneneinstrahlung. Außerdem sind wir hier um einiges höher als das Kühlhaus.«

Luke ergriff wieder das Wort. »Frankfurt ist mit Bluhms Leuten drüben und hält sich bereit. Wir sind ziemlich sicher, dass in dem Gebäude Rentsch und Tarzan festgehalten werden. Das SEK ist bereits angefordert. Die sind in anderthalb Stunden da. Ein Voraustrupp dürfte in etwa einer Stunde hier sein. Solange müssen wir abwarten.«

Solo brannte schon die ganze Zeit eine Frage auf der Zunge: »Warum wurde das Kühlhaus nicht schon gestern durchsucht?«

»Bis vor wenigen Tagen war das Erdgeschoss noch von einer Chemiefirma benutzt worden. Die stehen noch in den Grundstücksunterlagen als Mieter. Das Ding wurde nicht als leerstehend geführt.« Solo biss sich auf die Lippen. War das der Fehler, der Tarzan und Rentsch das Leben kosten würde?

»Was habt ihr nun vor?«

Luke schaute ihr in die Augen. »Das Gelände wird weiträumig abgesperrt, dann wird das SEK als Erstes den Wächter im Dach ausschalten. Vorher wird mittels einer Wärmebildkamera festgestellt, ob der da oben wirklich alleine ist. Wenn der Mann festgenommen worden ist, arbeitet sich das SEK von oben nach unten durch das Gebäude und befreit Tarzan und Rentsch.«

»Wie soll das gehen? Wollt ihr den da oben mit einem Hubschrauber herauspflücken oder was? Wie sollen die SEKler da reinkommen, ohne dass der Alarm schlägt?«

»Ich habe da einen Plan ...« Elke Lukassow machte ein Gesicht wie eine Märchenoma, die den atemlosen Enkeln endlich verrät, wie der böse Zauberer besiegt werden kann.

Während die Lukassow im 102 Meter hohen Friedrich-Engelhorn-Haus der BASF durch das Teleskop schaute, lief die Aktion, die sie gemeinsam mit Hans-Peter Bluhm geplant hatte, bereits auf vollen Touren: Alle beteiligten Personen wurden überprüft. Klaus Mazic wurde nicht in seiner Wohnung angetroffen. Er sei wohl für längere Zeit verreist, wusste die Hausverwaltung. Julius Novottny, Chef der Central-Service, war ebenfalls unauffindbar. Auch die anderen

Angestellten der CS waren wie vom Erdboden verschwunden.

Anders Sigmar Zarrach. Der Gottvater der Zarrach-Holding erschien höchstselbst in Begleitung mehrerer Anwälte im Mannheimer Polizeipräsidium, zeigte sich sehr aufgebracht wegen der gegen eine seiner Firmen eingeleiteten Ermittlungen und wurde von Kriminalrat Herbert Barents persönlich über den Stand der Dinge informiert. Der Zar fiel aus allen Wolken, war gelinde gesagt äußerst ungehalten über die dubiosen Aktivitäten seiner Angestellten und sagte den Behörden jegliche Unterstützung zu. Er setzte eine fünfstellige Belohnung auf die Ergreifung von Novottny und Konsorten aus und gewährte den Ermittlern bedingungslose Einsicht in sämtliche Unterlagen der Zarrach-Holding, in der selbst die Central-City-Consulting nur ein kleines Rädchen darstellte.

In der äußersten Ecke des Mannheimer Handelshafens spitzte sich die Lage mittlerweile dramatisch zu. Luke, Frankfurt und Bluhm waren mitsamt einer aufgeregten Solo wieder zurück im Badnerland. Das SEK war eingetroffen. Als Basislager diente ein in unmittelbarer Nähe gelegener Speditionshof, der durch sein geschwungenes Backsteingebäude ausreichenden Sichtschutz bot und von dessen Büroetage man einen freien Blick auf das Kühlhaus hatte. Die Anfahrt der Fahrzeuge erfolgte über die Neckarvorlandstraße und ein benachbartes Großlager, so dass der Beobachtungsposten im Dachgeschoss des Kühlhauses nichts Verdächtiges bemerken konnte.

Von einer Mannheimer Firma wurde eine Hebebühne herbeordert, deren Arbeitskorb eine Höhe von 35 Metern erreichen konnte. Die Bühne befand sich auf einem Lkw-

Fahrgestell und fiel im Mannheimer Hafen nicht weiter auf, da diese Arbeitsgeräte ständig irgendwo im Stadtgebiet im Einsatz waren.

Ein kompletter Löschzug der Feuerwache Mitte stand in Höhe der Jungbuschbrücke auf Abruf bereit. Er bildete das Kernstück von Elke Lukassows Einsatzplan. Die Einsatzleitung lag bei Hauptkommissar Bluhm, der seine Heidelberger Kollegen jedoch sehr gerne in die Kommandostruktur einband. Insgesamt bevölkerten etwa 60 Beamte den Speditionshof, die Lagerhalle und die Büroetage der mittelständischen Transportfirma, die ihre Arbeit mit Einschränkungen weiterführte, damit alles so normal wie möglich wirkte. Lediglich der Verkehr im Hafengebiet Nord war spürbar zurückgegangen. Dies lag an den weiträumigen Absperrmaßnahmen durch die Schutzpolizei, die nur wirklich nötige Fahrten unter Auflagen erlaubte. Auf Rhein und Neckar kreuzten unauffällig Boote des Hafenamtes und sogar das Schifflein des Hafenpfarrers, allesamt vollbesetzt mit Einsatzkräften der Wasserschutzpolizei.

»Es ist nur einer.« Hans Schäberle, der Einsatzleiter des SEK, legte den Telefonhörer auf den Tisch im Chefbüro der Spedition. Das große Eckzimmer bot Platz und die nötige Sicht auf den Einsatzort. Der Truckerboss war ins Großraumbüro umgezogen, was unter den Mitarbeitern eine nie dagewesene Arbeitsfreude und hohe Effektivität verursachte. Auf den Tischen lagen Fotos, an den Wänden und auf mitgebrachten Flipcharts hingen Pläne und Diagramme. Während der ersten Lagebesprechung war das Zimmer brechend voll gewesen, jetzt waren nur noch die leitenden Beamten anwesend. Solo saß blass und nervös am Besuchertisch.

Bluhm kratzte sich sein unrasiertes Kinn und schaute auf die Uhr. »Konnten die feststellen, wo sich die anderen Personen genau befinden?«

Kopfschütteln. »Das ist eine feste Burg, Herr Kollege. Das Gebäude hat meterdicke Mauern. Keine Chance. Das Dachgeschoss ist ein sogenanntes Flugdach. Nicht isoliert, einfach verglast. Mehrere Scheiben sind sogar zerstört. Da können die reinschauen wie in ein Aquarium.«

»Vollsperrung?« Schäberle nickte und Bluhm sprach in sein Funkgerät: »Neckar 1 an alle: Vollsperrung bis auf Widerruf. Bitte bestätigen.« Knarzend kamen die Meldungen aus dem Lautsprecher.

»Es geht los …« Bluhm trat ans Fenster. Schäberle sprach in sein Funkgerät. Solo, Frankfurt und Luke stellten sich ebenfalls an die großen Fenster. Auf der Güterhallenstraße näherte sich das Fahrzeug mit der Arbeitsbühne.

»Da!« Frankfurt deutete nach rechts in Richtung Neckarufer. Eine fette schwarze Rauchwolke stieg hinter einer großen Wellblechhalle auf. Zwei Minuten später hörten sie die Pressluftfanfaren des heranbrausenden Löschzuges. Bluhms Funkgerät krachte: »Rheingold 33 für Neckar 1, kommen!«

»Neckar 1 hört.«

»Das Objekt befindet sich jetzt an der Nordseite des Gebäudes.«

»Verstanden. Ende.« Rheingold 33 war das Rufzeichen des Beobachtungspostens im BASF-Hochhaus.

Als das erste Tanklöschfahrzeug in abenteuerlicher Schräglage auf das Areal der unmittelbar neben dem Kühlhaus gelegenen Recyclingfirma einbog, tuckerte die Arbeitsbühne über das Gelände der Containerumschlaganlage zur Rückseite des Kühlhauses. Eine mächtige Diesellokomotive schob gerade quietschend einen geschlossenen Güterwagen an die Bahnrampe des Gebäudes. Da hier den ganzen Tag Rangierbewegungen stattfanden, war diese Methode am unauffälligsten. Ein SEK-Beamter im grellroten Sicherheitsmantel der Bahnmitarbeiter kletterte von der Lok, öffnete die Schiebetür des Waggons, worauf acht schwarz vermummte Bewaffnete herauskamen. Der Fahrer der Arbeitsbühne, ebenfalls ein SEKler, fuhr die Stützfüße aus und entsicherte den Bühnenkorb. Vier Mann kletterten hinein. Sie würden als Erstes den Wächter ausschalten. Mit dem zweiten Hub käme dann der Rest nach. Das Ganze musste rasch und lautlos vonstattengehen, um die Gangster im Inneren des Gebäudes nicht zu warnen.

Die Arbeitsbühne stand unmittelbar an der Außenwand des Kühlhauses. Der Wächter im Dachaufbau musste sich schon aus dem Fenster beugen, um das Arbeitsgerät zu bemerken. Langsam hob sich der Arbeitskorb mit den SEK-Leuten in die Höhe. Man hatte in einiger Entfernung an einem Lagerhaus der Rhenus AG einen Probelauf absolviert. Der Mann am Steuerpanel kannte sich aus. Kurz vor der Dachkante stoppte die Bühne. Der lange Hydraulikarm federte sanft nach. Der Gruppenführer sprach leise in sein Funkgerät.

Hinter den Fenstern der Spedition hielten Frankfurt, Luke, Bluhm und Solo den Atem an.

»Adler für Horst 1 kommen.«

»Horst 1 hört. Sprechen Sie, Adler.« Schäberle flüsterte unwillkürlich ebenfalls. Die Spannung war fast mit Händen greifbar. In wenigen Sekunden würde man wissen, ob die Aktion erfolgreich oder zu einem Fiasko werden würde.

»Wir sind bereit. Warten auf Ihr Signal. Ende Adler.« Schäberle nickte Bluhm zu.

Der rief die Feuerwehr, die am Neckarufer die Rauchbomben gezündet hatte: »Florian Mannheim 21 für Neckar 1.«

»Florian Mannheim 21 hört.«

»Phase zwei in zehn Sekunden, ich zähle an: zehn, neun, acht …« Gleichzeitig zählte Schäberle den Countdown an die Männer auf der Arbeitsbühne durch. Bei null zündete Brandmeister Egon Marx den vorbereiteten Brandsatz. Mit einem dumpfen Knall schoss ein gewaltiger Feuerball in den grauen Himmel, gefolgt von einer ölig-schwarzen Explosionswolke.

Im selben Augenblick glitten drei der vier Männer von der Arbeitsbühne durch ein zerborstenes Fenster in den die ganze Gebäudefläche einnehmenden Dachraum. Sie bewegten sich nahezu lautlos, wie schwarze Panther. Erwartungsgemäß stand das Zielobjekt, der Mann mit dem Fernglas, mit dem Rücken zu ihnen an der gegenüberliegenden Seite und verfolgte gebannt das Geschehen hinter der Nachbarhalle. Eine Sekunde bevor der erste der Spezialisten ihn erreichte, musste er etwas gehört haben. Er versuchte noch, sich umzudrehen, seine rechte Hand zuckte zur Hüfte, wo eine Walther PPK in einem Gürtelhalfter steckte, dann erstarrte er unter dem sogenannten »Vulkaniergriff«, der augenblicklich wichtige Nervenbahnen lahmlegte. Blitzschnell wurde der Mann durchsucht, entwaffnet und fachmännisch gefesselt. Sein Handy wurde sichergestellt, der Mann dem Kollegen im Korb vor dem Fenster übergeben. Die Arbeitsbühne glitt geräuschlos nach unten.

Im Güterwagen wurde der Wächter einer ersten Vernehmung unterzogen. Man versuchte herauszufinden, wie viele Personen sich im Kühlhaus aufhielten und wo die Gefangenen verwahrt wurden.

»Adler für Horst 1.«

»Horst 1 hört ...«

»Der Adler ist gelandet. Das Ei ist auf dem Weg ins Nest. Sobald die Kollegen hier sind, gehen wir rein. Möglich, dass wir drinnen keinen Funkkontakt haben. Wenn wir in 15 Minuten nicht unten sind, kommt ihr rein. Ende Adler.«

»Verstanden, 15 Minuten. Ende Horst 1.«

In der Umschlaghalle der kleinen Spedition machte sich ein weiterer Trupp bereit. Die martialisch aussehenden Männer führten einen speziellen Rammbock mit sich, mit dem sich selbst Stahltüren in Sekundenschnelle aufsprengen ließen. Die Männer trugen allesamt Schutzwesten, Sturmhauben, Teflonhelme und schwere Stiefel. Waffen wurden überprüft, Funkgeräte gecheckt, Uhren verglichen. Die ganze Szene wirkte gespenstisch, da die Männer kaum Worte miteinander wechselten. Das SEK war kein Haufen abenteuerlustiger Haudraufs, sondern eine effiziente, hervorragend ausgebildete Eliteeinheit. Die ideale Operation war immer die, bei der kein Tropfen Blut floss.

Die Arbeitsbühne kam mit dem zweiten Trupp im Dachgeschoss an. Die Gruppe war nun komplett. Man verständigte sich von nun an ausschließlich mit Handzeichen. Der Truppführer deutete auf die offen stehende Tür in den Treppenschacht des Kühlhauses.

Von der Hafengesellschaft hatte man Pläne des Gebäudes erhalten und diese genauestens studiert. Der Bau hatte sieben Stockwerke mit identischer Aufteilung. Rechts vom Treppenhaus befand sich der Lastenaufzug, der allerdings schon seit vielen Jahren nicht mehr in Betrieb war, sowie eine kleine Kühlkammer und zwei Abstellräume. Auf der anderen Seite befanden sich jeweils vier Kühlräume von zwölf mal vier Metern mit schweren, doppelflügeligen Holztoren. Die Kammern in den oberen Stockwerken waren allesamt leer. Im Erdgeschoss befand sich in einem Raum das ehemalige Atelier von Mareike Schulte, in der dahinterliegenden Kammer hatte ein Hemsbacher Buchhändler Regale eingelagert und die ehemalige Verlade- und Bereitstellungshalle wurde bis vor kurzem von einer Firma benutzt, die dort Chemikalien abfüllte. Im Keller rosteten die mächtigen Kältemaschinen vor sich hin, in einem kleinen Werkstattraum hingen immer noch gewaltige Schraubenschlüssel an der Wand und in den restlichen Katakomben stapelte sich Gerümpel aller Art.

Im Inneren des Merkur-Kühlhauses herrschte absolute Finsternis. Lediglich in den Bereich um das Treppenhaus sickerte diffuses graues Licht durch die kleinen Fenster der Fahrstuhltüren, da der Fahrstuhlschacht nach außen hin verglast war. Die Beleuchtung sollte wenigstens teilweise noch funktionieren. Im Erdgeschoss hatte man erst vor zwei Jahren die Leitungen erneuert und moderne Leuchten installiert.

Lautlos schlichen die Männer des SEK den ersten Treppenabsatz hinunter. Der klotzige Bunker bestand ausschließlich aus Stahlbeton und Ziegelsteinen. Das Kühlhaus war ein hermetisch abgeschlossener Kasten, nahezu luftdicht und massiv wie die Pyramiden von Gizeh. Dadurch gab es kaum Staub, Dreck oder Unrat und die dicken Mauern absorbierten hervorragend Geräusche.

Der erste SEK-Beamte hatte das oberste Stockwerk unmittelbar unter dem Dachaufbau erreicht. Vorsichtig spähte er um die Ecken. Er gab den Kollegen hinter ihm ein Zeichen: sauber. Sorgfältig sichernd und mit gezogenen Waffen kontrollierten sie jeden einzelnen Raum. Stockwerk für Stockwerk arbeitete sich der Trupp nach unten.

In der Lagebesprechung war man zu dem Schluss gekommen, dass sich die Gangster höchstwahrscheinlich im Erdgeschoss oder im ersten Stock eingenistet hatten. Nur dort hatten sie die Kontrolle über den Eingangsbereich des Kühlhauses.

Lagebesprechungen waren das A und O derartiger Einsätze. Alle möglichen Variationen des bevorstehenden Einsatzes kamen auf den Tisch, wurden geprüft, diskutiert, verworfen oder verwendet. Erfahrene Beamte, gut ausgebildete Spezialisten und zum Teil sogar wissenschaftliche Berater wurden dafür herangezogen.

Sie hatten Recht …

Im ersten Stock hörten die SEK-Leute bereits das leise Dudeln eines Radios. Die ehemalige Kühlkammer 1E war vergleichsweise wohnlich eingerichtet. Ein Tisch, vier Stühle, eine zerschlissene Polstergruppe, vier Feldbetten. Drei Männer und eine Frau hockten am Tisch und spielten Black Jack. Einer hatte wohl gerade gewonnen. Fröhlich raffte er Münzgeld und ein paar Scheine zusammen, strahlte in die Runde und verlor die Kontrolle über seinen Unterkiefer, als er in die Mündung einer Heckler & Koch G36K starrte. Das freie Auge des mit einer Sturmhaube maskierten Schützen fixierte ihn starr und ohne auch nur ein Mal zu blinzeln. Erst als das Geld klappernd und raschelnd zu Boden fiel und der Mann wie in Zeitlupe die Hände hob, drehten sich die anderen Spieler um …

15
Eskalation

»Magic!« Tarzan stürzte auf den Mann zu, der gerade die massive Holztür hinter sich zuzog und den Riegel arretierte. »Bleib, wo du bist!«, herrschte Klaus Mazic seinen »Freund« an. Tarzan wollte gerade wieder etwas sagen, wurde aber von Magic brutal zurückgestoßen, so dass er das Gleichgewicht verlor und unsanft auf der Matratze landete. Tarzan wechselte einen Blick mit Reinhold Rentsch. Der schüttelte unmerklich den Kopf. »Magic, du kannst diesen Unsinn doch beenden. Du bist doch so 'ne Art von Boss oder so, du musst ...« Aus Tarzans Stimme klang schrille Verzweiflung. Sein Verstand sagte ihm, dass Klaus Mazic nie der gute alte Kumpel war, für den er sich ausgegeben hatte. Seine Hoffnung aber suchte nach einem Ausweg aus dieser Situation, klammerte sich an jenen verlöschenden Funken, diesen verblassenden Schimmer, die unrealistischste aller Fiktionen: Magic würde sie retten. Er hatte den bösen Onkel nur gespielt. In Wirklichkeit war er doch der gute alte Kumpel, der immer das schnellste Moped und die schönsten Mädels gehabt hatte. Magic würde sie hier rauslassen. Tarzan suchte Magics Augen ...

Magic wird uns töten! Er wird uns umbringen!

Tarzan las es, als hätte es jemand mit schwarzer Farbe metergroß auf die roten Backsteinwände geschrieben. Er wird uns töten ...

Das Bild, das sich den SEK-Einheiten bot, sah aus wie das Gemälde eines fotorealistischen Malers. Aufgerissene Augen, halb erhobene Arme, eine fast romantisch wirkende Beleuchtung. Absolute Bewegungslosigkeit.

Die Stimme des Truppführers klang so emotionslos wie eine elektronische Ansage: »Aufstehen. Hände nach oben. Gesicht zur Wand ...« Einer der Männer hatte Zuckungen in der rechten Hand. Bevor sie die Innentasche seiner Lederjacke erreichte, wälzte er sich mit schmerzverzerrtem Gesicht auf dem Betonboden. Der Widerhall des Schusses rollte durch die Kühlkammer, brach sich an den Wänden und ließ die Ohren der Anwesenden klingeln.

Der Angeschossene umklammerte seinen linken Unterschenkel und starrte wütend auf das Blut, das zwischen seinen Fingern hervorquoll.

»Sie haben vier Personen angetroffen. Sie bringen sie raus. Einer ist verletzt.« Hans Schäberle informierte die anderen über die jüngste Entwicklung. »Wir verlegen ans Kühlhaus«, entschied er knapp. Laptops wurden zugeklappt, Funkgeräte eingesteckt, Alukoffer verschlossen. Der Speditionsboss durfte sein Allerheiligstes wieder benutzen. Elke Lukassow sah Frankfurt fragend an. »Wo ist eigentlich Solo?«

Alle hatten sie es gehört. Das gedämpfte, halb erstickte »Wumms« eines Gewehrschusses. Für jeden anderen Menschen hätte das Geräusch auch hundert andere Ursachen haben können. Türenschlagen, Auspuffknallen, ein Gewitter, der Bass eines Proleten-Autos, das heftige Absetzen eines Containers auf der nahen Umschlaganlage …

Es war ein Schuss. Tarzan wusste es. Rentsch wusste es erst recht. Magic wusste es auch …

Eine klobige Pistole lag plötzlich in seiner rechten Hand. Rückwärts ging er bis zur Tür, legte den Hebel um und zog sie einen Spalt weit auf. Stimmen waren zu hören. Herrisch, Befehle bellend.

Das Geräusch von Stiefeln auf staubigem Beton. Ein erstickter Schmerzenslaut. Magic schloss die Tür wieder, legte den Riegel um. Sein Blick huschte von Rentsch zu Tarzan. Der Lauf der Pistole machte die Bewegung mit.

»Keinen Mucks«, zischte er.

»Sie haben verloren …« Reinhold Rentsch klang so aufgeregt, als verkünde er gerade das Ergebnis einer Schachpartie. »Geben Sie mir die Waffe und lassen Sie uns da rausgehen, ich werde …«

»Fresse!« Die Pistole zitterte. Selbst bei der schlechten Beleuchtung erkannte Tarzan, dass Magic kreideweiß im Gesicht war. Seine Augen glänzten irre.

»Wir werden da rausgehen. Da hast du Recht, Alter. Wir werden da rausgehen, in einen 7er BMW steigen und verschwinden. Wir haben vorgesorgt. Die Bullen werden spuren, weil du sonst ein hässliches Loch in der Stirn haben wirst. Wie der alte Helland. Schade nur, dass ich für dich kein Riesenrad habe. Hättest auch gut ausgesehen als Rabenfutter …«

Tarzan wurde kalt. Er wollte etwas sagen, brachte aber nur ein Krächzen zustande. Er schluckte, würgte schließlich die Worte hervor: »Du hast Helland …«

»Ja, ich habe Helland!« Magic kam einen Schritt näher. »Ich habe den alten Drecksack erledigt. Er wollte uns auffliegen lassen. Mich, Novottny, den Zaren! Hat sich gut gehalten. Hat den Zocker gespielt. Den Gönner, den heimlichen Opportunisten im Gewand des kommunalen Wohltäters. Dabei hat er alles dokumentiert. Die illegalen Casinos, die der Zar in ganz Europa betreibt. Die Transporte der Mädchen aus der Ukraine, aus Russland, aus Thailand. Er war kurz vor dem Abschlussbericht. Wir haben großes Glück gehabt.«

»Magic, damit kommst du nicht durch.« Tarzan kam sich vor wie in einem surrealen Alptraum.

»Du irrst dich, Tarzan. So wie ich mich geirrt habe, als ich dich mit reingenommen habe. Ein Fehler. Ich habe meinen Anschiss bereits kassiert. Ich habe wirklich geglaubt, man könnte mit dir noch was anfangen. So wie früher eben. Dachte mir, so ein abgehalfterter Privatschnüffler, der auf einem Schrottkahn haust, wäre froh über anständige Kohle und einen guten Job. Ich wollte dir wirklich helfen, Alter, und du hetzt mir einen Undercover-Bullen auf den Hals. Was ist aus dir geworden …«

»Warum haben Sie Helland an das Riesenrad gebunden?« Rentsch wollte die Redseligkeit des Mörders ausnutzen.

»Es sollte aussehen wie ein Vergeltungsakt eines neidischen, ausgetricksten Feindes aus seinem Umfeld. Deshalb auch das Geld. Die Villa in Heidelberg haben wir extra für die Bullen angemietet. Die falschen Spuren, die Gerüchte um das angeblich zügellose zweite Leben des alten Arschlochs. Es gehörte alles zum Plan des Zaren. Er wollte Helland nicht nur aus dem Weg räumen. Er wollte jeglichen Verdacht von der CCC abwenden. Ich bin sein bester Mann. Ich arbeite sorgfältig und effizient. Deshalb werde ich auch unbeschadet hier herauskommen. Bei euch bin ich mir da nicht so sicher …«

»Jeder Geiselnehmer, der seine Gefangenen ermordet hat, wurde gefasst oder getötet.«

Rentsch schaute dem Killer in die Augen.

»Fast jeder. Hank Fitzgerald hat 1982 in Sarasota in Florida 19 Geiseln eine nach der anderen erschossen und starb vor zwei Jahren an einem Herzinfarkt in der Suite eines Luxushotels. Josef Hunke hat 1977 bei einem missglückten Banküberfall in Riesa eine junge Mutter getötet und ist mit ihrem Auto samt Baby getürmt. Bis heute fehlt von ihm jede Spur. Ich bin weder geistesgestört wie Fitzgerald noch profitiere ich von der Blödheit irgendwelcher Vopos. Ich bin Magic. Ich kann zaubern!« Rentsch lachte abgehackt. »Da draußen steht kein Trabi mit zwei Volkspolizisten. Da draußen steht ein Spezialeinsatzkommando. Wir sind hier auch nicht in Florida. Der SEK-Chef gibt Seminare in Quantico beim FBI. Das sind hoch ausgebildete Spezialisten. Die erschlagen Sie zur Not mit einer Zeitung oder erstechen Sie mit einem Bleistift. Geben Sie auf, Mazic. Der deutsche Strafvollzug ist auch für Mörder die bessere Alternative zum Tod.«

Magic kam noch näher. Rentsch schätzte die Entfernung ab. Wenn er noch einen Schritt … einen einzigen, kleinen Schritt … Der Killer schien seine Gedanken erraten zu haben. Rasch trat er zwei Schritte zurück, entsicherte die Pistole.

»Möglich, dass ich das hier nicht überstehe. Schade nur, dass ihr das nicht mehr erleben werdet. Ich nehm euch auf alle Fälle mit. Entweder nach draußen oder in den Tod. Ich habe nichts zu verlieren. Laut Handbuch gehöre ich damit zur gefährlichsten Sorte von Verbrechern. Du solltest das wissen, Bulle.«

Rentsch schwieg. Er wusste es nur zu gut.

Ein dumpfes Geräusch. Magic war mit einem Satz an der Tür, steckte den Lauf der PPK durch den Spalt und feuerte zweimal blindlings in den Gang. Gebrüllte Befehle, Getrappel, das Knarzen von Funkgeräten.

»Hier bin ich, ihr Schweine!«, brüllte Magic in die Dunkelheit jenseits der Tür. »Ich habe Zahn und Rentsch in meiner Gewalt. Der Bulle stirbt zuerst, wenn ihr nicht macht, was ich sage!«

Stille. Nach langen drei Minuten erscholl eine befehlsgewohnte Stimme: »Wir brauchen zuerst ein Lebenszeichen. Wenn wir in drei Minuten nichts hören, stürmen wir den Raum!«

Magic wedelte mit der Pistole in Tarzans Richtung. »Los, sag was!«

»Es ist nur einer! Es ist Mazic! Er hat …« Der Rest ging in einen erstickten Schmerzensschrei über, als ihm Magic die Fußspitze in den Magen trieb.

Magics Angriff hatte nur eine Sekunde gedauert, dann stand er wieder an der Tür: »Ihr verschwindet aus dem Gebäude! Alle! Augenblicklich! Ich habe zwei Geiseln. Eine davon werde ich sofort töten, wenn ich in fünf Minuten auch nur einen einzigen SEK-Arsch hier finde!«

»Was ist mit Rentsch? Lassen Sie mich mit Rentsch sprechen!«

Magic nahm die Pistole in beide Hände, stellte sich breitbeinig hin und zielte auf Rentschs Kopf. »Sag dem lieben Onkel da draußen Guten Tag, Bulle.«

»Hauptkommissar Reinhold Rentsch. Ich bin unverletzt!«

»Danke. Das hier werden Sie brauchen, Herr Mazic.« Ein klobiges, gummiarmiertes Handfunkgerät schlitterte über den Boden und blieb unmittelbar vor der Tür liegen.

»Noch etwas«, der Klang der Stimme wurde härter, »Sie haben keine Chance, Mazic. Geben Sie die Geiseln frei und stellen Sie sich. Es wird Ihnen nichts geschehen.«

Magic feuerte wieder zwei Schüsse durch den Türspalt. Eine der Kugeln jaulte als Querschläger durch den Gang.

»Das ist meine Antwort! Fünf Minuten! Dann mache ich

einen Kontrollgang! Den Bullen habe ich dabei. Wenn ihr Scheiß baut, bin ich vielleicht tot. Aber dem Herrn Hauptkommissar hier wird vorher noch etwas durch den Kopf gehen. Etwas Kleines. Aus Blei!«

Nach einer kurzen Pause klang wieder die sonore Stimme des SEK-Mannes aus der Dunkelheit: »Okay, Mazic. Wir räumen. Wenn Rentsch oder Zahn etwas passiert, kommen Sie nicht weit. Der Hafen ist dicht, das Kühlhaus umstellt. Verstärkung ist unterwegs. Ihre Kumpels singen wie die Fischerchöre …«

»Eine Minute ist bereits um!« Ausrüstung klapperte, Schritte entfernten sich.

»Hol das Funkgerät!«, befahl Magic und winkte mit der Pistole in Tarzans Richtung. Tarzan wankte zur Tür, immer noch die Hände auf den Bauch gepresst. Magic benutzte den fast einen halben Meter dicken Türflügel als Deckung und zielte auf Rentsch.

»Wenn du eine linke Tour versuchst, knall ich den Bullen ab.« Magics Stimme zischte wie eine gereizte Kobra. Als er an ihm vorbeiging, bemerkte Tarzan den stechenden Geruch von Angst und Verzweiflung. Magic war am Ende. Und er wusste es. Das machte ihn doppelt gefährlich.

Solo verließ unbemerkt das Gelände der Spedition. Sie überquerte die Güterhallenstraße und benutzte ein einzeln stehendes altes Wohnhaus als Deckung. Im Umkleideraum der Spedition hatte sie einen speckigen, alten Bundeswehrparka gefunden und eine dunkle Baseballkappe. Auf den ersten Blick konnte man sie durchaus mit einem der Fahrer oder Lagerarbeiter verwechseln, die hier arbeiteten.

Sie erreichte die Bahngleise. In langen Reihen standen

hier mit Containern beladene Spezialwaggons. Eine ideale Deckung. Zwischen zwei Gleisen marschierte Solo auf grobem Kies und Schotter in Richtung Kühlhaus. Sie hatte weder einen Plan noch eine Waffe noch eine Idee, wie sie in das Gebäude gelangen sollte, ohne von der Polizei oder den Gangstern bemerkt zu werden. Aber sie musste dort hin. Tarzan wurde in dem hässlichen Betonklotz gefangen gehalten. Sein Leben war in Gefahr. Sie wusste genug über Geiselnahmen, um Angst zu haben. Geiselnahmen waren immer ein Tanz auf Messers Schneide. Auf einem verdammt scharfen Messer.

Tarzan … Nichts anderes war mehr in Solos Kopf. Tarzan … Salzige Tränen rannen ihr übers Gesicht, sie wischte sie mit dem Ärmel des Parkas ab, merkte nicht, wie sie sich eine breite Schmutzspur über Nase und Wange zog. Marschierte weiter wie ein Roboter. Tarzan … Ich hol dich da raus. Tarzan … Ich bin unterwegs!

Solo erreichte die Rückseite des Merkur-Kühlhauses fast zeitgleich mit den Transportern und Streifenwagen. Vorne auf der Straße wurden gerade die verhafteten Gangster in getrennte Fahrzeuge gesetzt. Der Verletzte kam in einen Rettungswagen, der gleich darauf mit zwei Motorradpolizisten als Eskorte und eingeschaltetem Martinshorn davonraste.

Solo ging in die Hocke und spähte unter dem Fahrgestell eines Waggons hindurch. Der abgestellte Güterwagen und die Arbeitsbühne schienen verlassen zu sein. An den Ecken des Kühlhauses stand jeweils ein uniformierter Polizist. Solo erinnerte sich an die Pläne des Gebäudes. Auf der Rückseite gab es einen Zugang zum Maschinenraum im Keller. Die Pläne waren alt. Uralt … Sie versuchte, möglichst leise bis auf Höhe der Gebäudemitte zu gelangen. Dort war der Zugang zum Keller eingezeichnet gewesen. Scheiße …

Sie sah nirgendwo eine Tür oder eine Treppe. Wieder ein Blick zu dem Beamten an der Ecke: Das Geschehen auf der Straße lenkte den Mann offenbar ab. Solos Augen wanderten das gesamte Gebäude entlang. Ein mächtiges Gebüsch wucherte zwischen dem Gleis und der fleckigen, mit abblätterndem Putz bedeckten Außenwand.

Das war es! Der Eingang zum Keller lag hinter dem Busch! Deshalb stand hier auch keine Wache. Nicht einmal die Polizei hatte den Zugang entdeckt. Solo kroch unter dem Waggon hindurch. Der Polizist wandte ihr immer noch den Rücken zu. Er war etwa zwanzig Meter weit entfernt. Blitzschnell robbte sie hinter das Gebüsch, schlug sich dabei schmerzhaft die Kniescheibe an den Schienen an und biss sich die Unterlippe blutig, um nicht laut aufzuschreien.

Brombeeren! Verdammte Brombeeren! Die nadelfeinen Dornen ratschten und ritzten, fraßen sich förmlich in ihre Hosen und den Parka. Sie hatte die ohnehin zu langen Ärmel als Handschuhersatz über die Hände gezogen und kämpfte sich mit zusammengekniffenen Augen durch das Gewirr von Ranken, Blättern, Müll und spitzen Schottersteinen. Aus zahllosen Kratzern blutend erreichte sie schließlich das rostige Geländer, welches die Treppe markierte.

Acht Stufen führten zu einer rostigen, ehemals blauen, zweiflügeligen Metalltür. Am Ende der Treppe lag eine tote Ratte … Solo stieg die Treppe hinab, bemühte sich, den Kadaver zu übersehen, und erreichte die Tür. Die schwere Klinke ließ sich keinen Millimeter bewegen. Lange Rostnasen zogen sich von Schloss und Klinke bis fast auf den Boden. Von der Straße klang gedämpft das Dröhnen schwerer Motoren, Stimmengewirr und das Zischen von Luftdruckbremsen herüber. Die Belagerung lief an. Solo starrte die Tür an, als ließe sich allein mit der Kraft ihrer Gedanken ein Loch hineinbrennen. Tarzan ... Solo zog die Nase hoch, wischte sich wieder mit dem Ärmel über das Gesicht, zuckte zusammen, als sie die brennenden Kratzer berührte.

Sie schaute sich um. Durch den Busch und den Treppenschacht war sie hundertprozentig vor den Blicken der Polizisten geschützt. Sie schaute nach oben. Die graue Fassade des Kühlhauses schien bis in den Himmel zu reichen. Sie rüttelte verzweifelt an der Klinke. Etwas rieselte auf ihren linken Schuh: Rost und Farbreste. Vorsichtig trat Solo gegen den unteren Rand der Tür. Es fühlte sich an wie morsches Holz. Sie ging in die Hocke, nahm wieder die Ärmel der Jacke als Schutz und klopfte gegen das Metall. Aber da war kein Metall mehr. Bröselig wie ein zu hart gebackenes Croissant löste sich das Material in Staub und Rostpartikel auf. Solo schaute sich um. Kickte die tote Ratte angeekelt in die Ecke und fand eine große Schienenschraube. Fieberhaft kratzte sie eine Öffnung in die völlig verrottete Tür. Modriger Kellergeruch stieg ihr in die Nase, vermischt mit dem säuerlichen Gestank, den alte Kühlschränke manchmal an sich haben. Als die Öffnung groß genug war, kroch Solo auf dem Bauch hinein.

Tarzan gab Magic das Funkgerät und schlurfte zurück zur Matratze. »Steh auf, Bulle!« Magics Stimme klang heiser. »Komm her. Du gehst voran!« Er drückte die Ruftaste des Funkgeräts. »Hört mich jemand?«

»Klar und deutlich, wer spricht?« Eine neue Stimme. Wahrscheinlich der Einsatzleiter.

»Klaus Mazic. Ich habe euren Kollegen ungefähr einen Meter vor mir. Wir machen jetzt eine kleine Tour durch dieses gemütliche Haus. Wenn ihr einen Schuss hört, wisst ihr, dass ich jemanden gefunden habe. Habt ihr das verstanden?«

»Verstanden, Herr Mazic. Bedenken Sie, dass Sie nur im Erdgeschoss und in der Nähe des Eingangs Funkkontakt haben.«

»Ich weiß, Klugscheißer. Deshalb werdet ihr schön warten, bis ihr wieder was von mir hört. Verstanden?«

»Verstanden. Wenn Sie etwas brauchen, Lebensmittel, Wasser oder eine Taschenlampe, lassen Sie es uns wissen.«

»Ich ruf beim Zimmerservice an. Euer Deeskalationsscheiß zieht bei mir nicht. Ich kenne das Programm. Es ist langweilig. Ende.«

Magic wandte sich an Tarzan: »Oder wolltest du etwas zu lesen haben? Papa Magic ist gleich wieder da. Sei schön brav, Alter.« Magics Lockerheit wirkte krampfhaft überzogen, die Stimme war etwas zu hoch.

Die Tür schloss sich hinter Magic und Rentsch, der Riegel rastete knirschend ein, etwas wurde dagegengestellt. Die Türen von Kühlräumen waren aus Sicherheitsgründen stets beidseitig bedienbar und normalerweise nicht abschließbar. Magic musste den Hebel mit einem Gegenstand blockiert haben. Tarzan sank auf die Matratze zurück. Zwecklos, hier ausbrechen zu wollen. Wahrscheinlich stand auf der anderen Seite der Tür nur ein Stuhl oder etwas Ähnliches unter dem langen Hebel. Einfach und wirkungsvoll.

Er würde sterben. Heute oder in allernächster Zeit. Das war ihm klargeworden, als Magic ihm von dem Mord an Helland erzählt hatte. Magic hatte nicht vor, ihn oder Rentsch am Leben zu lassen. Selbst wenn ihm die Flucht gelang, würde er sie töten. Wenn sie ihren Zweck erfüllt hatten. Wenn er sie nicht mehr als Geiseln benötigte. Irgendwo am Rande einer Autobahn oder in einem einsamen Waldstück würden Spaziergänger ihre Leichen finden.

Magic war ein Killer. Er verdiente mit dem Töten von Menschen seinen Lebensunterhalt. Tarzan erkannte, dass die Anlagen dafür schon immer vorhanden waren. Schon damals, als sie den MCL gegründet hatten, den »Motorrad-Club Lampertheim«, dessen Mitglieder bis auf den dicken Erwin alle nur 50er fuhren. Sachs, Kreidler, Zündapp … Einer besaß sogar eine schrill heulende Maico. Sie hatten am Rhein eine Party gefeiert. Cola-Rot und Jim Beam von den Amis. Ein streunender Köter war plötzlich aufgetaucht. Man hatte den Mischling mit dem struppigen Fell freundlich aufgenommen, ihn mit Schokoküssen vom Eis-Oberfeld gefüttert, ihn Bier schlabbern lassen. Dann hatte er Magics Moped angepisst … Den Kadaver hatten sie in den Rhein geschmissen. Grölend und gegenseitig aufgeheizt vom Alk und vom Gruppenzwang … Magic warf die blutige Eisenstange hinterher. Lachend und mit einem Glanz in den Augen, der nicht nur vom Whiskey kam.

Tarzan sah die arme Töle wieder vor sich, hörte das Heulen und Winseln, das Krachen, als die Stange den Schädel des Tieres zerschmetterte. Sah Magic, wie er dem rasch davontreibenden, leblosen Körper mit der Flasche zuprostete. Jahrzehnte waren seitdem vergangen. Nun hatte wieder jemand Magics Moped angepisst. Er, Tarzan …

Solo rappelte sich auf. Drei Reihen Glasbausteine über der Tür erhellten den Raum. Deckenhoch gefliest, der Boden rot gekachelt. Eingedrungenes Regenwasser vermischte sich mit ausgelaufenem Öl und der dicken Staubschicht zu einer widerlichen Paste, auf der man leicht ausrutschen konnte. Die mächtigen Kühlaggregate hockten im Raum wie schlafende Elefanten. Gewaltige Kompressoren, riesige Transmissionsscheiben, rostige Ventile, halbblinde Manometer. Decken und Wände waren von unzählbaren Kabeln und Rohren bedeckt. Ein hölzernes Pult stand neben einer halb zerstörten Schalttafel, daneben ein alter Küchenstuhl. Bakelitschalter, altertümliche Lampen in Gitterkäfigen und gusseiserne Handräder. Alles verrostet, verrottet und mit einer fingerdicken Staubschicht bedeckt.

Eine halboffene Tür führte auf der linken Seite in eine dunkle Kammer. Solo schaute hinein, entdeckte ein Schlangennest rostroter Leitungen und vermeinte, im Hintergrund huschende Bewegung wahrzunehmen. Sie zuckte zurück, öffnete die nächste Tür und drehte versuchsweise den Lichtschalter. Sie erschrak, als ein vernehmliches »Klack« ertönte. Eine trübe Lampe brannte und beleuchtete eine Werkstatt. Hölzerne Kästen mit Schrauben, Muttern, Unterlegscheiben und Dichtungen. Regale mit Messuhren, Muffen und allen möglichen Ersatzteilen. Auf einem massiven Tisch lag ein ganzes Sortiment verrosteter Werkzeuge. Schraubenschlüssel, Steckschlüssel, Nüsse und Verlängerungen. Manche von ihnen waren so lang wie ein menschlicher Unterarm. Solo nahm einen massiven Steckschlüssel, der wie ein Hundeknochen geformt war, wog ihn prüfend in der Hand und beschloss, ihn mitzunehmen. Das Ding wog einige Kilo, war massiv und konnte einem Mammut den Schädel spalten. Solo verließ die Werkstatt, ihre Hand umklammerte den Schaft des Werkzeugs. Am hinteren Ende des Maschinenraums führte eine Treppe nach oben …

»Wenn wir diese Burg komplett abgehen, sind wir morgen noch unterwegs!«, bemerkte Rentsch in einem Ton, als gelte es, eine Besichtigungstour durch ein besonders langweiliges Museum abzukürzen. »Was ist das hier überhaupt? Ein Bunker?«

»Schnauze, Arschloch!« Magic stieß Rentsch die Mündung seiner Pistole in den Rücken. »Das ist ein altes Kühlhaus. Wir haben es seit vier Jahren gemietet. Als Lager und Ausweichplatz. Das geht über Nacht. Wir haben Notfallpläne und eine halbe Armee, die in wenigen Stunden ein komplettes Casino räumen und hier unterstellen kann.« Wieder ein Stoß. »Rechts! Eine Kammer nach der anderen. Dann das nächste Stockwerk. Ich kenn mich aus. Ich lass mich nicht verarschen. Wenn das drei Tage dauert, dann dauert es eben drei Tage. Ich bin der Boss, und denk dran: Wenn du den Helden spielen willst, knall ich dich ab!« Rentsch schwieg. Er hatte nicht vor, sich wie einen tollwütigen Hund über den Haufen schießen zu lassen. Dass Mazic mit ihm diese Tour machte, kam ihm sehr gelegen. Es würde sich schon eine Gelegenheit finden …

Nach fünf oder sechs Minuten hatten sie sämtliche Räume im Erdgeschoss kontrolliert.

»Aufmachen!« Magic deutete mit der Waffe auf eine grau gestrichene Metalltür. Mit Schablonenschrift war »UG Maschinenraum, Betreten verboten« daraufgeschrieben. Rentsch drehte den Schlüssel und zog die schwere Tür auf. Sie quietschte wie ein zu Tode erschrockenes Ferkel. Undefinierbarer Geruch stieg herauf.

»Runter!«, befahl Magic und drehte den Lichtschalter an.

Der Handelshafen wurde weiträumig abgesperrt, die Zufahrten Teufelsbrücke, Spatzenbrücke und Mühlaubrücke geschlossen. Als einzige, streng kontrollierte Zufahrt blieb die Hubbrücke im Zuge der Neckarvorlandstraße. Der Bereich in unmittelbarer Nähe des Kühlhauses, die von Neckar und Rhein gebildete Landspitze, wurde evakuiert. Eine Recyclingfirma, mehrere Speditionen, das Verladeterminal der DUSS sowie das Tanklager waren praktisch menschenleer. Von zwei im Mühlauhafen festgemachten Schiffen wurden insgesamt 12 und aus der Häuserzeile »Neckarspitze« 67 Menschen in bereitgestellte Busse gewiesen und aus der Gefahrenzone gebracht. Die exponierte Lage des Kühlhauses und das rasche Reagieren der Polizeikräfte verhinderten, dass Reporter und Fernsehteams den Einsatzort in einen Zirkus verwandelten. Das Ostufer des Neckars dagegen füllte sich zusehends mit den Fahrzeugen der Medien. Gewaltige Teleobjektive richteten sich auf den hässlichen Betonkoloss. Die Wasserschutzpolizei vertrieb ein paar ganz Schlaue, die mit einer großen Motoryacht auf dem Neckar kreuzten.

Hubschrauber kreisten über dem Hafen, die Schifffahrt auf Rhein und Neckar wurde gesperrt und im Minutentakt erreichten neue Einsatzkräfte den Ort des Geschehens. In respektvollem Abstand warteten vier Notarztwagen samt Besatzung. Die Mannheimer Berufsfeuerwehr hatte ihr Feuerwerk eingestellt und hielt sich für weitere Einsätze bereit. Das Höhenrettungsteam wurde angefordert.

In der mobilen Einsatzzentrale, einem Container, den ein Absetzkipper auf dem Lkw-Warteplatz der Containerverladung abgestellt hatte, liefen alle Fäden zusammen. Hauptkommissar Hans-Peter Bluhm hatte seine schmuddelige Jacke achtlos in eine Ecke geworfen, sprach gleichzeitig in zwei Telefone und ein Handy, wies seinen Leuten ihre Aufgaben zu und hatte trotzdem ständig die Lage im Blick. Der schlampig wirkende Beamte mit den fahrigen Bewegungen, den Triefaugen und dem nasalen, breit gewalzten Mannheimer Dialekt bewies, wie wenig der äußere Schein eines Menschen zu bedeuten hatte. Bluhm war in Hochform. Die Zusammenarbeit mit dem SEK-Leiter Schäberle funktionierte reibungslos. Das im Fernsehen so gerne strapazierte Klischee von Kompetenzgerangel und Profilneurosen fand hier nicht statt. Im Mannheimer Hafen ging es nicht um Einschaltquoten. Hier ging es um Menschenleben. Profis arbeiteten mit Profis. Spezialisten und Meister ihres Fachs. Hoch qualifiziert, bestens ausgerüstet, hoch motiviert. Aber würde es reichen? Diese Frage stellte sich immer wieder neu.

Elke Lukassow und Frankfurt standen vor dem grünen Container.

»Zigarette!«, schnarrte die Kommissarin.

»Was?«

»Zigarette! Gib schon her, Kerl!«

Völlig verdattert reichte Frankfurt seiner Kollegin einen Glimmstängel. »Seit wann rauchst du denn?«

»Ich rauche nicht, du …«, ein heftiger Husten verschluckte den mit Sicherheit nicht besonders charmanten Zusatz.

Heftig paffend rieb sich Luke die Tränen aus den Augenwinkeln.

»Solo ist immer noch nicht da?«

Frankfurt zuckte die Achseln. »Vielleicht holt sie was zu essen.«

Der Blick, mit dem die Lukassow ihn bedachte, war vernichtend. Das Kühlhaus ragte etwa 50 Meter von ihnen entfernt in den grauen Himmel. Immer noch erklangen Martinshörner, erreichten Einsatzfahrzeuge den Ort, lärmte der Hubschrauber hoch über ihnen.

Solo presste ihren Rücken an die Wand. Ihr Herz schlug einen rasenden Trommelwirbel in ihrer Brust. Sie hatte gerade den Fuß auf die unterste Stufe der Treppe gesetzt, als oben die Tür quietschte. Sie drückte sich tiefer in die kleine Kammer unmittelbar neben dem Treppenaufgang. Wohl ein ehemaliges Farblager mit Regalen voller Blechkästen und Dosen, gerade mal so groß wie ein Kleiderschrank. Spinnweben streiften ihre Stirn, sie widerstand dem Impuls, sie beiseitezuwischen. Auf dem Boden stand das Wasser zentimeterhoch. Es begann, in ihre Schuhe zu laufen. Kalt, stinkend, widerlich. Sie umklammerte den schweren Steckschlüssel mit beiden Händen. Er schien Tonnen zu wiegen.

Schritte auf der Treppe … Knirschend, langsam, vorsichtig. Eine leise, böse klingende Stimme murmelte etwas. Zwei Männer … Sie glaubte, in dem wütenden Zischen Magics Stimme erkannt zu haben. Wer war der andere?

Rentsch? Tarzan? … Solo hielt den Atem an, versuchte das heftige Zittern zu unterdrücken, das sie befiel, krallte sich an das schwere Werkzeug wie an einen Rettungsanker.

Ein Schatten, hervorgerufen durch die Treppenhausbeleuchtung, fiel in den Raum. Solo brach der Schweiß aus. Heiß. Klebrig. Der Unsinn mit dem kalten Schweiß stimmte überhaupt nicht.

»Hier ist keiner.« Rentsch! Solo schickte ein stummes Danke zur Decke, warf einen raschen Blick zu dem rissigen Beton hinauf. Ihr Atem stockte. Unmittelbar über ihr kroch eine große, haarige Spinne. Ein heißes Würgen stieg in ihr auf. Sie hatte als Kind mit Regenwürmern gespielt, Engerlinge an die Hühner ihrer Oma verfüttert und Schneckenrennen veranstaltet. Doch ein simpler Weberknecht genügte, um aus dem robusten Mädchen eine schreiende Phobikerin zu machen. Schlangen, Alligatoren, Quallen, Frösche … alles hätte die kleine Bertha sogar noch mit ins Bett genommen. Aber Spinnen … Sie hatte sogar einmal einen ganzen Tag ungewaschen verbracht und auf Tarzan gewartet, weil in einer Ecke des Badezimmers eine winzige Spinne hockte.

Das, was wenige Zentimeter über ihrem Kopf von der

Decke hing, wuchs in ihrer Vorstellung auf die Größe einer Vogelspinne. Solo presste die Zähne zusammen. Spinnen spüren die Wärme großer Säugetiere und lassen sich auf sie fallen. Sie stechen sie und legen ihre Eier in ihnen ab, die »Wirtstiere« sterben einen qualvollen Tod … Gequirlter Blödsinn. Solo wusste es. Aber die fest einzementierten Ängste der kleinen Bertha feierten hier fröhliche Auferstehung. Ein Schuh trat auf eine Glasscherbe.

»Alles leer.«

»Weiter, Arschloch!« Magic. Unverkennbar. Wortwahl, Stimme, alles. Solo schaffte es, die Spinne zu verdrängen, hob den Steckschlüssel, fühlte warmes Blut im Mund, wo ihre Zähne sich in die Unterlippe gruben.

Rentsch kam in den Raum, wandte sich nach links, geriet in ihr Blickfeld …

»Hier sind nur …«, ihre Blicke kreuzten sich, die Pause, die Rentsch machte, dauerte nur einen Lidschlag, »… alte Maschinen. Schrott.« Rentsch zwinkerte ihr zu, drehte sich nach rechts und schaute hinter den mächtigen Block einer Kältemaschine. Er stützte sich plötzlich darauf, als hätte er einen Schwächeanfall, hielt sich den Bauch und hustete. Ein grässliches, würgendes Husten, das klang, als würde er sich jeden Moment erbrechen.

»Was is' los, Alter, hast du 'ne Stauballergie oder was?« Magic kam endlich aus dem Treppenhaus. Seine Stimme war der blanke Hohn. Er weidete sich förmlich an dem Anfall des Polizisten. Rentsch hatte seinen Standort so gewählt, dass Magic Solo den Rücken zuwandte, als er sich hinter Rentsch aufbaute. Rentsch hing mittlerweile über dem Antriebsmotor des Kompressors wie ein nasser Sack.

Magic war gerade einmal zwei Meter von Solos Versteck entfernt. Er ließ die Waffe sinken. Der würgende, spuckende Polizist wirkte im Augenblick nicht besonders gefährlich.

Solo hob den Steckschlüssel, die Spinne über ihr ließ sich fallen. Wie von einem Katapult abgeschossen sprang Solo aus der Kammer, das massive Werkzeug hoch über dem Kopf. Magics Kopf ruckte herum, ungläubig aufgerissene Augen, sein Gehirn gab wohl noch den Befehl, die Schusshand zu heben, er kam jedoch nie in den dazu gehörenden Nervenbahnen an. Mit einem grässlichen Krachen prallte der Steckschlüssel auf Magics Kopf, glitt ab, riss das linke Ohr in Fetzen und zermalmte Schlüsselbein und Schulterblatt. Ohne auch nur einen Laut sackte Magics Körper zusammen, donnernd löste sich ein Schuss aus der Pistole. Die Kugel schrillte als Querschläger kreuz und quer durch den Raum.

Solo starrte auf ihre schmerzende Hand, auf den blutverschmierten Steckschlüssel auf dem Boden und den verrenkten Körper von Klaus Mazic. Zitternd sank sie auf die Knie, hob die Hände vors Gesicht, schluchzte laut auf. Reinhold Rentsch stieg über Magic, bückte sich und hob die Waffe auf. Nachdem er sie überprüft und gesichert hatte, steckte er sie in den Hosenbund und half Solo hoch. Er nahm ihre Handgelenke und zog ihr sanft die Hände vom Gesicht. »Es ist vorbei, Solo. Tarzan ist okay. Es geht ihm gut, hörst du? Tarzan ist okay.« Solo legte ihre Arme um ihn und weinte hemmungslos. Dann brach oben die Hölle los …

Als sich der Schuss aus Magics Pistole löste, gab Schäberle das Zeichen zum Sturm auf das Kühlhaus. Die Eingangstür zerbarst, als ihr der erste Trupp mit einem massiven Rammbock zu Leibe rückte. Blendgranaten kollerten in den Raum, explodierten mit grellem Lichtblitz und hüllten alles in dichten Rauch. Die Männer vom SEK trugen spezielle Sichtgeräte und arbeiteten sich rasch durch die Räume im Erdgeschoss. Die Einheiten verteilten sich. Fast zeitgleich mit der Befreiung des verstörten Tarzan polterten sechs vermummte Schwerbewaffnete in den Maschinenraum im Keller. Gewehrverschlüsse klickten, Kommandos wurden gebrüllt, der leblose Körper Klaus Mazics umstellt und behutsam untersucht.

»Er lebt«, sagte der Truppführer. »Puls schwach und unregelmäßig, Atmung flach, aber er ist am Leben. Notarzt! Schnell!«

Wenige Minuten später kümmerten sich in grellrote Jacken gekleidete Rettungsassistenten und eine Notärztin um den Schwerverletzten. Hinter der mobilen Einsatzzentrale auf dem Lkw-Parkplatz wartete mit pfeifender Turbine der Rettungshubschrauber.

Der regionale Fernsehsender RNF-Plus änderte sein Programm und brachte einen ausführlichen Bericht über die Geiselnahme im Mannheimer Handelshafen. Noch während der Moderator mit Vertretern der Polizei sprach, wurde ihm eine Meldung zugesteckt. Er las sie kurz und wandte sich dann an die Zuschauer:

»Meine Damen und Herren, soeben erreicht uns die Mitteilung, dass der Geiselnehmer Klaus Mazic in der Heidelberger Kopfklinik seinen schweren Verletzungen erlegen ist. Über die näheren Umstände der Geiselbefreiung ist uns leider noch nichts bekannt, jedoch betont Hauptkommissar Martin Boll von der Pressestelle des Mannheimer Polizeipräsidiums, dass Mazic nicht durch eine Polizeikugel getötet wurde. Wir halten Sie selbstverständlich auf dem Laufenden. Ich begrüße nun im Studio den leitenden Oberstaatsanwalt Alfred Vanheiden, Guten Abend Herr Vanheiden …«

»Ich habe ihn umgebracht …« Solos Wangen glänzten tränennass. Tarzan hielt ihre Hand. Sie saßen am großen Esstisch im Wohndeck der Lady Jane. Elke Lukassow hatte Hubert mitgebracht. Kerzen brannten, Tarzan hatte ein Festessen gezaubert und teurer Wein schimmerte in den Gläsern. Es war keine Feier. Man traf sich unter Freunden. Tarzan hatte um die Hilfe seiner Freunde gebeten. Solo steckte in einer tiefen Krise. Die Geschehnisse im Merkur-Kühlhaus waren erst zwei Tage her.

»Solo, es war Notwehr«, Lukes Stimme klang flehend. »Du hast Tarzan und Reinhold Rentsch das Leben gerettet. Ohne dich hätte das in einer Katastrophe enden können. Denk an Gladbeck. Solo, jeder unserer Beamten hätte genauso gehandelt. Die hatten den Befehl, Mazic zu töten. Solo, du musst das einsehen. Du hast keine Schuld an Mazics Tod …«

»Ich habe einen Menschen getötet! Mit meinen eigenen Händen! Ich sehe diese Bilder Tag und Nacht vor mir! Luke, ich habe Magic umgebracht!« Solo sprang auf, schob die Schiebetür auf und trat hinaus in die kühle Nachtluft am Lampertheimer Altrhein. Luke folgte ihr und machte den anderen ein Zeichen, sie alleine zu lassen.

Fast eine Stunde später kamen die beiden Frauen wieder herein.

»Jemand noch ’n Bier? Ich brauche jetzt eins. Ein großes. Aus der Flasche!« Tarzan schaute Solo entgeistert an. Normalerweise trank seine Lebensgefährtin niemals Bier. Schon gar nicht aus der Flasche! Völlig verdattert trabte er gehorsam in die Küche und brachte vier Flaschen. Ein cooler Kerl wie er öffnete natürlich Bierflaschen mit dem Feuerzeug und erst, als er sich einen Fingernagel eingerissen hatte, nahm ihm Hubert die Flaschen ab und öffnete sie routiniert mit seinem Schweizer Messer.

»Schau an, der Herr Musiklehrer!«, staunte Tarzan und entspannt stieß man miteinander an. Solo war wie ausgewechselt und Tarzan entgingen die Blicke nicht, die sie und Elke miteinander tauschten. Was hatten die Frauen da draußen die ganze Zeit beredet? Tarzan beschloss, dass es ihm egal war. Ganz gleich, welche psychologischen Kniffe Luke bei Solo angewandt hatte: Sie schien wieder ganz die Alte zu sein. Nur das zählte.

16
Der Sturz des Zaren

Es war eine der größten Polizeiaktionen der Nachkriegszeit. Zeitgleich stürmten in 27 Städten und Gemeinden in Deutschland, Frankreich, den Beneluxländern und Dänemark Spezialeinsatzkommandos illegale Spielcasinos, Bordellbetriebe sowie die dazugehörigen Tarnunternehmen. 427 Personen wurden festgenommen, 87 Verstöße gegen die Einwanderungsgesetze festgestellt und die Personalien von 496 zum Teil prominenten »Gästen«, vom biederen Familienvater bis zum Europaabgeordneten, vom Profifußballer bis zum Konzernchef, vom Prediger bis zum international gefeierten Talkmaster, aufgenommen.

Die »Operation Paukenschlag« war ein voller Erfolg. Millionen an Bargeld wurden sichergestellt, Konten wurden eingefroren, Firmen durchsucht. Der Paukenschlag sollte in den Ohren manch »ehrbarer« Magnaten noch sehr lange nachhallen. Die europaweite Zusammenarbeit der verschiedenen Polizeien mit den jeweiligen Finanzministerien, den zuständigen Kartellbehörden und den Staatsanwaltschaften funktionierte zwar nicht immer reibungslos, aber letztendlich sehr effektiv. Ein Sumpf von der Größe der Everglades wurde trockengelegt. Tausende kleiner Fische zappelten in den Netzen der »Fischer«, viele große und einige ganz dicke.

Die zentrale Einsatzleitung in Hannover füllte ein überdimensionales Diagramm in Form einer Pyramide mit immer mehr Namen. Der Generalbundesanwalt persönlich schrieb den letzten Namen eigenhändig mit seiner steilen, wie gestochen wirkenden Handschrift auf die Spitze des Dreiecks …

Officer Lee studierte die Papiere des Lincolnfahrers mit der gebotenen Ruhe. Die Luft über dem Pettybone Highway flirrte. Aus dem Fenster des protzigen Wagens wehte der Eishauch einer auf Hochtouren laufenden Klimaanlage. Die Brustwarzen der arroganten Tussi auf dem Beifahrersitz würden in Kürze Löcher in den DKNY-Fummel bohren.

Der Mann hinter dem Lenkrad war dick. Dick und verschwitzt. Seine fette rosa Hand hatte gezittert, als er den internationalen Führerschein und einen weinroten Reisepass aus dem Fenster gehalten hatte. »Steigen Sie bitte aus.« Schweißperlen unter semmelblonden Haaren.

»Officer, ich …«, eine Hand schlüpfte in die Innentasche des Leinenjacketts.

Deputy-Sheriff Jessica Lee sprang einen Schritt zurück, der schwere Colt Trooper MK III zeigte genau zwischen die weit aufgerissenen Augen des Mannes.

»Nehmen Sie die Hand langsam wieder heraus, Mr. Hangstrathen«, sagte die stämmige Polizistin mit einer Stimme, die selbst hier, unweit der mexikanischen Grenze, für Bodenfrost sorgen konnte. »Steigen Sie aus und legen Sie die Hände auf das Autodach!«

Die Tank- und Rastanlage »Am Hockenheimring« lag an der A67 zwischen dem Walldorfer Kreuz und dem Dreieck Hockenheim. An jenem Dienstag hatte das Autobahnpolizeirevier Walldorf gemeinsam mit dem Gewerbeaufsichtsamt und dem Zoll eine großangelegte Reisebuskontrolle im Bereich der Rastanlage eingerichtet.

Zwei Beamte der Motorradstaffel drehten ihre Runden

zwischen dem Walldorfer Kreuz und der Raststätte, pickten sich mit erfahrenem Blick »Kandidaten« aus den zahlreich diesen Verkehrsknoten passierenden Reisebussen und lotsten sie zur Kontrollstelle. Dort wurden zunächst Passagiere und Fahrer einer Personen- und Gepäckkontrolle durch den Zoll unterzogen, während Beamte des technischen Zuges die Verkehrssicherheit der Fahrzeuge überprüften. Seit dem frühen Morgen waren hier insgesamt 27 Männer und Frauen der verschiedenen Dienststellen im Einsatz. Für 10.00 Uhr hatte sich ein Fernsehteam des Südwestrundfunks angekündigt, das eine Dokumentation über die Arbeit der Behörden drehen wollte.

Die Operation »Schleppnetz« war ein voller Erfolg. In den ersten drei Stunden wurden insgesamt 16 Reisebusse kontrolliert, drei mit Haftbefehl gesuchte Personen konnten festgenommen werden, mehrere Hundert Stangen Zigaretten wurden sichergestellt, ein rollender Schrotthaufen wurde an Ort und Stelle stillgelegt, eine geringe Menge Drogen beschlagnahmt und ein Fahrer wegen Lenkzeitüberschreitung zu einer achtstündigen Zwangspause verdonnert.

Die Zusammenarbeit der verschiedenen Behörden klappte einwandfrei, die meisten Beamten kannten sich bereits von früheren Einsätzen. Es herrschte eine entspannte, professionelle Atmosphäre.

Als ein moderner, silberner Mercedes-Omnibus brav den Handzeichen der Einweiser folgte und mit summender Klimaanlage zum Stehen kam, gab es allerdings etwas Unruhe unter den Kontrolleuren vom Zoll, als erkennbar wurde, dass sich in dem Gefährt fast ausschließlich sehr junge und sehr hübsche Damen befanden.

Man zog Hölzchen, warf Münzen und grinsend kletterten Julius Hofstetter und Manni Koch in den eleganten Hochdeckerbus. Der Fahrer saß in weißem Hemd und mit

Krawatte hinter dem Steuer, die Tasche mit den Dokumenten bereits in der Hand, und begrüßte die Beamten freundlich.

Zwei südländisch aussehende Begleiter in dunklen Anzügen musterten die Uniformierten weitaus weniger freundlich. Anstelle von Krawatten trugen sie massive Goldketten, die sich hoffnungslos in Brusthaarperücken Marke Gorilla verstrickt hatten.

Die Damen waren noch hübscher, als es durch die getönten Scheiben des Busses zuerst den Anschein gehabt hatte, zumal Manni und Jule nun freien Blick auf wohlgeformte lange Beine, ultrakurze Röckchen und erstaunliche Oberweiten genossen. Die finster blickenden Südländer wiesen sich als rumänische Staatsbürger aus und sammelten die Pässe der Frauen ein. Zollobersekretär Koch stutzte, als er die nagelneuen Personaldokumente in Empfang nahm. Sämtliche Pässe sahen geradezu jungfräulich aus, die Bilder darin schienen erst gestern aufgenommen worden zu sein, auf einem der Fotos trug die junge Frau sogar die gleiche Bluse, die sie im Augenblick anhatte. Das konnte auch ein Zufall sein.

Koch hatte zwei Voraussetzungen für eine Laufbahn im mittleren Zolldienst mitgebracht: Er hatte die Realschule mit einem ordentlichen Zeugnis verlassen und er glaubte nicht an Zufälle …

Sein Kollege »Jule« Hofstetter fragte gerade einen der Brusthaarimporteure nach dem Ziel der Reise und der Art der Reisegruppe.

»Engeland. Wir Engeland. Ballett, verstehst du? Tanzen.« Er hüpfte auf einem Bein wie ein betrunkener Kranich bei der Balz.

»Aha …« Hofstetter musterte den Mann, dessen Nachnamen er nicht aussprechen konnte und der mit Vornamen

Nikolae hieß. Hofstetter nannte ihn in Gedanken Ceausescu. Der Mann sprach zwar mit starkem Akzent, aber gut verständlich. Als Jule nach dem Gastspielvertrag und der Arbeitserlaubnis fragte, schmolzen allerdings Ceausescus Deutschkenntnisse rapide dahin.

Die eingehende Überprüfung der Pässe ergab, dass es sich um zwar hervorragende, aber trotzdem eindeutige Fälschungen handelte.

Ceausescu und sein Kumpel Mihai »Nixwisse« Pacepa wurden vorläufig festgenommen, nachdem in ihrem Gepäck eine Glock 26 und eine russische Tokarev entdeckt wurden. Die Pistolen waren geladen und in den doppelten Böden von Reisetaschen zusammen mit Reservemunition versteckt worden.

Die »Tänzerinnen« sprachen allesamt kein einziges Wort Deutsch oder Englisch, brachen kollektiv in Tränen aus und waren wohl von den beiden »Reiseleitern« tatsächlich mit einem fingierten Gastspielvertrag geködert worden. Der Busfahrer, ein unbescholtener Mann, hatte die Gruppe am Münchener Hauptbahnhof übernommen und hatte den Auftrag, ins belgische Zeebrugge zu fahren. Die Bus-Charter wurde bar und im Voraus bezahlt.

Das TV-Team des SWR war gerade noch rechtzeitig erschienen, um die Festnahme der beiden und den Abtransport der heulenden Hupfdohlen zu filmen.

Die harten Jungs mit den Goldkettchen sangen bei Erwähnung des Wortes Auslieferungshaft wie die Zeisige, erzählten von einem geheimnisvollen Auftraggeber namens Boris Charkow und dass sie solche Transporte mehrmals im Jahr durchführten. Sie kooperierten vorbildlich, verlangten eine Unterbringung in einem Hochsicherheitsgefängnis, was abgelehnt wurde, und wurden in getrennte Blöcke der JVA Mannheim eingewiesen.

Nikolae »Ceausescu« starb zwei Tage nach seiner Einlieferung bei einem unglücklichen Sturz in der Dusche. Mihai Pacepa verstarb nach mehreren Wespenstichen an einem Allergieschock, als er eine Birne seines Zellengenossen verzehrte, in der sich ein halbes Dutzend der Insekten befanden. Der Zellengenosse, dem seine Frau das Obst gebracht hatte, erlitt einen schweren Schock und wurde in das Universitätsklinikum verlegt, von wo ihm noch am selben Tag die Flucht gelang …

Ein Untersuchungsausschuss wurde eingesetzt, der auf eine Mauer des Schweigens stieß. Die Sicherheitsvorkehrungen im »Café Landes« wurden drastisch verschärft, der Anstaltsleiter beurlaubt und die Fahndung nach Boris Charkow ausgeweitet.

Der Rittersaal des Mannheimer Schlosses, einem der größten Barockschlösser Europas, war der richtige Rahmen für festliche Veranstaltungen. Die Verleihung der silbernen Bürgermedaille der Kurpfalzmetropole war ein solcher Höhepunkt.

Im Foyer schwadronierten die geladenen Gäste an elegant gedeckten Stehtischen bei Champagner und Schnittchen über den zu ehrenden Mannheimer Bürger. Die Kronleuchter im Rittersaal verbreiteten funkelnden Glanz auf dem spiegelnden Parkett. Ein überdimensionales Modell des Mannheim-Culture-Domes wurde von den ausführenden Architekten des Büros Ferenzy & Schmidbauer dem interessierten Publikum erklärt. Sie hatten auch schon die Sheikh-Suleyman-Arena in Dubai und das Future-World-Project in der Wüste Nevadas geplant.

Mannheims Oberbürgermeister Gerhard Widder erschien erst unmittelbar vor der Zeremonie. Auch der zu ehrende Mann des Tages machte sich zunächst rar. Die versammelte Presse überprüfte ein letztes Mal ihre Technik, die Scheinwerfer flammten auf und ein Quartett spielte Kammermusik.

Zunächst sprach Marianne Baltus-Hahlenwerder, die Leiterin des Kulturdezernats, eine kurze Laudatio, dann begrüßte der Oberbürgermeister die Anwesenden. Durch eine der hohen, prächtig verzierten Türen trat ein hochgewachsener, athletisch gebauter Mann Ende fünfzig mit vollem, fast weißem Haar, gebräuntem Teint und stechenden, unwirklich blauen Augen. Sigmar Zarrach trug einen dunkelblauen Anzug, dessen Schlichtheit den Frack des Bürgermeisters beinahe wie ein Fastnachtskostüm aussehen ließ. Der Zar trug niemals eine Krawatte. Ein farblich abgestimmter Rollkragenpullover ließ den Milliardär aussehen, als käme er gerade von seiner Yacht, die an der Mole von Nizza einen festen Liegeplatz hatte. Er küsste seiner Laudatorin den Handrücken, schüttelte dem Oberbürgermeister mit einer exakten, angemessenen Verbeugung die Hand und winkte der Presse und dem applaudierenden Publikum jovial zu.

An der Eingangstür entstand kurz Unruhe, als ein offensichtlich nicht eingeladener Mann Einlass begehrte. Die Sicherheitskräfte hatten die Lage aber wohl jederzeit im Griff.

Die Musiker intonierten Mozarts Streichquartett Nr. 9, der Bürgermeister griff nach der samtbeschlagenen Schatulle und trat an das Rednerpult mit dem Mannheimer Stadtwappen, der Wolfsangel und dem gekrönten Kurpfälzer Löwen.

Ein unwilliges Flüstern und Raunen breitete sich im Publikum aus, als eine ungepflegt wirkende Gestalt in speckiger Lederjacke, zerknautschter »Batschkappe«, kariertem Holzfällerhemd und fleckiger Cordhose geradewegs auf die kleine Gruppe im Scheinwerferlicht zusteuerte. Sigmar Zarrach trat naserümpfend einen Schritt zurück, als der Mann mit dem Dreitagebart seinen enormen Bierbauch an ihm vorbeischob und sich Gerhard Widder näherte. Der OB suchte nervös mit den Augen die Tür, erkannte zwei uniformierte Polizisten und schien sich wieder etwas zu beruhigen. Der Penner, um einen solchen schien es sich tatsächlich zu handeln, stellte sich vor das Stadtoberhaupt und redete leise und eindringlich auf Widder ein.

Widder schüttelte zuerst unwillig den Kopf, nickte dann mehrmals und sagte einige Worte zu seiner Kulturdezernentin. Die Presseleute rissen derbe Sprüche und fotografierten die merkwürdige Szenerie. Das Publikum reagierte mit entrüstetem Gemurmel, als der Oberbürgermeister und Frau Baltus-Hahlenwerder den Raum durch eine Seitentür verließen.

Das Quartett war mittlerweile beim Andante angelangt und fiedelte unverdrossen weiter, als sei nichts geschehen.

Der »Penner« wandte sich an Sigmar Zarrach, zeigte seinen Dienstausweis und sagte in deutlich vernehmbarem, breitestem Mannemerisch: »Bluhm, Kripo Mannheim. Ich verhafte Sie wegen Anstiftung zum Mord in drei Fällen, Verstoßes gegen das Glücksspielgesetz, Verstoßes gegen die Einwanderungsbestimmungen, das Geldwäschegesetz und noch einem halben Dutzend anderer Straftaten. Herr Zarrach, ich möchte Sie bitten, mir unauffällig zu folgen.«

Der letzte Absatz war der Witz des Jahrhunderts. Zu den Klängen des Menuetto Trio waren die Journalisten aufgesprungen, schrien wild durcheinander wie Schüler nach der Eröffnung, dass ab heute die Ferien gestrichen würden und balgten sich um die besten Plätze. Die beiden Polizisten nahmen einen offensichtlich massiv irritierten Sigmar

Zarrach in die Mitte und bugsierten ihn, den massigen Bluhm als Wellenbrecher nutzend, durch die aufgebrachte Menge zum Ausgang.

Das Streichquartett fiedelte sich, ungeachtet des Trubels, durch den vierten Satz. Bestimmt hatten sie alle »Titanic« gesehen …

Sigmar Zarrach wurde um 15.45 Uhr in eine der Gewahrsamszellen im Mannheimer Polizeipräsidium gebracht. Um 16.10 Uhr ließ ihn Bluhm in sein Dienstzimmer bringen, in dem bereits Frankfurt und die Lukassow auf den prominenten »Gast« warteten. Um 16.30 Uhr erschienen drei Anwälte der äußerst renommierten Kanzlei Brown, Parker, Siegler und Partner, verlangten äußerst resolut die sofortige Freilassung ihres Mandanten und besprachen sich nach kurzem Gespräch mit Bluhm äußerst erschüttert mit dem Zaren.

Die Presse überschlug sich. Der Eklat im Mannheimer Schloss entfachte einen wahren Flächenbrand. Keine Dorfpostille, die den Zaren nicht auf ihrer Titelseite hatte, keine Talkshow ohne Experten, und waren sie auch noch so selbst ernannt. Spielfilme wurden verlegt, Brennpunkte eingeschoben, die Programmdirektoren balgten sich um beteiligte Personen wie Piranhas um ein totes Kalb.

Die Anwälte des Zaren schubsten Beckham, den iranischen Präsidenten, Klinsi & Co und sogar den Papst aus dem Rennen. Der Zar war in aller Munde. Seine Verlautbarungen, von den Anwälten in Funk und Fernsehen verbreitet und in sämtlichen Printmedien als ganzseitige Anzeigen veröffentlicht, schrien seine Unschuld in alle Welt. Er war das bedauernswerte Opfer bösartiger Intrigen, gewinnsüchtiger Mitarbeiter und skrupelloser Geschäftemacher. Er war ein Mann der Kunst und des Geistes, ein Wegbereiter für Sport und Kultur, ein Wohltäter der Menschheit.

Im Augenblick saß der Wohltäter der Menschheit wenig standesgemäß in der vergitterten Zelle eines Gefangenentransporters der JVA Mannheim. Dröhnend und klappernd rollte der betagte Mercedes 608D über die A67 in Richtung Süden. Der Transport war sorgfältig vor den Medien geheimgehalten worden, die Scheiben des Kastenwagens waren verdunkelt. Zwei Streifenwagen und ein dunkler Passat begleiteten die »Grüne Minna«.

Über die A6 und die A81 ging es weiter in Richtung Stuttgart. In Höhe Ludwigsburg verließ der kleine Konvoi die Autobahn. Auf einem markanten Hügel thronte die düstere Festung Hohenasperg. Den Besucherparkplatz zierte ein Maybach. Die Herren Anwälte waren pünktlich …

Zarrach trug Fuß- und Handfesseln. Die Anwälte protestierten wie üblich und wurden ignoriert. Wie üblich.

Die sozialtherapeutische Anstalt Baden-Württemberg in der ehemaligen Festung behandelte seit Mitte der fünfziger Jahre Strafgefangene, die Freiheitsstrafen über fünf Jahre bis zu lebenslänglich verbüßten, sowie Sicherungsverwahrte. Die Anstalt galt als ausbruchsicher und gewährleistete gleichzeitig eine umfassende medizinische Behandlung und Nachsorge.

Der Raum war leer. Nicht einmal ein Stuhl oder ein Tisch standen darin. Durch das hohe Sprossenfenster schien unerreichbar die Frühlingssonne. Das mächtige Gitter vor dem Glas setzte sich als Schattenmuster auf Boden und weiß gekalkter Wand fort.

Die bulligen Pfleger – das Wort Wärter war hier verpönt – postierten sich rechts und links von dem Rollstuhl, der in der Mitte des Zimmers stand. Der Rollstuhl war dem Fenster zugewandt. Die Besucher blieben im vorgeschriebenen Abstand von zwei Metern stehen. Zarrachs Ketten klirrten, als er sich am Kinn kratzte. Die zwei Justizbeamten, die auch den Transport begleiteten, warteten draußen. Von dem Mann im Rolli sah man nur eine blau geäderte, merkwürdig blasse Glatze.

Einer der Anwälte brach das Schweigen. »Mein Mandant ist nicht bereit, bei dieser Schmierenkomödie mitzu…«

»Schnauze, Alter!« Der Rollstuhl drehte sich mit quietschenden Rädern.

Zarrach versteifte sich. Seine Augen hefteten sich auf die Gestalt vor ihm. Ein Ohr fehlte. Der linke Arm steckte in einer Schlinge und das linke Auge wirkte merkwürdig leblos und starr. Das andere Auge bohrte sich in das Gehirn des Zaren wie ein glühendes Messer. »Du bist tot …«, mit rasselnden Ketten sank der Zar auf die Knie. »Du bist tot … tot! Tot!«, ein heiseres Krächzen.

»*Du* bist tot!« Klaus Mazic griff nach den Rädern, die Pfleger hielten ihn davon ab. »Du bist tot. Zar! Die Zaren sind alle tot! Schon lange! Du wirst im Knast verfaulen, so wie ich. Vielleicht lässt du mich auch umbringen von deinen Schergen, die du überall hast. Das wäre schön. Hast du ihnen auch gesagt, dass sie dich auch töten sollen? Besser für dich. Denn wenn ich hier fertig bin, wirst du niemals mehr ein freier Mann sein. Ich habe alles dokumentiert. Alles aufgenommen, aufgeschrieben, fotografiert. Und weißt du, wer mich auf diese Idee gebracht hat?« Mazics Gesicht verzerrte sich zu einer höhnischen Fratze. »Ludwig Helland! Weißt du noch, wie du ihn immer genannt hast? Den Heiland! Helland, der Heiland von Schriese!« Mazic lachte rau und abgehackt. Einer der Anwälte protestierte, als Bluhm ihm mit sanfter Gewalt das Handy entwand.

Sigmar Zarrach brach zusammen. Seine Anwälte waren

vor Entsetzen wie gelähmt. Der Zar wurde in ein Hochsicherheitsgefängnis überstellt und von einem sechsköpfigen Vernehmungsteam fast 16 Stunden lang verhört. Er redete sich um Kopf und Kragen, gestand, die Ermordung der beiden Rumänen angeordnet und Klaus Mazic als Mann fürs Grobe beschäftigt zu haben. Die Zarrach-Holding samt aller angeschlossenen Firmen wurde zerschlagen, es kam zu massiven Kursrutschen an den internationalen Finanzmärkten und zu einem wahren Schlachtfest, was die Immobilien und sonstigen Ressourcen des multinationalen Konzerns betraf.

Die Stadt Mannheim ertränkte ihre hochfliegenden Träume von der neuen Musicalhauptstadt der Nation im schlammigen Hochwasser des unteren Neckars, Schriesheim suchte wieder einmal einen potenten Investor für ein größeres Gewerbeareal im Tal des Kanzelbachs und Francesca Dellorto-Hangstrathen schaute der Rückkehr ihres Mannes mit äußerst gemischten Gefühlen entgegen.

Epilog

Du hast es ihr damals bereits gesagt, nicht wahr?« Tarzan schaute Luke fragend an. Elke Lukassow tupfte sich vornehm den Rotwein von den Lippen und schaute Hubert, Solo und Tarzan müde lächelnd an.

»Dass Klaus Mazic noch am Leben ist? Natürlich habe ich es Solo gesagt. Glaubst du im Ernst, ich lass sie in dem Wissen, jemanden getötet zu haben, herumlaufen?«

»Mir habt ihr es ja auch nicht verraten …« Tarzan schmollte wie ein kleiner Junge, der nicht mit auf die Kirmes durfte.

»Du hast ihm ja auch keinen 34er Steckschlüssel übergezogen. Außerdem gibt es Dienstvorschriften. Die Verlautbarung, dass Mazic im Krankenhaus verstorben ist, wurde gezielt gestreut. Das gehörte zur laufenden Ermittlung. Der Zar sollte sich sicher fühlen. Dass ich Solo eingeweiht habe, ist ein klarer Verstoß gewesen. Aber das nehm ich auf meine Kappe. Du hast es ja überlebt, oder?« Brummelnd stocherte Tarzan in seinem Salat.

»Wo ist Magic jetzt?« Solo schaute Luke ernst an.

»Der ist an einem sicheren Ort. Bis zum Prozess kriegt den keiner zu sehen. Wer weiß, was für Figuren aus dem Zarenreich noch frei rumlaufen. Aber er erholt sich zusehends. Der Schlag auf die Rübe ist ihm wohl gut bekommen. Das Gericht wird seine Mitarbeit bei der Bemessung der Strafe wohl berücksichtigen. Um lebenslänglich wird er sicher nicht herumkommen, schließlich ist er ein Mörder, aber mit etwas Glück bleibt ihm die Sicherungsverwahrung erspart.«

»Und dieser Weinbaron? Den habt ihr doch auch im Verdacht gehabt, Helland ermordet zu haben?« Solo war die Frage eingefallen, als sie das Etikett der Weinflasche gelesen hatte.

»Der dürfte in wenigen Stunden in Frankfurt eintreffen. Flug LH 410 aus Houston, Texas. Ein Beamter des Bundeskriminalamts begleitet ihn, damit er sich nicht verirrt. Er wird dann wohl gleich einfahren, nehme ich an.«

»Aber ich denke, der war es nicht?« Solo schüttelte verständnislos den Kopf. Luke lächelte nachsichtig.

»Mit dem Zaren hat der Traubentreter wirklich nichts zu schaffen gehabt. Reiner Zufall, dass wir auf den gekommen sind. Er hatte zwar ein Motiv, aber ein Mörder ist der sicher nicht.«

»Warum wird er dann eingebuchtet?« Tarzan schenkte Wein nach, kleckerte auf die Tischdecke und fing sich einen bösen Blick von Solo ein.

»Er hat die auf dem Pettybone Highway geltende Höchstgeschwindigkeit um acht Meilen überschritten.« Die Kommissarin gluckste vor Vergnügen. »Das fiel einer gewissen Jessica Lee auf, Deputy-Sheriff im Los Santos County und stolze Besitzerin einer nagelneuen McFadden-Laserpistole. Die Kollegen drüben haben eine schicke Website. Muss ich euch mal zeigen. Officer Lee ist auch abgebildet. Mit der ist garantiert nicht gut Kirschen essen. Sieht aus wie ein Rottweiler …«

Tarzan prustete in sein Rotweinglas, was die Tischdecke vollends ruinierte. Solo kicherte wie eine Vierzehnjährige und Hubert beobachtete angestrengt die Schwäne vor den Fenstern der Lady Jane.

»Na ja«, fuhr Luke ungerührt fort, »Hangstrathen hat sein anfangs gutgehendes Weingut ganz schön heruntergewirtschaftet, sich mit dem Bau der schicken Gutsvilla wohl etwas übernommen und einen betrügerischen Bankrott inszeniert. Mit einem Koffer voller Schwarzgeld und einer süßen fünfundzwanzigjährigen Maus wollte er in Mexiko groß ins Hotelgeschäft einsteigen. Die Maus hat sich bei den Tequiladrosseln da drüben gleich einen neuen Gönner angelacht und die gute Frau Dingens-Hangstrathen versucht jetzt, ihren italienischen Traum zu verscherbeln.«

»Dumm gelaufen«, brummelte Tarzan und schob seinen Teller über die ärgsten Flecken.

Sigmar Zarrach, Herr über ein wahres Imperium an Spielhöllen und luxuriösen Bordellbetrieben sowie Busenfreund von russischen »Geschäftsleuten«, die ihn mit Frauen, Drogen und Waffen versorgten, wurde in allen gegen ihn erhobenen Anklagepunkten schuldig gesprochen. Er erhielt eine lebenslängliche Freiheitsstrafe. Nach deren Verbüßung würde er nach Frankreich abgeschoben werden, wo ihm erneut ein Prozess wegen dort verübter Straftaten gemacht werden würde. Die Franzosen würden warten ... Sie hatten Geduld. Sigmar Zarrach würde selbst als Greis noch gesiebte Luft atmen. Das dänische Justizministerium befand sich auf Platz vier der Warteliste ... Klaus Mazic verbüßte eine lebenslange Haftstrafe unter falschem Namen in einem geheim gehaltenen Gefängnis in Norddeutschland. Das Gericht erkannte nicht auf besondere Schwere der Schuld, aber Mazic wurden niedere Beweggründe zur Last gelegt. Seine schweren Verletzungen, die ihn an den Rollstuhl fesselten, sowie seine offen gezeigte Reue ersparten ihm tatsächlich die anschließende Sicherungsverwahrung.

In den großen Regionalzeitungen erschienen ganzseitige Anzeigen mit einem offenen Brief der Aufrechten Demokraten, Ortsgruppe Schriesheim, in dem der ermordete Ludwig Helland vollständig rehabilitiert wurde.

Helland hatte früh erkannt, was für Umtriebe hinter der noblen Fassade der Central-City-Consulting stattfanden. Er hatte sich in den inneren Kreis eingeschlichen, hatte den Spieler gemimt und sich als williges Werkzeug des Zaren ausgegeben. Er hatte alles akribisch dokumentiert, hatte Dutzende von Notizbüchern mit Listen und Namen gefüllt. Er wollte diesen Pfuhl der Sünde, dieses Teufelswerk, mit Stumpf und Stiel ausrotten. Er hatte den Ehrgeiz, den Behörden ein komplettes Dossier zu übergeben.

Helland quälten tiefe Schuldgefühle, war er es doch gewesen, der es der CCC ermöglicht hatte, sich hier im idyllischen Schriesheimer Tal anzusiedeln. Doch Ludwig Helland war weder ein speziell dafür ausgebildeter Undercover-Beamter, noch konnte er die Skrupellosigkeit und die menschenverachtende Brutalität eines Klaus Mazic richtig einschätzen. Ludwig Helland war ein einfacher Mann. Er vertraute auf Gott und auf die Gerechtigkeit. Eine gute Basis für ein erfülltes, sinnvolles Leben. Zu wenig für den blutigen Kampf um Macht und Geld. Ein Jahr später fand Schriesheims neuer Bürgermeister in einem Walldorfer Unternehmer einen Interessenten für das ehemalige CCC-Gelände. Der Park wurde wieder in Schuss gebracht, in den Gebäuden eine Seminarstätte für Softwarespezialisten eingerichtet. Ein kleines, fast verstecktes Refugium in der hintersten Ecke des japanischen Gartens erinnerte mit einer stets brennenden Kerze und einer schlichten Messingtafel an Ludwig Helland, den Mann, der für sein geliebtes Schriesheim mit dem Leben bezahlt hatte.

In diesem Jahr drehte sich kein Riesenrad auf dem Mathaisemarkt. Der Blickfang auf dem Festplatz war ein Freifallturm, der neueste Nervenkitzel auf den Rummelplätzen

Europas. Die schlanke Konstruktion erhob sich über 60 Meter hoch, bot in seiner Gondel 36 Menschen Platz und ließ sie mit einer Geschwindigkeit von 12 Metern pro Sekunde in die Tiefe sausen.

Als die Sonne ihre ersten Strahlen über die Berge des Odenwaldes schickte, erwachte der Besitzer des »Scream-Towers« vom misstönenden Krächzen der Raben …

Anmerkungen des Autors zum Roulette

Falls in Ihnen, liebe Leserinnen und Leser, die in diesem Roman beschriebenen Casino-Szenen ein wohltuendes Prickeln ausgelöst haben, so arrangieren Sie ruhig einmal selbst ein Rendezvous mit *»La Roulette«*, der Königin unter den Glücksspielen. Genehmigen Sie sich eine gewisse Summe, die Sie auch in ein gutes Essen, einen Theater- oder Konzertbesuch investieren würden und verbringen Sie einen spannenden Abend am grünen Tisch.

Beherzigen Sie meine Tipps, dann werden Sie weder frustriert noch ruiniert, sondern entspannt und (vielleicht) sogar mit etwas Gewinn den Abend beschließen.

Roulette ist eines der fairsten Glücksspiele der Welt. Wo hat der Spieler schon eine fast 50:50-Chance zu gewinnen? Doch gerade darin liegt auch seine Gefährlichkeit. Die Verlockung, anstatt mit Zwei-Euro-Stücken mit Zwanzig-Euro- oder gar höherwertigen Jetons zu spielen, ist groß. Erst recht, wenn man eine kleine Glückssträhne hat und vielleicht gerade sein eingesetztes Tischkapital verdoppelt hat. Ich beobachtete einmal eine Gruppe älterer Herren, die fröhlich zockten und an jenem Abend einige Tausend (damals noch Mark) gewonnen hatten. Sie sackten den Gewinn ein und wollten gerade gehen, da legt einer von ihnen noch einen Zehnmarkschein auf Rot und sagt lachend: »Taxigeld! Ich hole noch schnell Taxigeld!« Eine halbe Stunde später gingen die Herrschaften dann wirklich. Ohne einen Pfennig Geld in den Taschen.

Drei wichtige Regeln

Regel 1
Der einzige Mensch, der jemals in einem Casino etwas gewinnt, ist der, welcher nach einem Gewinn niemals mehr eine solche Stätte betritt.

Regel 2
Spielen Sie niemals nach einem System. Roulette ist die Inkarnation des Zufalls. Der Systemspieler mit seinen Listen, Berechnungen und Satzregeln hat die gleichen Chancen wie der Intuitionsspieler, der auf seine innere Stimme horcht. Es gibt kein System! Der Beweis: die Existenz der Spielbanken. Die Kugel hat kein Gedächtnis. Sie weiß nicht, welche Zahl vorher gefallen war.

Regel 3
Schreiben Sie Ihr Geld, das Sie zum Spiel mitbringen, in den Wind! Beenden Sie das Spiel, wenn Sie die Hälfte des eingesetzten Kapitals gewonnen haben. Hören Sie auf zu spielen, wenn Ihr Tischkapital verloren ist. Legen Sie nicht nach! Lassen Sie die Finger vom Geldautomaten oder der Kreditkarte!

Lassen Sie sich nicht mitreißen! Ich stand einmal an einem Tisch, an dem ein junger Mann gerade 14000 Euro gewann. Mit stoischer Miene verstaute er die Jetons in seinen

Taschen. Mein Blick kreuzte sich mit dem des Kopfcroupiers. Ich verzog anerkennend die Mundwinkel. Der Croupier flüsterte mir zu: »Gestern hat er 21000 verloren …« Ich gewann an diesem Abend 14 Euro. Freute mich darüber und trank für drei Euro einen Capuccino. Ein schöner Abend …

Wenn Sie zum ersten mal in ein Casino gehen, spielen Sie Schwarz-Rot. Sie brauchen dafür keinen Sitzplatz, die Felder befinden sich am Ende des Spieltisches und Sie können im Stehen ganz locker aus der Hüfte »schießen«. Nerven Sie bitte nicht den Croupier, indem Sie ihn Ihr »Stück« auf Rot oder Schwarz setzen lassen, der Mann oder die Frau hat genug zu tun.

Probieren Sie ruhig einmal Magics Spielweise aus: Setzen Sie auf Rot oder Schwarz und lassen Sie bei Gewinn den Einsatz und das Gewinnstück liegen. Spekulieren Sie auf mehrmaliges Erscheinen der gleichen Chance, wobei die Bank Ihnen jedes Mal die Jetons verdoppelt. Es ist gar nicht so selten, dass eine Farbe fünf- oder sechsmal hintereinander kommt. Auch Zehnerserien sind an einem Abend relativ oft zu sehen. Verfallen Sie jedoch niemals dem Irrglauben, dass nach zehnmal Rot die Chance, dass nun Schwarz fällt, zehnmal höher ist als bei einmal Rot (siehe Regel 2). Nachdem in Monte Carlo siebzehnmal hintereinander eine rote Zahl gefallen war, türmten sich wahre Berge von Jetons auf Schwarz. Es kam wieder Rot … und wieder … und wieder …

Ein bisschen Spieleraberglaube

Spielen Sie immer mit der Bank! Spielen Sie mit dem Gewinner. Hoffen Sie auf ein Weiterbestehen einer Serie, setzen Sie Rot, wenn Rot fiel, Schwarz, wenn Schwarz fiel.

Ein bisschen Mystik
Spielen Sie Plein! Schließen Sie die Augen und hören Sie, was Ihnen Ihre innere Stimme zuflüstert. Setzen Sie diese Zahl mit dem kleinsten möglichen Jeton (meist zwei Euro). Fällt diese Zahl, so zahlt Ihnen die Bank den 35-fachen Einsatz aus, also 70 Euro! Wichtig! Ungeschriebene Gesetze: Das Gewinnstück bleibt liegen! Gar nicht so selten schlägt auch einmal eine Zahl nach. Dann kassieren Sie doppelt. Ganz wichtig: Bei Plein-Gewinn wird immer ein Stück für die Angestellten gegeben. Korrektes Trinkgeldgeben: Sie erhalten Ihren Gewinn, sagen »Stück für die Angestellten« oder salopp nur »Stück« und erleben, wie der Croupier einen Jeton in elegantem Bogen zum Kopfcroupier wirft, der diesen dann mit den Worten »Für die Angestellten, vielen Dank« in den Tronc wirft. Wer weiß, dass die Gehälter der Angestellten sich zum größten Teil aus dem Inhalt des Tronc finanzieren, wird auch fairerweise ein Trinkgeld geben, wenn er auf den einfachen oder den Drittelchancen einen ordentlichen Gewinn einstreicht. Machen Sie es wie in einem Restaurant: Wurden Sie gut bedient und waren mit dem »Menü« zufrieden, dann seien Sie Lady beziehungsweise Gentleman und geben Sie ein Trinkgeld.

Wenn Sie Plein setzen und Ihre Zahl kommt nicht, dann setzen Sie nicht nach! Fragen Sie jedes Mal aufs Neue Ihren Bauch. Hören Sie gut zu und lassen Sie sich nicht ablenken. Wenn es erst beim 34. Mal klappt, haben Sie immer noch etwas gewonnen! Glauben Sie mir: Es klappt viel, viel früher!

Ihr Manfred H. Krämer

Danke

Susanne Ebner und *Martin Boll* von der Pressestelle des Mannheimer Polizeipräsidiums für die freundliche und umfassende Unterstützung. Auf weiterhin gute Zusammenarbeit.

Wolfgang und *Sylvia* für das medizinisch korrekte Ableben von Mordopfern und Einblicke in die Arbeit eines Polizeiarztes.

Meiner Frau *Monika* für kritischen Umgang mit Semtex, meinen Ideen und Geschichten, das Streichen von POMs und KOKs und für die liebevolle Pflege eines (manchmal) gestressten Nebenerwerbsautors.

Jessica und *Fabian*, die lebenden Beweise, dass der Autor außer Krimis auch noch was Vernünftiges zustande bringt.

Sascha, der jetzt bereits sein drittes Buch lesen muss!

Rainer Renc für das Ertragen ganzer Kapitel während gemeinsamer Waldläufe.

Maria Anna Schmitt für das tolle Cover.

Gunda Kurz für den Feinschliff und das Auseinanderdröseln der Krämerschen Schachtelsätze.

Stefan Kehl für sein Engagement und für den neuen Vertrag. (Psst!)

Allen *Leserinnen* und *Lesern* für ihre Treue. (Es gibt noch mehr! Versprochen!)

Allen *Verwandten, Freunden, Kollegen* und *Chefs*, die mir zeigten, dass es noch ein Leben außerhalb meiner Dichterkammer gibt.